エロティシズムの歴史

呪われた部分

普遍経済論の試み 第二巻

ジョルジュ・バタイユ

湯浅博雄 中地義和 訳

筑摩書房

目次

第三部　自然における禁止の対象

第四部　侵　犯

第五部　エロティシズムの歴史

エロティシズムの歴史

呪われた部分——普遍経済論の試み：第二巻

交接行為およびそれに用いられる器官はあまりにも醜悪なので、もし容貌の美しさとか、それに関わる者たちが纏う装身具、そして抑え難く迸る勢いがないとすれば、人類は自然界から失われることであろう。

レオナルド・ダ・ヴィンチ*1

袋小路のうちにサディスト的人間を閉じ込めている健常な人間と、その袋小路を一つの出口とするサディスト的人間との間で、自らの状況の真実と論理について最も詳しいことを知っており、それについての最も深い理解を示しているのは後者のほうである。そうした知と理解はきわめて徹底しているので、健常な人間がそもそも理解というものの諸条件を一変させるのを補助してやることを通じて、健常者が自己自身を理解する助けとなることができるほどである。

モーリス・ブランショ*2

緒　言

……あとしばらくで、私たちは最終的に結ばれるの。私は腕を開いて横になり、あんたにからみつき、あんたといっしょに大きな秘密のなかを転がるのよ。私たちは相手を見失い、そしてまた再会するんです。私たちを引き離すものは何もなくなるんです。この幸福にあんたが立ち会えないのは、ほんとに残念だわ！

モーリス・ブランショ[*3]

I

人間存在は、たとえ最もつつましやかで、教養を身につける機会に恵まれなかったような存在であっても、可能なるものの経験を有しており、さらには可能なるものの総体の経験さえも有している――そしてそういう経験は、その深遠さと激烈さという点で、偉大な神秘家たちの経験に近づいているのである。[*4] ある一定のエネルギーがあればその経験に至るのに十分であり、そうしたエネルギーは稀れにしか手にすることができないというわけではない。少なくとも成人に達し始めた歳月にはそうである。ただそうした経験の深さと激しさは大きなものだが、しかし人間存在がみずからそこに到達する可能なるものに関して表明する判断の愚かしさ、通俗性――そしてあえて言えば臆病さ――もまたそれに匹敵するほど大きいのである。そうした判断のせいで、結局のところ、人間存在はどうしてもその意味を捉えることのできない、そういう経験を辿ることに挫折してしまう。それはよく見られる事態だ。ある人間がまったく偶然に、比類もない壮麗さに満ちたある場所に居合わせるのだが、そしてその人間はそうした壮麗さに無感覚なわけではまったくないのだが、しかし彼はそれに関してなんら言い表わすすべを知らない――それと同時に彼の頭のなかには漠然とした思考の連鎖が生れて、それがとりとめもない会話の種を生み出し、大急ぎで会話を進めていくことになる。エロティシズムに関わる生活が問題とされるとき、大多数の人々はこのうえもなく通俗的な考え方をもって対処することで満足してしまう。一見するとそれが卑猥な外観を呈しているというところに罠があるのであって、彼らがその罠に落ち込まない場合は稀れである。そうしてそのことが平静さを保ちつつ、生のエロティックな側面を侮蔑する理由となる。さもなければ彼らはこの醜悪な外観を否定してしまおうとする。それでこんどは侮るのではなく、陳腐な俗っぽさに移行する――「自然のなかには穢れたものはなにもない」と断言するわけだ。いずれにせよわれわれはうまく都合をつけて、ほんとうはわれわれにとって天の底が開いたような感覚を伴うそれらの瞬間の代わりに、空虚な思考をすえてしまうのである。

本書において私が望んだことは、それらの瞬間に釣合うような一つの思想を整序することである――そういう思想は学問＝科学の諸概念からは遠く離れているが（というのも科学の諸概念は、それらが対象とする事柄に、ある存在様態、けっしてその事柄とは相容れないような存在様態を結びつけようとするから）、しかし厳密なものであり、可能なるものの総体を汲み尽そうとする思想の体系の一貫性がそれを要求するように、厳密性の極限にまで至るような思想である。

人間の行なう反省的思索は、その思索自身になによりも深く関わってくる対象から一様に切り離されることはできない。われわれが必要としているのは、怖れを前にして狼狽してしまうことのない思想であり、つまりは可能性を極限まで探索しようとする瞬間に逃げだすことのないような自己意識である。

Ⅱ

したがって本書のなかには人間たちが自らの内奥の真実から身をそらせ、内奥の真実から逃れようとする事実から生じる屈従に代償を与えたいという願望があるけれども、本来の私の意図はそういう願望を大きく超えてはみ出している。「普遍経済論」の第二巻である本書が追求しようと努めているものがなにであるかというと、それは人間たちの活動を、自らの諸資源の無益な消尽という目的以外の他の諸目的へと服従させるようなさまざまなイデーを全般的に批判することである。従属的な諸形態を基礎づけている諸々の見方を破壊することが問題となるのである。

私の考えでは、思想の隷従性、つまり思想が有用な諸目的に屈服すること、一言でいえば思想の自己放棄は、ついに計りしれないほど恐るべきものとなってしまったように思われる。実際、一種の病的肥大にまで達している現代の政治的・技術的思想は、それが立脚しているはずの有用な諸目的という面そのものの上で、結局のところ取るに足りない結果へとわれわれを導いてしまったのである。なにごとも隠蔽してはならず、問題となっているのは結局人類（人間性）の破産であると言わねばならない。もっともこの破産が関わっているのは総体としての人間ではないだろう。〈隷従的な人間〉、有用でないものから、なにものにも役に立たないものから眼をそむけてしまう人間のみが、巻き込まれ、問い直されているのである。

しかし今日あらゆる方面で権力を掌握しているのは、そういう〈隷従的な人間〉なのである。そして〈隷従的な人間〉が人類全体を自分たちの諸原理へと還元してしまったというわけではまだないのは真実としても、少なくともそうした隷属性を弾劾する声、そしてそれが破産へと導かれることを不可避にしているものをはっきりと告げる声が発せられていないということもまたたしかであろう……。そういう声を発することはきわめて困難なことに違いない……。それでも結局のところ次の二つのことがともに確認されることになる。すなわち〈隷従的人間〉が権力を占拠している権利にはっきりと異議を申し立てるすべをこころえている者がまだ誰も現われていないこと、――が、しかし〈隷従的人間〉の破産が途轍もない結果をもたらすということである。

そういう状況はそもそも悲劇的だが、その状況に反発する人々が無力なままであるという事実は、一見そう思われるほど驚くべきことではない。もし〈隷従的人間〉の破産が既定のことであるとしても、そしてその結果が恐るべきものであるとしても、そういう有用性を目ざす思想がかつて対立していた諸原理のほうももうずっと以前から効力を失っていることもまた同じくらいたしかなのである。むろんそれらの諸原理が消えずに残存しているかぎりにおいて、それらの諸原理に勝利したはずの人間たちが最終的に破産してしまうという点に結ばれたある虚しい威信がそうした諸原理には残されているだろう。しかしそういう方向性のなかに見られるのは、ただ悔恨をうんざりするまで繰り返して述べることだけだろうと思われる。

過去の経験のなかに、これまでさまざまに主張された諸原理を探すのではなく、世界を導いている知られざる諸法則、それを誤認しているせいでわれわれが不幸への道に拘束されているような諸法則を探求するという点で、私は大きな孤独感を禁じえない。むろん過去のなかには、隷従性を受け入れることを拒んだ経験もあるけれども、そういう場合には絶えず道に迷ったり、またまやかしに陥ったりしながら、横道へとそれてしまったのであった。われわれは逆の方向へと迷いこんで、自分たちのそれほどにも常軌を逸した歩みや、恥ずかしいまやかしへの恐怖のうちに道を失ってしまうのである。このように人類は悪しき記憶によってひどい火傷を負わされているけれども、しかしそうした過去の道——その過去が十分な首尾一貫性を持って追求する仕方を知らなかったし、また追求できなかったそれらの道——以外の他の道が残されているわけではないのである。かつては一切が一部の人々の利益に奉仕していた。そこでついにわれわれは、一切がすべての人々の利益に奉仕するよう決意を定めたのである。ところが実際に適用されるとすれば、この後者の体系のほうが、その奉仕のシステムがより完璧であるという点において、はるかに不吉な体系なのだ。だからといって前者の体系に復帰するという理由にはならない。しかしもしわれわれが消尽をわれわれの活動の至高な原理としないならば、われわれはあの途轍もない破産の混乱のなかで滅びる以外にないだろう——そうした大混乱によるのでなければ、われわれは自分たちが手にするエネルギーを消尽するすべを知らないからである。

III

私の態度はパラドックスをなしているが、その理由は次のとおりである。私はまずある体系――そこでは各々のものが役立ち、奉仕するような、つまりなにものも至高ではないような体系の不条理性を示したいと望む。ところが私がそれを示すためには、なにものも至高ではないような世界は最も不利な世界であることを表わす以外にはそうすることができない。だが、そうするとそれは要するにわれわれが至高な諸価値を必要としていると告げること、したがって非有用性の諸価値を持つことは有用なことであると告げることになってしまう……。

そういうパラドックスのせいで、私がこの著作の第一巻で提示しようとした原理――その第一巻では私は生産と消尽との（非生産的な消費との）関係を論述しようと試みたが――を支えることは、ずいぶん難しいことになったのである。むろんのこと私は生産よりも消尽が重要性を持つことを提示したけれども、しかしその提示の結果としてひとが消尽のなかになにかしら有用なもの（最終的には、生産にとって有用でさえあるもの）を見ないように導くまでには至らなかった。

この第二巻はそれとは異なっており、一般的に卑しいものとみなされている一種のエネルギーの消尽が人間の精神のうちにもたらす諸効果を記述している。それゆえエロティシズムの至高な性格から、それが持ちうるかもしれない有用性へと横滑りしていくことは誰にもできないだろうと思われる。性的な活動は、少なくともなにごとかに有益だろう。しかしエロティシズムのほうは……。ここで問題となっているのは、こんどこそある至高な形態であって、なにものにも役に立つことはなかろう。

通常は羞恥心に結ばれている、忌避された活動を、至高なふるまい方のキーポイントとするということは、おそらく不作法なやり方だとみなされるだろう。

私は次のように言うことで御寛恕を請わねばならない。誰であれ、いくら有用に行動したいと望んでも、自分自身が目的にしているその有用性に関わり合っている諸存在は、みなまず第一にエロティシズムの要請に呼応しているのだということを知らないかぎり、けっして有用に行動することはできないだろう。したがってわれわれがどのような視点からそれを考察するすべを知るにせよ、つまりわれわれがそこに人間の願う自律性の変わらぬ形態をみとめるにせよ、またあるいはわれわれのさまざまな決断や行動を、その過程のあらゆる段階で条件づけているようなエネルギー論的な推力について情報を得ようと望むにせよ、とにかくエロティシズムの秘密を解明することほど興味をそそられることはなにもないのである。(1)

したがってまた私の研究のこうした二重の性格は、本書のなかにも見出されることになる。エピローグのなかで私は、人間のエネルギーの消尽、つまりそこではエロティシズムが重要な役割を持っているような消尽の一貫した体系から生じてくる帰結を示そうと望んだ。実際、私の考えでは、労働とエロティシズムとの、エロティシズムと戦争との結びつきを十分考慮に入れることなしには、諸々の政治的な問題——つねに怖れが背景にひかえているような諸問題——の深い意味にまで触れることはできないだろうと思う。人間の活動のこうした対立する諸形態が、エネルギー諸資源の同じ基盤から活力を汲み上げていることを示したい、と考える……。そこから経済的、軍事的、人口学的諸問題に適確な解決を与える必要性が生じるだろう。さもなければ現在のような文明を維持する希望を放棄する必要が生じよう。

Ⅳ

私の語ることに耳を傾けてもらうという幸運は、ほとんど望めないことを私が知らぬわけではない。というのは、なにも『呪われた部分』の公表した第一巻が実質的な読者を持たなかった——まさに私が語りかけたいと望んでいた階層の人々の間に迎え入れられなかった、という意味ではない。しかし私が行なった提案はあまりにも新し過ぎたと言えよう。最も高い資質を備えた読者たちが示した反応から判断して、それらの提案はたしかに関心を惹き、興味をそそるものとみなされたが、しかしそれらの提案は十分消化吸収されるためには長い時間がかかるということもすぐ了解できた。という意味は、私に向かって提起されたいろいろな反論のうちに[2]委曲を尽して説けば解消されるような誤解以外のものが認められたということではない。それでもこれまで通常行なわれてきた諸々の概念や表象と、私がそれらに代わって提起したいと思う概念や表象との間には、きわめて大きな距たりがあるのである。

残念ながら本書は、この著作の第一巻に関心を抱いた人々を納得させるにはまったく不適当なのではないかと私は怖れている。人間の総体性を、つまり具体的に現実的なものの総体を問い直そうとする私の決断は驚くべきものと思われるだろう。とりわけ私がこのうえなく呪われた領域にアプローチするからにはそうだろう。

本書のなかで私はある種の不快感を意図的に引き起こしてしまったかもしれないが、その不快感をいまここで一掃しようとは思わない。そういう不快感は必要なものだというのが私の考え方である。人類の前に開かれた淵がどれほど深いものであるかを、よく測定していただきたい！　怖れを前にしてつねに後ずさりしようとする精神の持ち主たちは、現代の提起する課題、このうえなく呪われた時代である現代の強いる課題に釣合うことができるであろうか？

それでも私は、こうした私の態度から生じるかもしれないひとつの誤解は、あらかじめ解いておきたいと思う。本書はエロティシズムの護教論であるかのように見えるかもしれないが、私が望んだことはただある比類のない豊かさを持つ諸反応の総体を記述しようとすることだけである。私が記述したそれらの諸反応は、しかし本質的に矛盾したものである。私が展開する歩みをどうか注意深くたどっていただきたい。人間的な実存は性的事象全体に怖れや嫌悪を抱くよう命じた——が、この怖れや嫌悪それ自体が、エロティシズムの魅惑力という価値を定めたのである。もし私の観点がなんらかの意味で護教論的であるとしても、その護教論の対象はエロティシズムではなく、全般的な意味での人間性なのである。人間性がある不可能なまでに厳格な諸反応の全体を維持して止まないこと、つまり執拗に続くにもかかわらず、和解させることのできないような諸反応の全体を絶えず維持し続けること、そこにこそ称讃に価するものがある——なにものもそれほどまでに称讃に価しはしない！……　しかしそれとは逆に弛緩や緊張の不在に陥ること、自制心を過度に乱した柔弱な態度などは、人間性の力強さの真価を誤認することである。なぜなら人間性（人類）は、それがそうであるところのもの、すなわち全体として激烈な矛盾と対立であるところのものでなくなってしまうときには、もはや人間性ではないからである。

第一部　序論

エロティシズムと精神界への宇宙の反映

1　エロティシズムの世界と思想の世界とが最初両立不能と見えること

われわれは人間存在を――その意味するところを――捕捉しようとすると、誤りやすい様態でそうする以外にはないように思える。なぜなら人間は絶え間なく自己に矛盾するふるまいを行なうからであり、善意から卑劣な残酷さへと、深い恥じらいから極端な淫らさへと、このうえなく魅惑的な一面から最も醜悪な面へと突然移行するからである。われわれはしばしば世界について、また人類について、あたかもそれがなんらかの統一性を持っているかのように語る。だが、実のところ、人類はさまざまな世界を構成しているのであり、それらの諸世界は一見すると隣り合っているが、実際はお互いに異邦のものなのである。ときにはある共約不能な距たりがそれらの世界を分離しているので、たとえば盗賊たちの世界はカルメル会修道院から、ある意味ではひとつの星が他の星と隔たっているよりももっと切り離されている。またこうした多様な世界がお互いに排斥し合い、誤認し合っているというだけではなく、そういう両立不能性はまた一個の単一の存在のうちにも集約的に現われている。たとえばこの男は家族の間にいるときは、そのやさしさから言ってまるで天使なのだが、夜が来ると放蕩に耽る。そして最も驚かされることは、私がいま言及しているような諸世界のうちの各々においては、他の諸世界のことをまったく知らないか、少なくとも誤認していることが慣例となっていることである。自分の娘と遊んでいるとき、いわばこの良き父親は、自分が常習的な淫蕩者として通う悪所のことを忘れている。だからそういう場合に、彼が突然自分が汚い人間であったことを思い出すとすれば、愕然としてしまうだろう。娘と一緒のときは遵守していた細かい規則を平気で破ってしまう人間であったことを想起させられることもあるのだから。

それから類推されることだが、家にいるときは温厚な農民で、子供たちを膝に乗せて遊ばせたり、世話を焼いたりするのが好きな男たちが、ひとたび戦場に駆り出されると、火をつけて掠奪したり、人を殺し、拷問したりすることがいくらでもありうる。彼らがそんなにも異なったやり方でふるまう両方の世界は、お互いにまったく異邦的なままにとどまっているのである。

諸世界を区切る隔壁に不可侵なほどの堅固さを与えているもの——それは、反省的な思想というもの、それのみが人間に関して十分持続力を持つイメージを形成してきた、首尾一貫した思想というものが、それ自身、そしてそれだけで、ある決定的な世界を構成しているということである（本書を記述するに際して、それを導く思想も、原則としてはそのような反省的な思想である以外にない)。人間に関するさまざまな判断のうち、つねに首尾一貫した、反省的な形態を持ち、受け入れられるような判断は、思想の世界の判断であって、そうした世界はそもそもその定義から言って、排除された諸世界とはまったく、あるいはほとんど接触点を持っていない(思想の世界はまたいくつかの世界、公言することがはばかられるというのではないが、しかし心安くそうすることはできないような世界を隔離しておこうともする)(3)。だからといって私は、それとして構成された思想は、それが「非人間的」とか、不潔なとか、いかがわしいとか名づける世界を知らないと言うのではない。だが、思想はそういう世界を真にうちに取り込むことはできないのである。思想は寛容さを発揮して高みからその世界を知り、外から認識するだけである。是非にもそうしなければならぬという場合、その世界は思想にとって下位レヴェルにある対象であって、ちょうど医学が患者をそうするように、思想は自らが問われていることを認めないままにまったく恣意的にその対象を考察するのである。

この呪われた領域と、ありうべき人間性とを——つまりそれのみが思想を構成する骨組となりうる人間性とを、思想が混同することはけっしてないだろう。

それでもたとえば精神分析は性の領域全体を、なんらの留保なく考察していると考えることもできよう……。なるほど一見するとその通りだ。だが、一見した場合だけの話である。というのも精神分析はそれ自身、性の領域を、それが明晰な意識にとって原則としてそうであるように、同化することのできない外のエレメントとして学問的に定義するよう義務づけられている。なるほど精神分析にとっては性を欠いたような具体的総体は考えられないものだろう。しかし学問＝科学に適合した思想はそれにもかかわらずいま現には不可侵なまま保たれているとみなされており、そうした思想の形成に作用を及ぼした性的な事象はあたかもそれ以後はもうその思想を変革することがないかのように（あるいは仮に変えることがあるにしても、表面的なやり方以外ではないかのように）みなされている。精神分析にとっては、性的な事象と思想は対立するそれぞれの面の上にとどまっているのである。他の学問＝科学がそうであるように、精神分析もまたお互いに切り離された抽象的な事象、そして機会に応じて相互に影響を及ぼすような諸現象を考察する科学なのである。とにかく精神分析はその名称のうちに抽象的な思想――つねに尊敬を受けるにふさわしい思想の精神的特権を維持している。精神分析は性的なエレメントを迎え入れるには違いないが、それはその学問的展開がそうした性的エレメントを抽象化へと還元してしまう程度や範囲に応じてのことであり、そういう抽象化からは具体的事象は明らかに区別されたまま残されるのである。

しかしながらこのように作法にかなった思考の進め方を超えて、ある別の思考の運動――そこでは学問＝科学の傲慢、あるいは思想の思い上がりがもはや維持されることはなく、エロティシズムと思想がもう分離された諸世界を構成するのではないような思考の運動を考察してみることも可能であろう。[4]

2　エロティシズムの世界と思想の世界は相互に補完し合う——両者の合致がなければ総体性は成就しない

本書の展開に沿って私は、初めに定めた原則に従っていこうと思う。つまり私は性的な事象を考察する場合、ある具体的で、緊密に結ばれた総体——そこではエロティシズムの世界と知的な世界とが相互に補完し合い、ある同等な面の上に共に見出されるような総体という枠においてのみ考察するであろう。

おそらく人間的な意味での性生活は、ある種の禁止によって画定されている。性生活がなんらの留保もなく自由であることはけっしてないのである。慣習が定めているいろいろな限界のなかにそれはつねに閉じこめられる必要があった。そのことを告発し、それに対立しようとしても、むろんそれは空しいことだろう。というのも自由のみが自然に適合しているのだと言うのは、人間的ではないからである。実際、人間は本質的に自然から区別されており、激しく自然に対立してさえもいる。だから仮に禁止の不在を想定するとしたら、それは次のような意味しか持たないだろう。すなわち人間たちがそこから出てきたという意識は持っているが、そこに回帰すると主張することは不可能なあの動物性という意味である。しかし自然へのこのような怖れ、われわれの本質のなかに受け継がれており、動物的なありのままな状態に対しわれら人間の清潔さを対立させるような怖れを否定することと、禁止というものに通常伴っているような諸々の判断に適合する形で服従することとはまったく別のことである。とくに留意すべきことは、思考は禁止のうちに含みこまれているモラルによって強制されているということである。そもそも思考が形成されるようになったのは、諸々の禁止によって境界が定められている世界、肉感性を欠いた世界においてなのであった。思考＝思想はだから無性化しているのである。そしてやがてわれわれは、このような限界を付されているせいで——そういう制限づけは、至高性とは対立しており、あらゆる至高な態度に対立するのだが——、知的な世界がわれわれの知っているとおりの平板で、服従した世界にされてしまうということを見ることになろう。それは有用な、切り離された事物たちの世界であり、そこでは刻苦勉励にはげむ活動が規則であって、われわれ各人はある機械的な配置のなかに自分の位置を保つということが当然のこととみなされている。それとは逆に私が総体を——つまり思想の世界という縮小し、還元された世界をあらゆる面で超出する総体を考察するとすれば、私はむろんそういう総体がさまざまな距たりと対立から成り立っていることを知っている。それでも私は、それらの部分のうちのある一つを他の部分の代わりに手放すようなことはけっしてありえない。なぜならそんなことをすれば総体からそれてしまうことになるから。民衆のことわざにあるように、

「ひとつの世界を作るためにはすべてがいる」のであって、売春婦も聖女も、卑劣漢も、そしてまた無際限に鷹揚な人物も必要なのだ。だが、こういう声は構成された思想の声ではない。というのも構成された思想は人間をニュートラルな部分へと還元し、ある緊密に結ばれた総体、たとえばみごとな自己犠牲や涙を、目をおおいたくなる虐殺とか饗宴とかに結んでいるような総体を否定するからである。

このようなやり方によって私は、人間に関して漠然とした判断を下すのではなく、ある思考様式——その思考の運動が反省的な思索に向かって提供された総体の具体的性格によく呼応しているような思考様式を明確に定義したいと望んでいる。(5) そしてこのような方法を切り離して分析するのではなくて、むしろそれを実際に適用しながら提示したいと思う。ただ私はまず最初にこう言っておく必要があった。すなわち私のテーマであるエロティシズムについて語るということは、精神界への宇宙の反映から切り離すことはできない、それはそういう反映がエロティシズムから切り離すことができないのと同様である。だが、そのことはまず第一に次のことを論理的に当然なものとして含んでいる。つまりそうした条件においては、反省的な思索や思想がその対象と釣合わねばならないのであって、私の対象であるエロティシズムが、それへの侮蔑のうえに築かれた伝統的な思想に釣合わねばならないのではない、ということである。(6)

第二部　近親婚の禁止

第一章　近親婚の問題

1　人間における「エロティシズム」と動物の「性活動」との対比

思想のさまざまな歩みをある種の完成へともたらそうとする願望、それは常軌を逸した企図ではなくて、決定的な重要性をもつ主題を研究するには必要な条件なのであるけれども、そういう願望からすれば、予備的な問いから身をそらすわけにはいかない。

本書の場合で言うと、起源の問題は決定的に重大である。本質的に言って、エロティシズムは動物の性活動と対比された人間の性活動である。人間におけるあらゆる性現象がエロティシズム的なのではないが、それが単に動物的でなくなるたびごとにそれはその性格を帯びる。最初からこう言っておくとすれば、本書が考察するのはある領域の総体であり、その至純な様相も、それと逆の様相もともに大きな意味に満ちているような総体なのである。(7) ただまず第一にその対象になるのは、動物の単純な性活動からエロティシズムのなかに含みこまれているような人間の頭脳的な活動への移行の問題である。頭脳的な活動ということによってなにを指しているかと言えば、つまりそれ自体としてはなんら性的な意味を持たず、また性活動に対立する意味もまったく持たないような諸々の事象や存在たち、場所や時間などに、性的な資質を付与する傾向を持つ連合作用とか判断の働きなどである。たとえば裸体の意味とか、近親婚の禁制などがそうであるように。こうして純潔ということ自体もエロティシズムの諸々の様相のうちのひとつであり、つまりは本来人間的な性活動のひとつのアスペクトなのである。

　動物から人間への移行の問題を研究するためには、ア・プリオリに言って、たとえ最小限であれ、客観的、歴史的与件《データ》に基づかねばならぬだろう。そうしたデータの枠内で、われわれは起こったことを推測できるだけだろう。諸々の出来事を、その正確な意味において認識しようと望むことは不可能なのだが、それでもわれわれは初めそう思われるほど無力なわけではない。というのもわれわれは一方で、原初の人間たちが道具を製作したこと、生存に必須なものを満たすために、さまざまな仕事のなかでそれを使用したことを知っている。要するに彼らは労働によって動物と区別されたのである。他方それと並んで、彼らは性活動と死者に対する態度に関わる、ある一定の数の制限づけを自分自身に課したこともわかっている。死者（屍体）に関わる禁止には、原則として殺人の禁止が結びついている。また性に関わる禁止のほうは、主として排泄行為や排泄物に関係するような人間的な感性の基本的様相に結びついている。［ただこうした様相はもっと複合的であり、直接に一般的な概観の対象とはなりえない。――**この部分原稿で抹消されている**］いずれにせよ、いま述べた制限づけは、死に関わるものであれ、性に関わるものであれ、われわれがずっと遵守し続けてきているものであり、それらは人類の黎明期に出現したのである。原初の人間が自らの同類の屍体に払った配慮の痕跡は大地のなかに残されている。また同様に、人類学がホモ・サピエンスと名づけるような存在たちが近親婚の禁制を守らずに生きていたと推定させるほどの反対資料はなにもないのである。

ここでは性の禁止の補完的な諸様相は考察しないでおいておく。つまりそれらは生殖活動の器官に多少とも隣接する諸機能に対する人間の態度を決定するような様相である。それよりも近親婚の問題の研究こそおそらく最も急を要するものであろう。ただしその研究は、本書において第一の重要性をみとめられている総体的な視点から最初は遠ざかるように思えるのはたしかである。しかしなるほど部分的視点はもっと大きな視点という枠のなかへ最終的には位置させられねばならないとしても、そういう大きな視点がもし未知なままの細部によって構成されているとすれば、明確ではありえないだろう。なにかをグローバルな形で示したいとすれば、すでにわかっていることとそれを関係づけるやり方で定義する以外にはどうしようもないだろう。われわれがより全体的な表示を試みようとする場合、いわばその不可侵の核を形成することになるのは、近親婚の禁止に関わる、精確な――まったく外的な――与件《データ》である。近親婚の規則においては、それらの形式がきわめて不安定で定まらないということが認められるが、そういう形式の一定しない点こそが、あまりにも動きに富むので捕捉不能と思えるほどの対象を捉える様式を与えてくれるだろう。実際、興味深いことに、人間の性的欲望の対象、その欲望を掻き立てる対象は、明確に定義されることはできないのである。その形態において見ると、つねにそれは精神の恣意的な思いつきのようであり、頭に浮かんだ気まぐれのようである。が、しかしそれはきわめて普遍的なのだ！　われわれをそういう事柄に十分慣れ親しんだものにしてくれるのは、近親婚の規則——普遍的であるが、しかしその様態はヴァリエーションに富んでいる規則——だけであろう。エロティシズムの世界は、その形態においては虚構《フィクション》的であり、夢に類似したものである。それでそのような奇怪さになじむためには、ある逆の世界、そこでは性活動が禁じられているような世界の、その恣意的な境界がどのように形成されるかを見ることによってそうするのが最もよいだろう。そもそもわれわれの根底に関わるような諸々の禁制は、人間の生の諸形態を切り離されたいろいろな領域へと分割するので、その間に立てられた仕切り壁は、至高な存在としてのわれわれの理性とわれわれの気質にとってひとつの挑戦であるように思われる。ここで許されていることが、他処では罪となるのだ。規則とはそのようなものであり、われわれを挑発するかと思われるほど恣意的であるが、しかしそれによってわれわれは人間となったのであり、近親婚の禁制こそそういう規則の典型なのである。

2　近親婚の禁制

近親婚についてなにを知ることが可能であるかを表示するためには、この事項に関して最も権威ある著者の業績をたどりながらそうするのが最良の道であろう。『親族の基本構造』という幾分近よりがたい印象を与える表題の下に、クロード・レヴィ＝ストロースの著作が解決しようと努めているのは、「近親婚の問題」である。(8)

実際、「近親婚の問題」は親族という枠のなかで提起される。ふたりの人間の間の性関係に対して、あるいは婚姻に対して禁止が定められるか否かを決めるのは、つねに親等《しんとう》の度合であり、もっと正確に言えば親族関係の形態なのである。同様に、親族関係が決まるということは、それぞれの個人が相互にどのような場所に位置づけられるかということが決まるという意味を持つ。つまりそうした位置づけに応じてこれらのふたりは婚姻することができないのに、あれらのふたりは婚姻できるということが起こり、またさらにはこれこれというとこ関係は、婚姻可能な関係のうちでもとくに推奨される関係を表わしており、しばしば他のあらゆるいとこ関係を排除するまでに特権的な関係を表わすということも起こる。

われわれが近親婚を考察しようとすると直ちに驚かされることは、その禁制が普遍的な性格を持つということである。なんらかの形でならば、全人類がその禁制を知っていると言えるが、しかし禁止の対象となる人物は地域によって変化している。ある土地では、これこれという種類の親族関係が禁じられている。たとえば一方が兄弟から生れた子供、他方がその姉妹から生れた子供どうしのいとこ関係は婚姻が禁じられている。ところが他の土地では逆にそれは結婚にふさわしい特権的な条件なのであり、むしろふたりの兄弟から生れた子供たち——あるいはふたりの姉妹から生れた子供たちが、結婚することができないのである。最も文明の進んだ民族においては、禁じられるのは、子供と両親との間の関係、兄弟と姉妹の間の関係に限られている。だが、原始民族においては、一般的に言ってさまざまな人間がきわめて異なった諸カテゴリーに配分されているのが見られるのであり、そうしたカテゴリーに応じて性関係が禁じられるか、それとも婚姻すべく規定されるかが決まるのである。

ところでわれわれはまた二つの区別された状況を考察しなければならない、第一の状況、すなわちレヴィ＝ストロースが『親族の基本構造』という表題の下に考察している状況においては、血縁関係のはっきりした性格が婚姻の可能性と、また同時に不法性を決定する規則の根底となっている。この著者が「複合的な構造」と呼んでいる第二の状況においては（ただしこの著作のなかではそれを扱ってはいない）、配偶者の決定は「経済的な、あるいは心理的な他の諸メカニズム」に委ねられている。諸々のカテゴリーは変わらないままにとどまっている。だが、もしあいかわらず婚姻が禁じられるカテゴリーがあるとしても、そういう状況においては妻が選ばれる（絶対的な厳密さをもってというのではないにしても、少なくとも優先的に選ばれる）カテゴリーを決めるのはもはや慣習ではない。ところで次のようなことはわれわれに固有な状況からたしかにわれわれを遠ざけるようではあるが、しかしレヴィ＝ストロースの考えでは、「禁止」はそれだけで考察されることはできないのであり、「禁止」の研究はその禁止を補完する「特権的結びつき」の研究から切り離されるわけにはいかないのである。おそらくそういう理由で、彼の著作はその題のなかに近親婚という用語を使うのを避けているのであり、禁止と特権的結びつきとの不可分な体系――婚姻を阻む対立と逆にそれを推奨する規定との分かちがたい体系を示すような表題を掲げているのである。その題はいささかわかりにくいという難点はあるが、それでも誤解を受けるよりは好ましいからであろう。

3　近親婚の謎に対する学問の側からの回答

レヴィ＝ストロースは、ふつう人間を動物に対立させるやり方とほぼ同じような仕方で、〈自然〉の状態に〈文化〉のそれを対立させている。そしてそこから出発して、近親婚の禁制について（それと同時にむろんそれを補完する外婚制の規則のことも念頭におきつつ）、「そうした禁制は根本的な歩みをなすものであって、そのおかげで、それによって、とりわけそれのなかで〈自然〉から〈文化〉への移行が成就するのである」と述べている（前掲書、三〇ページ。以下引用は同書による）。こうして近親婚への怖れのうちには、われわれを人間として指し示すようなあるエレメントが潜んでいることになろう。そしてそこから派生する問題は、人間それ自身の問題、人間が宇宙に人間性を付け加えるかぎりにおいての人間自身の問題であろう。性的接触の漠然とした自由とか、「獣たち」の自然で、非限定な生といったものにわれわれをはっきり対立させる決定のうちには、われわれがそうであるもの——ひいてはわれわれがそうであるものの一切が問われているだろう。このような言いまわしの背後には、ある極端な野心が透けて見えるということもありえよう。すなわちそうした禁止と規定を認識することのなかに、人間を人間自身に開示しようとする欲求、そしてそうすることによって、実在するものの総体がそれを統覚する者のなかで、精神のうちへのその反映へと結びつけられるようにしたいという欲求を見出すような極端な野心である。しかしまたそれほど遠大な要請を前にして、レヴィ＝ストロースがついに自らの力量不足を認め、その言説の控え目な性格をもう一度強調するということも生じるだろう。それでも、これほど白熱した展開のうちに示されている要請——あるいは運動——は、限界づけられてしまうことがありえないのは確実である。それで近親婚の謎を解こうとする賭けは、その本質からして重大な結果をもたらすことになる。なぜなら、夜の闇のなかにさし出されていたものを明るみに出そうと自負するからだ……。そもそも、もしかつてなんらかの歩みが「〈自然〉から〈文化〉への移行」を成し遂げたのであるとすれば、その歩みの意味を明らかにしようとするこうした歩みが、それ自身いくつかの予期せぬ結果をもたらすということがどうしてないわけであろうか？

実のところ、われわれには控え目な態度で歩んでいかねばならない理由がすぐ不可避的に示される。クロード・レヴィ＝ストロースは、まず最初にこの探求の道に先行して進んだ人々が陥った錯誤のことを報告している。それを読むと、意気が阻喪してしまうほどである。

ただそれらの事例を眺めると、毎度のことだが安易に認識を進めようとする欲求が自己満足してしまう軽率さや、大きな間違いの様子が全体的に概観できる。

最も高くつく過ちは、近親婚の禁止には優生学的な節度を守るという意味があるとする合目的主義的な理論に生じている。同族婚のもたらす悪しき効果から種を保護することが問題となっていると言うのである。こういう見解も著名な支持者を有していた（ルイス＝H・モルガンはその一人である）。その見解が流布されたのは比較的最近のことである。「十六世紀以前にはどこにも見あたらない」とレヴィ＝ストロースは書いている（一四ページ）。ただしそれは今なお一般的に広まっており、今日でも近親婚から生れた子供は精神薄弱や虚弱児になるという信仰ほど共通に見られるものはない。しかし〈自然〉のなかではどんなことでも意味を持っているという粗雑な感情によってのみ打ち立てられたこのような信仰を確証するような観察データは、なにもないのである。

　ある人々にとっては、「近親婚の禁制は、人間の本性を考えると十分説明のつくような感情とか心的傾向が、社会的な面の上に投射されたもの、あるいは反映したもの」である。本能的な嫌悪！　というわけだ。むろんレヴィ＝ストロースはそれよりも有利な立場に立って、むしろその逆が真であることを示している。精神分析が証明したとおり、近親婚的な関係へのノスタルジーこそ共通に認められるのである。もしそうでないとしたら、なぜこれほど厳格にその禁制が生じるであろうか？　私の考えでは、そのような類の説明の仕方は、根本において無効となっている。なぜなら問題となることは、動物においては存在しない嫌悪感、だから歴史的に与えられたはずであり、単に物事のありのままの次元にあるのではないような嫌悪感の意味をはっきりと示すことだからである。

　実際、こうした批判に呼応しているのは歴史的な説明である。

「マクレーナンとスペンサーは、外婚制という制度が実行されたのは、女の配偶者を獲得するための通常の手段が捕獲という手段であった戦闘的な種族たちの習慣が、慣例として固定されたからであると考えた」（一二三ページ）。デュルケームの考えでは、ある氏族のメンバーにとってその氏族の血統がタブーであること——したがって氏族の女たちの経血がタブーであることのうちに、その氏族の男たちにとってそれらの女たちを拒む禁止が存在し、他の氏族の男たちの場合にはそうした禁止がないことの説明を見出すことができる。このような解釈は論理的には満足のゆくものであるけれども、それらの「弱点はそのようにうち立てられた結合関係が脆く、恣意的であるという点に存する」(二五ページ)。デュルケームのきわめて社会学的な理論に、フロイトの精神分析的な仮説——動物から人間への移行の起源にいわゆる兄弟たちによる父親の殺害をすえる仮説を結ぶことも可能であろう。フロイトによれば、父を殺した兄弟たちは、お互いの間で嫉妬にかられてしまうので、かつて父が彼らに課した禁止、その母や姉妹に触れることの禁止を相互に維持することになるのである。実のところ、フロイトの「神話」は最も奔放な推測を導入している。それでもそれは現在もなお生き生きとした強迫観念をなしているものの表現であるという点で、少なくとも社会学者の説明よりは優位な位置を占めている。レヴィ＝ストロースは適切な言葉でそのことを語っている。「その考え方は文明の始まる起源ではなく、文明の現在をみごとに説明している。母への、あるいは姉妹への欲望、父親の殺害、および兄弟たちの悔恨ということは、歴史のなかに一定の場を占めるようないかなる事実にも、または諸々の事実の総体にも対応するものではけっしてないだろう。しかしそれらはおそらくある象徴的な形態の下に、古くから持続している夢を翻訳しているのである[9]。そしてこの夢の不思議な威信、この夢の持つ、人間の思考をそれと気づかぬままに造形してしまう力は、その夢が喚起している行為がけっして犯されなかった——なぜならつねに、かつ至るところで文化はその行為に対立しているから――という事実にまさしく由来しているのである」。

4　禁止と合法性との間の区別は、モラルに関わる意味によって支えられるような性格のものではない

したがって最も空疎でない理論が、同時に最も不条理な理論なのだ！　たしかにフロイトは、私がさきほど述べたあの大きな野心に答えようと望んだ（少なくとも答えたいという気持は抱いたのだ）。いわば「謎解き師」にふさわしい、奇異で、断固とした、そして神話を髣髴させるような歩みのセンスを彼は持っていた（「天上の神々を動かしえずんば冥界を動かさむ」という『夢判断』のエピグラフとして引かれた韻文が巻きおこした長い反響をどうして忘れることができよう……）。こうして一般的に言って、フロイトは彼の行なった理論的な展開に一つの価値を与えたのだが、それは実在するものの総体のなかにちょうど神話の価値がそうであるように位置するような価値なのである。レヴィ＝ストロースはその探求の広がりを指摘しながらもそれに保留を付しているが、そのことから考えてもその探求が不成功に終ったということはいっそうつらい思いにさせられる。結局のところ、想像力をむやみに高翔させることもそういう高翔をまったく欠くことももともに危険

であるような探求に釣合うのは、身近な事柄を検討することと厳密さを保つことだけであるのは言うまでもない。したがってゆっくりと粘り強く進む必要がある。そして複雑に絡み合ったデータに、つまり頭を悩ます「はめ絵」あるいは「ジグソーパズル」の諸項に尻込みさせられてはならない。

実際、それはある巨大な「ジグソーパズル」のようであり、これまで人々が解こうとしてきた謎のうちでもおそらく最も複雑で、最も手ごわいもののうちの一つである。果てしない謎であり、さらには絶望的なまでに厄介なものであると言わねばならない。レヴィ＝ストロースの大著の約三分の二の部分は、一つの問題を解決するために考え出された多種多様なコンビネーションを詳細に検討することに費やされている。そしてそもそもそういう問題を設定するということ自体が、まったく恣意的な錯綜と思えるものから、熟考のすえに引き出さねばならなかったものなのである。

「ある同一世代のメンバーは、等しく二つのグループに分割される。すなわち一方では（その親等がどうであろうと）お互いの間で「兄弟」とか「姉妹」とか呼んでいるいとこたちがいる（平行いとこ）。そして他方には異性の傍系親から出たいとこたち（その親等がどうであろうと）がおり、彼らはお互いに特別の名称で呼び合っていて、彼らの間では結婚が可能である（交叉いとこ）」。まず初めにこのような定義が、単純な型の定義であり、そしてそれは基本的な型であることがわかるようになる。しかしそれから派生する多数の変異型は無数の問題を提起するのである。だが、そもそもこのような基礎的構造のうちに与えられたテーマは、それだけでもうひとつの謎である。レヴィ＝ストロースはこう書いている。「同性の傍系親から出たいとこと異性の傍系親から出たいとことの間に、両者においては血縁関係の度合は同じであるにもかかわらずなぜ区別をもうけるのであろうか？しかしながらこれら両者の間の区別こそ、一方でまぎれもない近親婚（平行いとこたちは兄弟や姉妹と同化しているので）と、他方で婚姻の可能性であるばかりか、なかでも特に推奨される婚姻（交叉いとこは潜在的な配偶者の名で呼び合うから）との差異を生み出しているのである。だが、そういう区別は近親婚に関する今日の生物学的基準とは相容れない……」（一二七―一二八ページ）。

むろん事態はあらゆる方向に複雑化していき、まったく恣意的で、無意味な選択と思われることもしばしばある。それでも多数の変異型のなかで、さらにもうひとつの選別の様式が特権的な価値を持つことがわかる。単に平行いとこに対して交叉いとこが広く共通して特権を持つというだけではなく、さらには母系の交叉いとこが、父系の交叉いとこに対して特権を持つのである。ここでできるかぎり簡素化して明確に示してみよう。私にとって私の父方のおじの娘は平行いとこである。いま話が進められているこの「基本構造」の世界においては、私がその女性と結婚できず、いかなる仕方でも性的に関係することはできない可能性が大いにある。というのも私は彼女を私の姉妹の類同者とみなしており、彼女を姉妹と同じ名で呼ぶからである。しかし私の父方のおば（私の父の姉妹）の娘は、私の交叉いとこである。そしてその娘は私の母方のおじの娘とは同じ交叉いとこであるけれども異なる。前者が父系の交叉いとこと呼ばれ、後者が母系の交叉いとこである。私がそれらの交叉いとこのどちらとも自由に結婚できる可能性が大いにあることは明らかであり、実際に多くの原始社会でそれは実行されている（第一その場合には、父方のおばから生まれた前者はまた、母方のおじの娘であることもありうる。なぜならこの母方のおじは、父方のおばと結婚することが十分可能だからである。交叉いとこどうしの婚姻がもうそれ以上なんらかの選別の規範に服していないような社会においては、それはごく普通に起こることである。そのケースにあてはまる交叉いとこのことを、双系的な交叉いとこと呼ぶ）。しかし場合によっては、交叉いとこにあたる娘たちのうちで、ある娘との結婚が近親婚として禁じられていることもありうるのである。ある種の社会では「父の姉妹の娘（父方の側面）との結婚が好ましいと規定され、母の兄弟の娘（母方の側面）との結婚が禁じられている。ところが他の社会では、その逆が行なわれているのだ」（五四四ページ）。それでも交叉いとこにあたる両者の娘の状況は同等ではないのである。なぜなら前者の娘と私との間には禁止が働く可能性がきわめて高く、もし私が後者と結婚しようとすれば禁止にはばまれる可能性はずっと少ないからである。「父系的な婚姻か母系的な婚姻かという二つの形態の分布状態を考察してみると、後者の型のほうがずっと前者の型よりも勝っていることがわかる」とレヴィ＝ストロースは書いている（五四四ページ）。

以上のとおりが、まず第一に、婚姻の禁止、あるいは婚姻を推奨する規定の基礎をなしている血族関係の基本的諸形態である。

ただしこのような様式でそうした関係の諸項を明確にしようとすれば、神秘のヴェールがむしろ厚くなったように思われるのは言うまでもない。その理由は、親族関係のこのように区別される諸形態のうちに示されている差異がまったく形式的な差異であって、われわれには意味を欠いたものと見えるからというだけではない。またそこではわれわれが自分の両親や自分の姉妹たちを、それ以外の他の人間たちに対立させる明確な特性がなにであるのかをよく理解できないからというだけでもない。それに加えてそういう差異が生み出す効果は、それぞれの土地に応じて別であり、まったく正反対の効果となることもあるからである。それでわれわれは原則として、そこに関わり合っている存在たちの特性のなかに——つまりモラルに関するふるまい方という意味で彼らのそれぞれの状況のうちに、要するに彼らの人間関係のうちに、彼らを拘束する禁止の理由を捜そうとする傾向がある。しかしそういうふうにすると、われわれはますますその道からそれるように導かれてしまう。レヴィ＝ストロース自身、これほどはっきりした恣意性を前にしては社会学者はどれほど無力感に襲われるかと言っている。「交叉いとこ婚にまず同性の傍系親の子供と異性の傍系親の子供の区別という謎を提起した後で、こんどは母の兄弟の娘と、父の姉妹の娘との間の差異という第二の謎を付け加えることを、社会学者たちが認めるのは困難であろう……」(五四五ページ)。

しかし真実のところは、著者がその謎の近寄りがたい性格を提示するのは、それをよりよく解決しようとするためなのである。

実際に問題となったのは、原理的にはなんらの支えも持たないような区別が、それにもかかわらず重大な結果を持つことになるのはいったいどのような面の上なのかを見出すことであった。もしそれらの区別された諸カテゴリーのうちの一方が作動するか、あるいは他方が作動するかに応じて、そこから生じるある種の結果が異なってくるとすれば、そうした区別の意味が現われることになろう。レヴィ＝ストロースは原始的な婚姻制度のなかに、分配を目ざした交換の体系の役割を明示した。原始社会においては女を獲得するということはある貴重な富の獲得であって、その価値は神聖なものでさえあった。だからそういう富の分配は死活に関わるほどの問題を提起していたので、どうしてもそれに対応する規則が必要だったのである。今日の婚姻制度に見られるような無秩序と類似した無規則状態では、そのような問題を解決することはできなかっただろうと思われる。その回路のなかではあらかじめ権利が決定されているような交換の回路だけが、女を必要としている多様な男たちの間に女たちを均衡のとれた形で分配することに、おそらく不都合が生じることもしばしばあったであろうが、全体として見れば首尾よく成功したのである。

第二章　レヴィ＝ストロースの回答

1　外婚性の規則、女の贈与および女の分配

このような原始的な状況に基づく論理にわれわれが服するというのは、容易なことではない。婚姻の可能性が多数であり、しかも不定なものである現代世界において、完全に緊張の緩んだ状態のなかに暮しているわれわれには、しばしば敵対関係によって切り離される少数の諸集団に分かれて生きている人々の生活につきまとう緊張感を想像することはほとんど不可能である。したがって婚姻規則がそれに対応しているような困難な問題を想い描くためには、ある努力が不可欠となる。さらにわれわれはこうした原始社会における生活の一般的な諸条件にも考慮を払うべきであろう。

だから今日諸々の富がその対象となっている取引と類似したような取引を想像することは、基本的に慎まねばならぬことである。原始的な婚姻のうちたとえ最悪のケースにおいても、たとえば「売買婚」といった定式が示唆するような観念は、原始の現実とはひどくかけ離れている。なぜならそういう現実のなかでは、交換は、今日われわれにとってそれ

が意味するような、もっぱら利害の規則に従った狭い操作という様相は持っていなかったからである。

クロード・レヴィ＝ストロースは婚姻のような制度の構造を、原始時代の人々に活気を与えていた交換の総体的運動のなかに位置づけなおしたが、それは正当なことである。彼は「称讃すべき『贈与論』の結論部分」を参照するよう求めつつ、次のように書いている。「今日では古典となったこの研究において、モース[10]はまず第一に原始社会においては、交換は交易という形態においてよりもずっと相互的贈与という形態で現われることを示そうと努めた。そして第二に、そうした相互的な贈与はそれらの社会では今日の社会よりもはるかに重要な位置を占めていること、そして最後にそうした交換の原初的形態はただ単に経済的性格を持つのではなく、というか経済的な性格を本質とするのではなく、むしろ彼が適切にも「全体的社会事象」と呼んだものと関係するのであること、すなわち同時に社会的でもあり、宗教的でもある意味合い、呪術的でもあり、経済的でもある意味合い、有用でもあり、感情に関わるものでもある、そして法的でもあり、かつモラルに関するような意味合いなどを一切備えた全体的社会事象であることを示そうと努めた」（六六ページ）。

このような種類の交換は、つねにある儀式的な性格をおびているが、それを宰領しているのは、雅量＝気前のよさという原則である。ある種の財は有用なだけの消費、なんら活気のない消費に捧げられることはできない。一般的に言って、それらは奢侈的な財である。

今日でも奢侈品は根本的には生活のなかで儀式的な面に用いられている。たとえば贈り物としてとかレセプションの席で供されるとかに限られていたりする。また祝祭で使われるのに限られるものもある。その例はシャンペン酒である。シャンペンが飲まれるのはどのような機会かというと、それがその規則に応じて贈られる場合である。むろん飲まれるシャンペンはすべて取引の対象であり、その壜を買うために生産者に代価が払われるのは言うまでもない。それでもそれが飲まれるときには、それを支払った者は部分的にしかそれを飲まない。少なくともこのような原則がそういう類の財を消費する場合に宰領する原則である。というのもそうした財は祝祭という性質をおびており、その財がその場にあるということだけでもう他とは異なる時間を、つまりありふれたどうでもよい時間とはまったく異なった時間なのだということを提示するからである。そしてそもそもそういう財は、ある深い期待に応えるために、まさしく無際限になみなみとつがれ、溢れるべきであり、また当然溢れるはずだからである。

　この著作の第一巻（『呪われた部分――消尽』）を繙かれた読者は、私がそこで初めて展開した原則と、いくつかの事実を再び認識することだろう。ここではレヴィ＝ストロースがそれに与えた形――あるいはほとんどそれと同じ形で、もう一度その骨子を提示してみたい。繰り返しとなる点もあるが遺憾だとは思わない。なぜならそのことはある根本的な発見を強調するという価値を持つと信じるからである。残念ながら、経済理論という面においてその発見の意味に考慮を払ったのは私が最初であったし、――おそらくいまでも私ひとりが考慮を払っているのかもしれない。それでもとにかく私は経済《エコノミー》を普遍的な面の上で考察する。すなわちもし私が、いわゆる経済学《エコノミー・ポリティック》が考察している部分的な諸操作に視野を限定していたとしたならば、私は「交換の原始的形態」としての「贈与」に関する考察を導入することはできなかったであろう。またモースが考察している「贈与」、そして「ポトラッチ」は、レヴィ＝ストロースもそれを喚起しているとおり、ひとつの「全体的社会事象」なのである。そして贈与はそのような全体的社会事象として、同時に他のさまざまな面、しばしばお互いに切り離された面の上にも位置しているのである。普遍経済という観点において私がエロティシズムの様相に、つまりけっして切り離して孤絶したものとみなすことはできない様相に接近を試みるならば、普遍的な活動の動きを活性化している贈与の原則が性活動の基底に再発見されることを知っても、なんら驚くにはあたらないだろう。そのことは性活動の最も単純な形態についてまずあてはまる。なぜなら肉体的にみて、性行為は横溢するエネルギーの贈与と言えるからである。そしてまたもっと複合的な諸形態、結婚とか、必要な男たちの間に女を分配する法則についてもあてはまる。

　シャンペンのイメージをもう一度とりあげよう。というのもそれは普遍的な横溢の運動によって活性化されており、エネルギーの過剰の明確なシンボルとなるからである。そうするとレヴィ＝ストロースの学説の輪郭は次のように見えてくる。つまり自分の娘を妻とする父、自分の姉妹と結婚する兄弟は、いわばシャンペンを所有している者なのだが、けっして友達を招待せず、自分ひとりで酒蔵を飲み干してしまう者と同様なのである。父は自分の娘がそうである富を、また兄弟は自分の姉妹がそうである富を儀式的な交換の回路へと参入させねばならない。つまり身内の女を贈り物として与えねばならない。ただしそういう交換の回路は、一定の環境のなかでちょうどゲームの規則がそうであるように、全員に承認された一連の規則を前提としているのである。

このような交換の体系は、ある点では厳密な意味での利害関係から外れているのだが、そういう体系を宰領するような諸規則の原則をレヴィ＝ストロースは次のように表わしている。「贈り物はある場合はそれと等価の財と即座に交換されるが、またある場合にはその受益者によってただ受贈されるだけのこともある。それでもそこには条件が秘められていて、それによるとこんどは受贈者がのちになって、返答となる贈り物を返すという条件であり、その価値はしばしば最初の贈り物の価値を凌駕するのである。そしてそうするとまたその者はもっとのちに新しい贈り物――自分の贈った物の豪華さを超えるような贈り物を受け取る権利を手にするのである」（六七ページ）。このことに関して、われわれが主になにを記憶に留めるべきかというと、それはこのような操作が明らかに目指しているものは「なんらかの利益、あるいは経済的な性質を持つ利点などを獲得する」ということではないという事実である。時にはそういう雅量の素振りは、贈られた対象を破壊するところまで行くこともある。というのも純然たる破壊は、他の人々に向かって、破壊する人の大きな威信をおしつけるのは明らかだからである。そもそも奢侈な物――その真の意味はそれらの物を所有する者、それらを受け取り、あるいは贈与する者の名誉であるような物――を生産するということは、有用な労働を破壊すること、なんらかの有用な物を生産することに用いられるはずだった労働を破壊することにあたっている（その点でそれは有用な諸力、生産物を作り出す諸力を蓄積する資本主義とは正反対である）。すなわち産出された物＝対象を、光栄ある交換へと捧げることは、それらの物を生産的な消費から引き出すことになるのである。

「交換による婚姻」について語ろうとするならば、このように商業主義的精神――値切ることや、利益の計算――に対立する性格を強調すべきである。いわゆる売買婚ですら、このような運動の性質を分かち持っている。「売買婚は、モースが分析した基本的体系の一様態に過ぎない」とレヴィ＝ストロースは書いている（八一ページ）。たしかにこうした婚姻の諸形態は今日われわれがそこに人間性を認めるような結合の諸形態、双方の側からの自由な選択であることが望まれる諸形態とはまったく異なっている。しかしそれは女性を商取引とか計算とかの面の上に位置させることではなく、女性を祝祭的な性質へ、シャンペンへと近づけることなのである……。そういう婚姻形態においては、女性は「まずなによりも社会的価値の符標として現われるのではなく、ある自然な刺激物として」現われる

(八〇ページ)。「マリノフスキーが示したことによれば、トロブリアンド諸島においては、結婚した後においてさえも、マプラ[*5]を支払うということは、性的な恩恵という形で女性が提供してくれたサーヴィスに対し、男性の側から埋め合わせをするための反対給付という意味を表わしているのである」(八一ページ)。

こうして女たちは基本的に交流《コミュニカシオン》へと捧げられている。ということはつまり、女たちを直接的に自由にしうる男たちがその女たちを雅量の対象にしなければならないということである。男たちは女性を与えねばならない。だが、その与えるという行為が起こるのは、いかなる気前のよい行為も必ず雅量が一般的に循環する回路を構成するべく寄与することになるような世界のなかでなのだ。もし私が自分の娘を与えるならば、私は息子のために(あるいは私の甥のために)他処から女をもらうことができるだろう。要するに問題となっているのは、ある限定された集団を通して循環する雅量であり、有機的な交流なのである。交換の諸形態は、ちょうど舞踊《ダンス》や管弦楽編成《オーケストレーション》の多岐多様な運動がそうであるように、あらかじめ取り決められているのである。近親婚の禁止において否定されていることは、実はある肯定の結果にしか過ぎない。自分の姉妹を与える兄弟は、近親の女との性的結合の価値を否定しているのではなく、その姉妹を他の男と結び、彼自身を他の女と結ぶ婚姻というもっと大きな価値を肯定しているのである。雅量に基づく交換のうちには、身近な女を直接的に享受することにおいてよりももっと強烈な交流《コミュニカシオン》がある。より正確に言えば、祝祭性は運動の導入を――すなわち自己の上に閉じこもった状態の否定を、前提としている。したがって貪欲さに最高の価値を置くことへの否認を前提として想定しているのだ。性的な関係はそれ自体交流であり、運動なのであって、祝祭の性質を帯びている。性的な関係は本質的に交流であるから、それはまず最初から外へ出る運動を要請するのである。

諸感覚の激烈な運動が成し遂げられていく程度や範囲に応じて、そういう運動はある種の退歩、ある種の断念を要求する。[*6] そのような退歩がないとすれば、誰であれそれほど遠くまで跳躍することはできないであろう。だが、そういう退歩はそれ自体規則を要求しているのであり、その規則は輪舞《ロンド》を組織し、またその輪舞が無際限に再展開するよう保証するのである。

2　禁止の多様な諸形態は一見恣意的な外観を持つけれども、実際は贈与による交換に適した性格を持っていること

むろんこのことは説明を要する。第一私は、どれくらいの程度まで私がレヴィ＝ストロースの思想を（ある一点に関して）超えているかについてもっと詳しく述べねばならないだろう。というのもレヴィ＝ストロースは暗々裡においてしか語っていないし、私が主張

したいこと——つまりここで問題となっているのは、展開していく弁証法的なプロセスであるということまで言おうとはおそらくしていないと思う……。

彼の主張は基本的に次の点に限られている。「近親婚の禁止は、母とか、姉妹、娘と結婚することを禁じる規則であるというよりも、母、姉妹、娘を他人に与えることを義務づける規則である。それはとりわけて贈与の規則なのである。そしてしばしば誤認されていることの様相こそ、近親婚の禁止の性格を理解することを可能にしてくれるのだ。人々は母とか、娘とか、姉妹とかの内実的な資質のうちに、彼女たちとの婚姻が起こらないよう封じ込める理由を探そうとする。そうするとどうしても生物学的な考察の方向へと引き寄せられてしまうのである。なぜならそのように考察される諸個人の特性が、母であることであったり、姉妹であること、あるいは娘であることであったりするのは、生物学的な観点からだけなのであって、けっして社会的な観点からではないからである。しかしながら社会的な観点から考察されるならば、そのように母であるとか、姉妹、娘であるとかいう性格づけは、個々に分離した諸個人を定義するものとしては考えられず、それらの諸個人と他の人々との間の諸関係とみなされるのである」(五九六ページ)。

また他方でレヴィ＝ストロースは、女性の価値のもう一つの側面——それはおそらく先に挙げた側面と両立し得るだろうが、しかし明確に対立する側面——、すなわち女性の物質的な有用性も強調している。まず私はここで、こういう性格について私はどう考えるかを明らかにしておかねばならない。私としてはその性格は二次的なものと信じる。しかしその性格を考慮に入れなければ、実現される種々の交換の射程がどのような範囲に及ぶのかを測ることはできないであろう。そればかりかレヴィ＝ストロースの理論は宙吊りにされたまま保留となってしまうだろう。いままでのところそれは優秀な仮説であり、魅力的な説であるが、しかしこうした多様なヴァリエーションを持つ禁止の寄せ集めの意味を見つけることはまだ残されている。つまり親族の諸形態の間で、その対立はなんら意味がないと思われるにもかかわらず、特定の選択が行なわれることとの意味を見つけねばならない。まさにレヴィ＝ストロースが専念したのはそのように親族上の諸形態が交換に関していかなる多様な効果を及ぼすかを解明することであった。そういうやり方でレヴィ＝ストロースはみずからの仮説にある堅固な基盤を与えたのであり、そのためには自分がその仕組を解こうとしている交換の側面のうち、最も確実な側面である有用性の側面に依拠するのがよいと彼は信じたのである。

　私が第一に語った（そしてレヴィ＝ストロースも語っているが、しかし強く主張はしていない）側面、つまり女性の価値の魅惑的な側面に、実際他の側面、つまり妻を所有することが夫にとってそうであるような物質的利益の側面が対立している。

　この利益という側面は否定しようがないだろう。そして実際、もしそれに気づかないならば、女性の交換という運動を十分に理解しつつたどっていくことはできないだろうと思う。本書のもっと後で私はそれら二つの観点の明らかな矛盾を構成するよう試みたい。しかしそのことはレヴィ＝ストロースの解釈と両立不能であるというわけではまったくない。だが、私はまずレヴィ＝ストロース自身が強調している側面を浮彫りにしてみたいと思う。彼は書いている。「しばしば指摘されているとおり、婚姻は、大多数の原始社会において（ちょうど今日の社会で農民階層において――むろんその度合は低いが――そうであるように）、ある経済上の重要性を示している。今日われわれが暮している社会では、独身者と妻帯者との経済的な意味での規定の違いは、もっぱら前者の方が自分の洋服ダンスをより頻繁に新しくしなければならないというぐらいの違いに還元されている」(11)（四八ページ）。ところが経済上の欲求を満たすためには夫婦の共同性と性による労働上の分業に全面的に依存している集団のなかでは、状況はまったく異なっている。男と女の技術的な専門が異なり、だから日常的な任務に必要な物を製作する場合、お互いに依存し合っているというだけではなく、男と女は異なるタイプの食料の生産に従事しているのである。したがって食料の確保が完全に、そしてとりわけ規則的に行なわれるためには、夫婦が構成する真の「生産協同体」に依拠しなければならない。このようにひとりの男がどうしても結婚しなければならない必要性のうちで暮らしているということは、ある意味では、潜在的にある種の制裁を定めていることになる。もしひとつの社会が女性たちの交換をうまく組織化できないとすれば、実際に混乱が生じることになろう。だからこそその操作は偶然に委ねられてはならず、相互性を保証する諸規則を当然含んでいるのである。だが、また他方では、交換の体系がどれほど完璧なものであろうと、その体系はあらゆるケースに呼応することはできない。だからさまざまなずれが生じ、しばしば変化が起こるのである。

原則的な状況はつねに同じであり、そういう交換の体系がどんなところでも保証しなければならない機能がどのようなものであるかを定義している。

むろん、「結婚を否定するような側面は、禁止の粗削りな上部の側面にしか過ぎない」(六四ページ)。むしろいたるところで相互性の、あるいは循環の運動を開始させるような諸々の義務の総体を規定することが重要なのである。「そのなかでは結婚が禁じられている集団は、ただちにある他の集団という観念を喚起する……。すなわちそのなかでは結婚が場合に応じて単に可能であることもあり、あるいは不可避的に必ず行なわれることもあるような集団という観念を呼び出す。娘とか姉妹との性的な交わりが禁止されることになると、その娘や姉妹はどうしても婚姻という形でだれか他の男へ与えられることになる。それと同時にその与えられた女性のおかげで、こんどはその女性を受け取った男の娘、あるいは姉妹を求める権利が生じるのである。このように禁止という形で婚姻を否定する約款が定められると、そういう約款は必ずそれを埋め合わせるように婚姻を肯定する面も持っている」(六四ページ)。そうだとすれば、「私がひとりの女性と性関係を結ぶことをみずからに禁じると、そのことによってその女性はある他の男の手に入ることになるが、そのときやはりひとりの女性を断念する男がどこかに必ず存在しており、それによってその女性は私の手に入ることになるのである」(六五ページ)。

フレーザーが最初に、すでに気づいていたことであるが、「交叉いとこたちの間の結婚は、氏族間の相互的婚姻を目ざして姉妹たちをお互いに交換するということから、単純にかつ直接的な形で、しかもごく自然な脈絡をたどって派生してきたのである」[12]。ただしフレーザーはそこから出発して一般性を持つ説明を与えることができなかったし、他の社会学者たちもそうした見どころのある考え方を再び取り上げることはなかったのであった。平行いとこの間の結婚においては、その集団は女を失うこともなく、獲得することもないのに対し、交叉いとこ婚は、ひとつの集団と他の集団との間の女の交換をもたらすことになる。実際、交叉いとこたちの通常の条件においては、女のいとこは、彼女の男性のいとことは同じ集団に属していないのである。このような様式で、「相互性という構造が構成され、その構造に応じて女を獲得した集団は返さねばならず、女を譲った集団は新たに要求することができるのである……」(一七八ページ)。「平行いとこたちはお互いに、形式上同じ立場に位置している諸家族から出自しているのであり、そういう形式的立場は、静的で均衡のとれた立場である。それに対し、交叉いとこたちは形式上対立する立場にある諸家族から出自しているのであって、それらの立場は相互に動的な不均衡状態にあるのである……」（同ページ）。

このようにして、平行いとこたちと交叉いとこたちとの間にある差異は一見すると不思議な神秘と思えたが、それは一方で交換に適したものと解される場合と、他方で停滞してしまうものと解される場合との間の差異として了解される。ただしこうした単純な対立においてはわれわれは二項的な機構を問題にしているに過ぎないので、その交換は制限された交換と名づけられている。もし二つよりも多い諸集団が関わり合いになる場合には、一般的な交換へと移行する。

一般的交換においては、A集団の男はB集団の女と結婚し、B集団の男はC集団の女と結婚する。そしてC集団の男がA集団の女と結婚するのである（さらにこれらの形態は拡大することが可能である）。このように異なった諸条件において、さきほど見たとおり、いとこたちの結びつきが交叉いとこ関係であるということが交換に適した特権的な形態を与えたのと同様に、母系の交叉いとこ婚が構造上の諸々の理由によって、無際限な連鎖をなす関係へと開かれる諸可能性を与える。レヴィ＝ストロースは書いている。「あらゆる諸世代の間に、そしてまたあらゆる家系の間に、物理法則、あるいは生物学的法則と同じくらい調和がとれ、かつ不可避的に生起する相互性の広大な輪舞が組織されるためには、人間たちの集団が、母の兄弟の娘との結婚という法則を定めるだけで十分である」（五六〇ページ）。それに対し、「父の姉妹の娘との結婚」は、婚姻による交換の連鎖を拡大することができない。したがってそうした交換の欲求につねに結ばれている目的、すなわち婚姻関係の拡大と権力の拡張という目的に、ある活発な様式で到達することはできないのである。

3 エロティシズムの諸々の変遷──一つの歴史として考察された変遷

レヴィ＝ストロースの理論に両義的な性格があるということは、けっして驚くにあたらない。一方で女たちの交換は、というよりむしろ贈与は、女を与える者の──ただし同じようにしてもらうという条件においてのみ与える者の利益を巻き込み、賭けに投入する。そして他方ではそのような贈与は、与える者の雅量に基づいているのである。このことは「贈与－交換」の二重の様相──しばしば「ポトラッチ」という名が与えられている制度の二重の様相に呼応している。すなわちポトラッチは同時に計算ののり超えでもあり、また計算の極みともなるからである。しかしながらレヴィ＝ストロースが女たちのポトラッチとエロティシズムの構造との間の関係についてほとんど強調しなかったということは、おそらくきわめて残念なことであると思う。

実際、われわれがやがて見るとおり、エロティシズムが形成されるためには、怖れと魅惑との交互作用、否定とそれに続く肯定という交互作用が起こるということが、論理的に当然なものとして含まれているのである。そういう肯定は、それが人間的であり（エロティックであり）、ただ単に性欲的でなく、動物的ではないという点で、直接＝無媒介的な前者（すなわち否定）とは異なっている。もっとも結婚がしばしばエロティシズムの対極にあるように思えることはたしかである。それでもわれわれが結婚についてそのような仕方で判断しているのは、おそらく二次的なある様相のせいでそうしているのだ。婚姻の諸規則が確立されたその時点では、つまりそれらの規則が結婚を禁じる障害を打ち立て、また他方でそうした障害を解除することを命じたその時点においては、それらの規則は真に性活動の諸条件を規定していたのだと考えることは不可能だろうか？　制度としての結婚は、性的関係を結ぶということがある根本的な様態でそれらの規則に依存していた時代の一種の残存物であるように思われる。本質的な意味で性活動に関わる一連の禁止、および禁止を解除する規定から成る一つの体制は、もしそれが目指すものがまず夫婦を基にした家庭を確立することという意味しか持たないものだったとしたら、それほど厳密な形で構成されたであろうか？　私の考えでは、あらゆる面から眺めると、それらの規則を定めることのうちには、奥深い内面的な諸関係の問題が提起されているように思われる。そうでないとしたら、身近な女を断念するという自然に反した運動が、そこに与えられていることをどのように説明できようか？　それは稀れに見るほど大きな運動であり、一種の内面的な革命であって、その強烈さは過剰なまでであったに違いない。というのもいまやなにかそれに違犯するかもしれないと考えただけでも襲われる恐怖は、最も強い恐怖さえもありふれたものと思わせるほどとなるからである。おそらくこのような運動こそ、女性のポトラッチの（外婚制の）根源に、すなわち強い所有欲の対象を与えるという逆説的な贈与の根源に潜むものである。私の見方によれば、禁止のそれのような制裁があれほど強力な形で——しかも至るところで——力を奮《ふる》うようになったのは、そういう制裁が生殖活動に伴う激烈さに関わるものであったと考える以外、とても理解しようがないのではないかと思う。そしてそれと相関的に禁止を受けた対象は、その禁じられたという事実そのものによって強い所有欲へと指し示されることになったのであると思われる。そういう禁止は基本的に性的な性質によるものであったから、おそらくその対象の性的な価値を（というよりむしろその対象のエロティックな価値を）強調したのである。まさしくその点に人間を動物から分かつものがある。自由な性活動に対立する形で置かれた限界《リミット》が、動物にとってはある逆らいがたい衝動、とらえどころのない、ほとんど意味を欠いた衝動にしか過ぎなかったものにある新しい価値を与えたのである。

　こうした相関的な二重の運動こそエロティシズムの本質をなすものと私には思われる。さらにまた、もしレヴィ＝ストロースの理論をよくたどって行くとすれば、それは近親婚の禁止に結ばれた交換の諸規則の本質をなすものでもあると思われる。エロティシズムとこれらの諸規則との繋がりは、そうした規則が基本的に結婚を対象としており、そして前述したとおり、結婚とエロティシズムはほとんどの場合お互いに対立するものと考えられているせいで、しばしば捕捉することが困難である。つまり子供を産むことを目ざした経済的な協同関係という側面が、結婚の主要な側面となっているからである。もしも結婚の諸規則が真に作動しているならば、それらの規則は性生活の過程全体を対象としていたこともありうるのであるが、しかし結局のところそれらの規則はまるで有用な富を分配することだけを唯一の対象とするかのように物事は運ばれていくのである。すなわち女たちはもっぱら子供を産む能力と労働力という意味を持つようになったのである。

　このように矛盾した進展をたどるということはあらかじめ与えられていたと言える。というのもエロティシズムに関わる生は規則づけられないということが確実だからである。それは規則を受け取ったが、しかしそうした規則はまさしくエロティックな生に、規則の外の領域を割り当てる以外にはなかったのだ。それでひとたび結婚からエロティシズム的なものが排除されると、結婚は主として物質的な側面を呈するようになっていったのであり、レヴィ＝ストロースがそういう側面の重要性をマークしたのも当然であった。実際、女性－所有欲の対象を分配することを保証する諸規則は、女性－労働力の分配も保証したのである。

　ここでわかることは、たしかに人間の性生活はある単純な与件として考察されることはできず、ひとつの歴史として考察されるべきだということである。まずそれは動物的な自由の否定なのであるが、しかしそれがみずからに与える規則は決定的なものではない。その運命は絶え間のない逆転なのであって、そういう転倒の複雑に入り組んだ曲折をたどるよう試みたいと考える。

第三章　動物から人間への移行

1　レヴィ＝ストロースの理論の限界と動物から人間への移行

レヴィ＝ストロースの著作は、近親婚の禁止がもたらした奇妙な諸結果によって提起された主要な問題によく答えているように思われ、また望外の精密さに達してさえいると思われる。私がさきほど行なった分析の終りの部分で二重性を持つ運動を導入することが必要であると考えたのは、そもそもそういう運動がこの著者自身の展開した説明のなかに暗々裡に含まれていたからである。

それでも全般的に見てこの著作が従おうとする歩調のせいで、著作全体の射程範囲が制限されることはないにしても、少なくともその直接的な意味が一定程度限られているのは否めないと思う。この本の本質的な部分は、交換の運動のなかに、すなわち生の総体性がそこで構成される「全体的社会事象」のなかに与えられている。この原則にもかかわらず、経済的な説明がまるでそれだけでつじつまが合うはずであるとでもいう具合に、ほとんど最初から最後まで貫徹している。そういう経済的説明に対立する見解を述べることは、著者自身が必要だと認めて留保を付している範囲に応じてならある程度可能であろうが、それ以外の場合にはほとんどできないだろう。しかし構成されていく総体を、もう少し遠くから眺めてみる必要性は残されていると思う。むろんレヴィ＝ストロースもその必要性を感じており、それで本書の最終部分では期待されていた総体的概観が与えられている。そうした箇所はみごとなものであり、本質的な点を突いているが、しかしそれが表わしているのは一つの理論的構築というよりもむしろ方向性の指示である。切り離されたひとつの様相の分析は完璧に遂行されているが、そういう切り離された様相が挿入されるべき総体的な様相はエスキスの状態にとどまっている。一見したところその理由は、哲学の抱く怖れに依っている。つまり学問の世界を支配している――おそらくそれなりの理由が十分あってのことだが――哲学の抱く怖れのせいであるように思われる。しかしながら私の考えでは、自然から文化への移行の問題に接近するためには、みずからの視野を切り離し、抽象化する学問＝科学の限界のなかに位置しているだけでは難しいと思う。こうした限界のうちにとどまろうとする欲求は、動物性についてではなく自然について語り、人間についてではなく文化について語るという事実のうちにおそらく感じとられるものである。それはひとつの抽象的な視角から他の抽象的なそれへと移行することであり、存在の総体がひとつの変化のうちへと参入させられるモメントを排除することである。そういう総体をあるひとつの状態のなかで、あるいはたとえいくつかの状態のなかであろうと捕捉することは困難だろうと私には思われる。そして人間が到来するということのなかに与えられる変化は、人間の生成がそうであるものの全体から切り離すわけにはいかない。つまりその変化は、もし人間と動物性が分裂してお互いに対立するならば——すなわち分かたれた存在の総体性を呈示しつつ、分裂のなかで互いに対立するならば、そのときそこで関係してくるもの、問われることになるものの全体から、切り離すことはできないのである。[*7] 言いかえれば、われわれは歴史のなかにおいてしか存在を捕捉することはできない。ということは諸々の状態の継起のうちにおいて、という意味ではなく、ある状態から他のそれへの変化、移行のうちにおいて、という意味である。自然について、文化について語るということで、レヴィ゠ストロースは抽象的な見解を並列的に示した。だが、動物から人間への移行はむろん論理的に当然のものとして形式的な諸状態を含むけれども、それだけではなく、動物と人間が互いに対立したドラマもまた内包しているのである。

2　人間の特性

歴史上で捕捉されるさまざまな禁止、労働の出現、そして主体の側においては、長く持続する嫌悪感とのり超えがたい嘔吐感などは、動物と人間との対立をきわめて明確に刻印しているので、その出来事が起こった日付は太古のことであるにもかかわらず、そういう対立という出来事ほどよく知られているものはなにもないと私は言うことができる。私はほぼ異議を受けそうのない事実――人間は自然的な与件を単純に受け入れるのではない動物であり、自然的な与件を否定する動物であるという事実を、原則として提起したい。こうして人間は自然的な外部世界を改変するのであり、そこから諸々の道具を、また製作された物《オブジェ》を生み出し、そしてそれらのものがある新しい世界、人間的な世界を構成することになる。それと並行して、人間は自分自身を否定し、自らを教育する。つまり、たとえば動物的な欲求《ブゾワン》を充足させるに際しても、動物ならなんら留保もなくその充足行為をまったく自由な成行きにまかせるのだが、人間はそういう自由な成行きを拒むことがありうる。さらにまた人間が行なう二つの否定――与えられた世界の否定、および自分自身の動物性の否定――は、結び合わされていることを認める必要がある。それら二つの否定のうちのどちらに優先権を与えるかということ、つまり労働の結果として教育（それは諸々の宗教的な禁止という形で現われる）があるのか、それとも精神的な世界のうちに起こった変動の結果として労働が可能になったのかを追求するということは、われわれの役目ではない。問題なのは、人間がいるかぎり一方には労働があり、かつ他方には人間の動物性をさまざまな禁止によって否定する作用が働いているということなのである。

　人間は基本的にみずからの動物的欲求を否定するのであり、人間の根本的な禁止が対象として関わったのはこの点である。そうした禁止のうちのいくつかのものは、きわめて普遍的であり、あまりにも自明なものと見えるので、それが問題として浮かび上がることは一度もないほどである。厳密に考えると、聖書だけが「アダムとイヴは自分たちが裸体であることを知った」と述べて、性本能の一般的な禁止にある個別的な形態（裸体の禁止という形態）を与えている。しかし排泄物への嫌悪については、もっぱら人間に見られる事実であるにもかかわらず、それに触れられることとさえない。一般的にわれわれ人間の排泄作用に関わる戒律は注意深い思索の対象になることはけっしてないし、さらにはタブーのうちのひとつとして分類されることとさえないのである。こうして動物から人間への移行を示す様態のうちには、あまりにもネガティヴな面を呈しているので、語られることのない様態がある。人間の宗教的な反応のなかには、最も無意味なタブーさえも数え入れられているのに、その様態はそこに入れられていないのである。この点に関しては否定の作用が完璧に働いているので、そこになにか重要な問題があると気づき、そう断言することさえ人間性に反するとみなされるほどである。

簡略化するために、私はここでは人間の特性の第三の側面、すなわち死の認識に関わる側面については語らないことにしておく。ただ動物から人間への移行に関してほぼ異論の余地のないこの概念は、原則としてヘーゲルが概念化したものであると付け加えておきたい。しかしながらこうして第一の側面と第三の側面を強調しているヘーゲルも第二の側面を取り上げることは避けており、そうすることによって（つまり語らないということによって）人間たちが従っている普遍的な禁止に服しているのである。それは最初そう思われるよりもいっそう一貫性を欠いた態度である。というのも動物性の否定のこうした基本的な諸形態は、もっと複合的な形態のうちにもふたたび見出されるからである。まさに近親婚が問題となる場合には、猥褻性の基本的禁止を無視することが可能であるというのはまったく疑わしい(13)。

3　近親婚の規則の可変性と性的禁止の諸対象の一般的に可変な性格

近親婚を定義する場合、いま見た点から出発して試みないわけがどうしてありえようか？　われわれは、「これ」は猥褻である、と言うことはできない。猥褻性とはひとつの関係である。あたかも具体的な量の「火」があるとか「血」があると言うように、「猥褻さ」があるのではなく、ただたとえば「羞恥心への凌辱（猥褻罪）」があるように「猥褻さ」があるのである。これこれのものは、この人物がそれを見、それを語るならば、猥褻である――つまりそれは正確な意味におけるひとつの対象なのではなく、ある対象とある人物の精神との間の関係なのである。この意味においてなら、そこでは所与のいくつかの様相が猥褻であるような、あるいは少なくとも猥褻に見えるような諸状況を定義することができる。ただしそもそもそれらの状況は不安定であって、つねにはっきりと規定できない諸要素を前提として仮定している。あるいはそれらの状況がなんらかの安定性を持つとしても、どうしても恣意的な要素なしには済まされない。また同様に、生活上のさまざまな必要性に応じるためのいろいろな便宜という要素が多数あることもたしかである。近親婚はこのような諸状況のうちのひとつであって、まったく恣意的に定義されている。

このような表示の仕方はきわめて必然性があり、ほとんど不可避であるので、もしわれわれが近親婚の普遍性を引き合いに出すことができないとすれば、われわれは猥褻性の禁止が人間性にとって普遍的な性格を持つということを容易には示すことができないだろう。近親婚は、人間と肉感性の否定（肉感的動物性の否定）との間にある根本的な繋がりを明かす最初の証言である。

むろん人間はある表面的なやり方によって以外（もしくは、そこでは肉感性が欠如するよう排除した閉域を作り出すことによって以外）、肉感性を否定することにけっして成功しなかった。聖人でさえも少なくともその誘惑は感じていたのである。だから問題となるのは、ただ性的な活動が入ることのできない諸領域を留保しておくことだけである。こうして特別に留保された場所とか、状況とか、人物などが存在するようになる。そしてそれらの場所、また状況においては、あるいはそれらの人物に対しては、むき出しの肉感性を示す諸様相は猥褻なのである。そういう諸様相は、ちょうどそれらの場所、状況、人物がそうであるように可変的であり、つねに恣意的に規定されている。たとえば裸体はそれ自体において猥褻なのではない。そしてたしかにいろいろな場所で猥褻となっているのだが、しかしその様態はまったく異なっている。そういう一種のずれのせいで、『創世記』は猥褻性という感情が生まれることによって動物から人間へと移行する過程を述べながら、裸体について語っているのである。それでも二十世紀の初頭においては羞恥心を傷つけたものが、今日ではもう傷つけないか、または傷つける度合が少ないことが知られている。また水着の女性の肉体の露出は、スペインの浜辺ではなお猥褻であるが、フランスの海岸ではそうでない。だが、フランスにおいても、街のなかでは水着の女性は多数の人々を困惑させるだろう。同様にデコルテのドレスは真昼間には不作法だが、夜になると礼儀にかなっている。そしてどんなに露出した姿態であっても、医者の診察室においてはまったく猥褻ではないのは言うまでもない。

同じような条件において、人物たちに対する留保はまったく可動性に富んでいる。原則としてそれらの留保によれば、一緒に暮らしている人物たちの間の性的接触は、父と母との関係、つまり必然性を持つ夫婦生活に限られている。しかしながらそういう限定は、さきほど見たようなさまざまな様相、状況、場所に関する禁止がそうであるのと同様に、きわめて不確定性が高く、変化しやすいのである。まず第一に「一緒に暮らしている」という表現は、けっして明確化されないという条件においてしか許容されない。だからこの領域においても、さきほど裸体の意味が問題となっていたときと同じくらい多くの恣意的な要素――そしてまた同じくらい多くの生活上の便法――が見出される。とくに便宜性の影響を強調しておかねばならない。レヴィ゠ストロースの行なった説明は、この役割を十分明確に提示している。婚姻の許される親族と禁じられる親族との間の恣意的な限界は、交換の回路が保証される必要性に応じて変化する。組織された回路が有用であるのを止めるとき、近親婚とみなされる状況は減少していく。その有用性がもはや働かなくなると、婚姻を妨げるそれらの障害――いまやなぜそれが障害なのかわからず、その恣意性が不快なものと思われる障害から、人々は逃れようとする。このこととは逆に、禁止の意味はそれが安定した性格を示すとともに強化される。それによって禁止の内在的価値がいっそう感じ取られるからである。そもそもたとえば中世における離婚訴訟においてそうであるように、それが便宜にかなう場合には、禁止の限界が新たに拡大されることもありうる……。いずれにせよ問題となるのはつねに動物的な無秩序に向かって完成した人間性の原則を対立させることであり、そういう完成した人間性にとっては肉体、あるいは動物性は存在しないとみなされているのである。完全に充実した社会的な人間性は、諸感覚の無秩序を根底から排除する。自分自身の自然的な原則を否定し、そういう与件を拒否する。そして人工的な家――寄せ木張りの床、さまざまな家具、窓ガラスでできた家の洗い清められた空間しか許容しない。そこを横切って往来するのは、単純であると同時に侵しがたい、柔和であると同時に近寄りがたい尊敬すべき人物たちである。こうした象徴的形象のうちに与えられているのは、息子に対して母を、父に対して娘を留保する限定というだけではない。それは一般的に言って、みずからの諸価値を、激しい暴力性や情念の穢れなどを避けるような様式で高めようとする、無性化した人間性のイメージ——あるいはその聖域——なのである。

4　人間の本質は近親婚の禁止のなかに、そしてその結果である女性の贈与のなかに与えられている

以上のことはけっしてレヴィ＝ストロースの理論に異を唱えることではない。肉体的な動物性を極限的に否定する（可能なるものの極限において）というイデーは、むしろ不可避的に二つの路の交叉する地点——レヴィ＝ストロースがそこへと向かって入って行った地点、というよりもっと正確に言えば、結婚というものがそれ自体そこへ入り込んで行った二つの路の交点に位置することになるのである。

ある意味においては、結婚は利害と純粋性という相反する両者を結びつけ、肉感性と肉感性の禁止とを、また雅量と吝嗇さを結び合わせる。それを開始する運動という点において見ると、結婚は動物性の正反対であり、すなわち贈与なのである。レヴィ＝ストロースがこの点に関して十分解明したことは疑う余地がない。そしてレヴィ＝ストロースはそう

した運動をみごとに分析したので、彼が行なった概念化のなかにわれわれは贈与の本質をなすものを明確に認めることができる。すなわち贈与はそれ自体断念なのであり、動物的な快感享受、直接＝無媒介的で、留保のない享受の禁止なのである。ということはつまり、結婚は配偶者どうしの事柄であるよりもむしろ、女を「贈与する者」、その女性（娘とか、姉妹）を自由に享受する可能性があったにもかかわらず、その女性を贈与する男性（父とか、兄弟）の事柄なのである。*8 その女を贈与するということは、おそらく性的行為の代理でありえよう。いずれにせよ贈与がそうである横溢性は、性的行為それ自身と同じ意味——諸資源を消尽するという意味——を持っている。ただこのような形態の消尽を可能にした断念、そして禁止によって根拠づけられた断念のみが、贈与を可能にしたのである。たとえ贈与が性的行為がそうであるように負荷を軽減するにしても、それはもはやいかなる程度においても動物性が自己を解放する様態とは言えない。そしてこのようなのり超えから人間性の本質が浮き出てくる。身近な近親婚を断念するということ——自分に所属している物そのものを自らに禁じる者が行なう留保＝慎しみ——それは人間的な態度を規定するものであり、動物的な貪欲さの対極にある。そして前に述べたとおり、そのことは相関的にその対象の魅惑的な価値を強調することになる。それは一つの人間的な世界、そこでは尊重と慎しみと遠慮が暴力性に勝るような世界の雰囲気を創り出すことに貢献するのである。それはエロティシズムを補完するものである。つまりそこでは所有欲をそそるよう約束された対象がより尖鋭な価値を獲得するエロティシズムの世界を補完するものである。もし一方に禁じられた諸価値の畏敬がなかったとしたら、エロティシズムもありえないだろう。が、もしエロティシズム的な逸脱が可能でもなく、魅惑的でもなかったとしたら、そういう畏敬は十分なものではないだろう。

　むろん、畏敬は暴力性の迂回にしか過ぎないだろう。一方で畏敬は、そこでは暴力性が禁じられているような、人間化した世界を秩序づける。しかし他方で畏敬は、そのように暴力性が容認されなくなった領域に、突如として暴力性が侵入する可能性を拓くのである。禁止は性的な活動の暴力性を変質させるのではなく、人間的な環境をうち立てることによって、それを動物性が知らなかったものへと、つまり規範の侵犯へと変えるのである。

　一方の端に侵犯の（あるいは奔出するエロティシズムの）瞬間を置き、他方の端に性的な事象がまったく受け入れられないような一世界の存在を置くと、それは現実の両極端を提示することになり、その両者の間にはさまざまの中間的な諸形態が豊富に見られる。一般的に言えば性行為は罪という意味は持たず、外部から来た夫のみがその土地の女と性的な接触をすることができるという地方的特色は、きわめて古い時代の状況に呼応する特色である。ほとんどの場合、節度のあるエロティシズムは容認されており、性的事象を排除することは、たとえその排除が厳格であるように見えるときでも、表面に触れているだけである。しかし最も大きな意味を開示するのは、極端なケースである。本質的に重要なことは、たとえどれほど狭隘なものであろうとそこではエロティックな様相が思考の外に置かれるような一世界が存在すること、そして同時にそこではエロティシズムが最も強力な価値、すなわち転倒という価値にまで達するような侵犯のモメントがあるということなのである。

このような極端な対立がそもそも構想されることが可能なのは、諸々の状況が絶え間なく変化することがありうるという事情を考慮する場合だけである。こうして結婚のうちに含まれている贈与という部分は、――贈与とは祝祭に結ばれており、またつねに贈与の対象は奢侈とか、豊かな横溢、過度な濫費などに関わるものなのだから――そういう祝祭の昂揚感に結ばれた結婚を、侵犯の一モメントとして際立たせることがありえよう。しかしながら結婚のそうした侵犯という側面は確実に薄れてしまった。最終的には、結婚はむしろ性活動と、さきほど述べた意味での畏敬との妥協の産物となったのである。さらには特に畏敬という意味を持つようになっている。それでも結婚の瞬間は、つまり結婚への移行は、むろん漠然とではあるがそれがかつて原則としてそうであった侵犯的ななにものかを保存している（この側面は原始的な伝統においては残存しており、初夜権のような形で感じとられることができた。それは最高の権力者が権力を濫用したということよりも、性的な行為を最初に開始する操作を、侵犯する力を持っている人物たちに委ねるという意味を示していたのである。太古の時代には、そうした人物は司祭にほかならなかった）。しかし夫婦生活は、生殖活動に伴うあらゆる横溢性を禁止の世界のなかに、つまり部分的には母たちや姉妹たちの世界に比較されるような世界——いずれにせよそれに隣接した（いわばその影響に染まった）世界のなかに吸収してしまう。そういう運動のうちで、禁止に基礎づけられた人間性の純粋さ——たとえば母の、姉妹の純粋さ——がゆっくりと、むろん部分的にではあるが、母となった妻のうちへと移ることになる。こうして結婚という状態は、本来人間的な生活、動物的な欲求の自由な充足に対立した禁止を畏敬し、遵守するなかで営まれる生活という可能性を確保するのである。

第三部　自然における禁止の対象

第一章　性と排泄物

1　自然の否定

近親婚の禁止を決定づけた動きのなかに、私は、性活動の明白に人間的な様式の起源を捉えたいと思った。だが、近親婚がこの起源に関連しているとしても、禁止自体は明らかに、性が人間のなかに持った新しい形態の原因ではなく、むしろその結果である。私がまず近親婚の禁止について語ったのは、それが、人間の起源において性の奔放な発露に抗した激しい嫌悪の、最もたしかなしるしであるからだ。人類最古の祖先に、近親婚を人間固有の生活から（集団生活から、と言ってもよい）排除するよう仕向けたのは、明らかに、性行為に関する重苦しい感情、動物たちのつゆ知らぬ感情である。

基本的にはすでに述べたことだが、動物的欲求に対する激しい嫌悪は、死および死者への嘔吐感と労働の実践とに対し相関的な関係を持っているが、この嫌悪こそ「動物から人間への移りゆき」を印したものである。人間とは、自然を否定する動物である。人間は労働によって自然を否定し、これを破壊して人工的な世界に変える。人間が自然を否定するのは、生の創造活動の側面においてであり、また、死の側面においてである。近親婚の禁止とは、人間になりつつある動物が自己の獣的な条件に対し抱いた嘔吐感の結果のひとつである。動物的なものの取るさまざまな形態は、人間性という意義を帯びた、光に満ちた世界からは排除された。

だが、これらの形態は想像のうえで否定できるにすぎなかった。人間は動物的な肉の世界を限られた範囲に――それがまさにしかるべき場所に位置している範囲に――閉じ込めるすべを持っていたが、けっしてそれを抹消する意志はなかった。そのようなことを望みさえできなかったであろう。人間は、動物的な肉の世界を光から遠ざけ、人目につかない夜のなかに閉じ込めながら、その生々しさを和らげることで満足しなければならなかった。汚穢の位置する場所は蔭のなか、けっして見られることのない蔭のなかであった。秘密こそ性活動の条件である、ちょうど生理的欲求が満たされるための条件でもあるように。

夜はこのように二つの世界を、しかも別箇のものでありながらつねに結びつけられる二つの世界を、包括する。同じ嫌悪が、性機能と排泄行為とを同じ夜のなかへ遠ざける。生殖器官と排泄器官とはおのずと接近しており、また部分的に一体化しているので、両機能の結合も自然である。もちろん、われわれが両方の「汚物」に対して抱く嘔吐感を掻き立てる嫌悪にあって、なにが本質的な要素であるのかを決定することはできない。はたして、われわれの抱く嫌悪ゆえに排泄物が悪臭を発するのか、その悪臭こそわれわれの嫌悪の原因なのか、ということさえ知りえないのである。臭いに関して動物は不快感を示さない。人間だけが、こうした自然を恥としているように見える、自分がそこから生れ、そこを出自としている事情はけっして変わらないにもかかわらず、である。これはわれわれには実に顕著に感じ取れる。この人間化された世界を、そこから自然の痕跡までもぬぐい去りながら、われわれは自分に似せて秩序だてた。とりわけ、自分がどのようにして自然から生れてきたかを想起させる可能性のあるものはすべて、人間化された世界から遠ざけてしまった。人類全体が、自分の賤しい出自を恥じる成り上がり者の集団に似ている。人間は、自分の賤しい出自を暗示するものを遠ざける。それに、「名家」や「良家」とは、みずからの卑賤な生れをもっとも念入りに隠蔽する一族でなくてなんであろうか。かくして、聖アウグスティヌスは、だれかれの区別なくわれわれの起源にある肉のもつ、口にするのもはばかられる性格をこう表現した——*inter faeces et urinam nascimur*（われら汚物のさなかより生れ出ず）と。それにしても、われわれが生れ出てくる汚物は、それ自体としてわれわれの目に穢らわしく映るのか、あるいは、われわれがそこから生れ出るがゆえにそう見えるのかは、けっしてわからないであろう。明らかなのは、自分が生命から、肉から、血なまぐさいひとつの汚穢の総体から生れてくる事実を、われわれが遺憾に思っていることである。極端な言い方をすれば、われわれの嘔吐感の特権的対象は、まさにわれわれが、い、い、い、そこから身を離す相においてい、い、捉えられた生命体である、と考えることができよう。われわれは汚濁のなかから自分の子供を取り出す。次いでこの出自の形跡を消し去ろうと努める。子供が、汚物に対する、生きた温かい肉から発する一切のものに対するわれわれの嫌悪を、（徐々に）分かち持てる年齢に達するやいなや、手段を尽して彼らを怯えさせようとする。

最初、子供はわれわれの動揺には無感覚である。したがって、このような側面、嫌悪を催させるこのような臭いは、それ自体としては人を不快にするものではないと、考えざるをえない。幼時、子供は何の反応も示すことなく平気でこれに耐える。われわれは、この世界からたえず「汚物」が締め出されなければその機構が解体してしまうような形で、自己の周囲にこの世界を組織してきた。だが、われわれにこの絶えざる拒絶の運動を要請する嫌悪は、自然のものではない。いやまったく逆に、自然の否定の意味を持っている。子供がわれわれに似ることを望むならば、彼らの示す自然の運動に抗しなければならない。われわれに似せて子供を人工的に変形しなければならない。自然に与えられているにすぎないものへの嫌悪を、最も貴重な財産として彼らに教え込まねばならない。体を洗い、さらに服を着せることにより、われわれは子供を自然から引き離す。しかし、われわれに子供の体を洗わせ服を着せる運動を子供自身が共有するようになるまで、すなわち、肉の生、裸の、隠蔽されない生への嫌悪――それを失えば、われわれも動物と変りのなくなってしまう嫌悪――を共にするようになるまで手を緩めないのだ。

2　経　血

人間が自然から身を引き離す現象に関して、われわれは未開民族に対し非常に誤った感情を抱いている。彼らはわれわれの嫌悪を共有していないように見える。それゆえ、われわれが憎悪する対象にわれわれよりも近いように思われ、彼ら自身が憎悪を催させるのである。彼らの覚える嘔吐感が実際にどのような結果を生むかということが問題であるのなら、たしかにわれわれの有する強力な諸手段を彼らは持っていない。自然のあらゆる汚染の跡を消し去ることにかけてはわれわれのほうが有能であり、それは単純で容易なことにさえなっている。われわれは今日、並たいていのことでは満足しない。ところが、この容易さの上にあぐらをかき、われわれが、人間を動物から分かつ溝を深める熱意では彼らに及ばないことは確実である。この溝は、食人種にとってはつねに生死を分かつ問題であり、菜食主義者にとっては、病的な偏執の口実、医療の対象となりかねない不安の口実となる。

さまざまな本能的嫌悪すべてのなかでどれが第一義的性格を有しているか言い当てるのは、つねにむずかしい。未開人に関しては、経血および出産に伴う血をめぐる行動が、つねに民族学者の注意を引きつけてきた。未開人は経血に対しあまりに大きな恐怖を持っているので、われわれにはこの恐怖の強度を思い描くことは容易ではない。集団をごくわずかの接触からも守ることをめざす禁止は、生理中の成人女性や若い娘を見舞うもので、これら不幸な女に食物を供する資格を独占的に有する女性たちを指定するのであるが[*9]、この禁止を侵犯した場合の懲罰は、しばしば死刑である。出産中の女性が流す血も、それに劣らず不安を掻き立てる。膣から流れる血に対するこの種の行動は、きわめて普遍的に決定されたので、今日の西洋社会においてもなお作動している。原則として、それは、単なる嫌悪感を超えるものではなく、この嫌悪感の非理性的性格はほとんど目立たない。われわれには、この血が不浄であると考える傾向がある。それは実は、この血が流れ出る器官が不浄であるとみなされているためである。出産に伴う血は、出産時の苦痛に満ちた、感動的な眺めのために、もはや大して強い怖れの対象とはならない。だがとにかく、月経は一種の不具、女性に重くのしかかる呪いでさえあるように見える。それは単に月経が起こる場合に避けることのできない厄介のせいばかりではない。われわれの不安に満ちた行動がかなり明瞭に示していることだが、人間が嘔吐感を覚えながら自然から身を離すまさにその相においては、社会の継起的な諸段階の間に、つまり、最も貧しい文明から最も複雑な文明にいたるまで、根本的な違いは存在しない（厳密には、こうした反応は個人により、時には社会階層によってさえ異なるのだ）。それにしても、最も激しい嫌悪はやはり原始的性格を帯びている[(14)]。

3 糞便

経血は怖れ《オルール》と戦き《エフロワ》とを凝縮していたように思われる。他の排泄物をめぐる行動も驚嘆に値する。これらの排泄物に関しては、すべての人間をごくわずかな血の穢れからも保護することを目指す禁止に類似するものは存在しない。おそらくは、男女を問わずあらゆる年齢の人間に共通する一般性と、たえず排便を行なう必要性があるために、生理中の女性をあれほど頻繁に遠ざけ強制的に監禁することに比して、それほど窮屈な処置は取りえなかったのである。周期的な出来事の場合には可能なことが、尋常な状態には当てはまらない。また、子供との接触はわれわれにとって避けがたいものだが、それが最初から穢れを完全に除去する望みを掻き消す。思春期の少女が教えをきちんと守るのに対し、幼児にはなにも要求できない。幼児の汚物に耐えることに慣れる必要があったために、この種の汚物に対する嫌悪は重要性を持たない。動物の糞への反応を超えるものはないのだ。それに、子供とは、人間になりつつある動物以外のなにものでもない。そうは言っても、それは彼らが自発的にそうするわけではなく、彼らの無邪気な不手際が笑いを誘ったり人の心を惹きつけたりする。だが、禁止を生む怖れ（宗教的行動）は、「程度の差」とは折り合わない。子供の汚物との親しい接触は、経血をめぐる怖れにも似た、大人の汚物への絶対的嫌悪とは両立しがたいものだ。これほど病んだ嫌悪は、程度というものを許容しない。これの基礎となるのは、「すべてかゼロか」の原則であり、もしも女だけが穢れの対象になるのでなかったら、男は、元始においてそうしたように、穢れというものを抱懐することはなかったであろう。恐怖のなかで守られる距離を取るためには、少なくとも人類の半数が完全に接触を断つ可能性を持つことが必要であった。

しかしながら、逆に、最古の人類が排泄物を消滅させこれに関係すること(排便と排尿、ただし後者は第二義的に)を隠蔽する必要に対し現代人よりも無関心であった、などと考える根拠はなにもない。清潔を保つのに必要な作業は、文明化した環境におけるほうが完全であるが、そのことからなにを結論づけることもできない。未開人の幼児は、われわれの子供と同じ類の教育を受ける。この面では、われわれの方が動物性から遠ざかり自然の穢れから遠ざかっているという信仰ほど根拠のないものはない。重要なのは、努力であり配慮である。結果は二の次だ。仮に結果が最終的により完璧であろうとも、なんら驚嘆すべきものはない。古い文化を示しているかぎりにおいて、われわれはむしろ未開人を称讃してよかろう。彼らにあっては、人間的であることへの渇望と自然への嫌悪があれほどの力を持っているのだから。われわれは現代の保健衛生設備の高みから彼らを見下し、自分たちが非の打ちどころのない清浄さのなかにいるような思い込みを持つ。われわれはある莫大な廃物のこと、「下町」における下品な言動や道徳的な穢れのことをすぐに忘れてしまう。あまりに細心周到なためにしばしば病んでいるかに見える文明との接触によって募る、人間的たることへの嫌悪を、すぐに忘れてしまうのだ。

第二章　清潔さに関係する禁止と人間の自己創造

1　文明の程度、人種、富または社会的地位と、清潔さをめぐる禁止との関係

実のところ、未発達な文明に固有の反応と進んだ文明が示す反応との間には、根本的な違いはない。本質的なものは、発展段階のなかには与えられず、集団や階級あるいは個人に特有の性格のなかに示されるからである。われわれを欺くものは、身につけてしまった過誤にすぎず、それははじめから、「野蛮な」人々を下層階級に——または失墜した者たちに——結びつける。生活慣習の洗練、禁止の周到な遵守が、一般に人間を相互に対立させるたえざる競合のなかで、重要な役割を演じていることはたしかである。実際、洗練こそ社会の階層化の過程で最も大きな影響力を持つ因子のひとつである。禁止の遵守は、ある程度財力の問題である。洗練されているためには、多くの金が必要だ（最大の財力を持つ人間とは、それとひきかえに、禁止を侵犯するための——物質的なあるいは精神的な——手段を最も多く有する人間であることも、付随的に重要である）。要は、禁止を厳しく遵守することが、社会的な観点からの人間評価の基盤になるということである。だれよ

りも強い不安を抱きながらさまざまな形の穢れから身を守る人間が、また、最高の威信を持ち、他人に対して優位に立つのである。ひとりの人間が抱く不安は、彼が用いうる物質的手段に見合っている（彼が不安のなかで——たとえば、不潔さに不安を感じながら——生きる手段を持っていると仮定しよう）としても、精神的な観点からしても、身を清潔に保つことを怠り獣のように汚物のなかで暮らしている人間に較べて、より上位に位置することに変りはないのだ。しかし、仮に、もっとも富める人間が、浮浪者同然に汚物に対する不安などを持たないとすると、人の尊敬を集めることはできないであろうし、彼の社会的地位が高まることもありえないであろう。

　われわれが生きている社会においては、もちろん、こうした側面ははっきりとは見えない。事態はたしかに錯綜してしまっている。それでもこれらの側面の痕跡は残っている。一般に、成り上がり者は高い地位を得ることができず、もっと貧しい者がしばしばはるかに大きな威信を持つ。成り上がり者は、けっして、自然に逆行する限られた数の心遣いを身につけることはないだろう。ところが、こうした心遣いこそ、貪欲さには儀礼に適った物腰を、むき出しの言葉遣いにはある根本的な不安——存在を人間化するあの不安——を表わすのに適した型通りの（ぼかした、だがとりわけ型通りの）表現を、対置するものである。つねに問題は、自己と獣的自然との間に奇妙な距離を設けることである。この距離は、はじめは思いもつかないだけに、いっそう大きなものである。それは、貴族の規範に適った優雅な風情で食を摂る人間から、受け皿にこぼれたコーヒーを無邪気に啜る人間（わざと受け皿にこぼされたコーヒーを「足湯」と呼ぶのは、私には意味深いことに思われる）にいたる距離である。第二の飲み方もそれ自体は人間のものであるが、より不安に根ざした飲み方に較べれば、人間的とは言えない。どのような食べ方も食べる人間の置かれた状況と彼の性格しだいでさまざまな意味を持つが、私が「足湯」の例を選んだのは、少なくともある種の場合において、それは無頓着を、不安の完全な欠如を、肉体の動物的条件への嫌悪の乏しさを、前提とするからである。私の判断は独断的だとひとは言うだろう。しかし、私はあえて、彼しかそうする者のいない状況で、無頓着以外にいかなる理由もなく、動物的放縦を地で行く人間の例を持ち出しているのである。[15] これほど未開人の態度と異なるものはない。カナカ人[*10]は「足湯」を啜る人間よりもはるかに汚く見えるかもしれない。だが、獣的であるのはカナカ人ではない。彼は、動物の行動と自分の行動との間にできるかぎり大きな距離を保つ。したがって実のところ、カナカ人は貴族に似ているのであり、私がいましがた描き出そうとした無作法者に似ているわけではない。

以上に私が示したかった事柄から、次のような帰結がかなり明瞭に得られる。獣的であることへの嫌悪は、人により程度の差があり、未開人もわれわれに劣らずこれにとりつかれる、と。これは、文明が進んでいるか遅れているかの問題ではなしに、むしろはるかに、個人的選択ないし社会的格付の問題である。禁止をより細心に守ることで、ある人々が他の人々から区別される傾向があることは確実である。この遵守を容易にするのは、肉体の力や統率力にもまして、富であることは本当であるとしても、人間を区別し社会的な評価を与えるのは、富であるよりも、獣性に対し他人よりも大きな距離を取るという事実である。われわれが犯す二重の過ちは、人種の違い、あるいは富の違いが社会的評価を保証する、と信じる点にある。だが、この過ちはあまりに深く根を下ろしているために、現実の秩序を変更する向きがある。原則として、ひとはあらゆる面で、存在間の差異を外部から与えられた差異に、われわれのうちにあって動物的本性をのり超え破壊しようとする積極的な意志とは無関係な差異に、還元しようと努める。あらゆる面で、人間的な価値を否定するよう努める。それは、人間的な価値が本質的に差異——動物と人間との、また、人間相互の差異——であるからなのだが、この価値を否定するために、ひとはそれぞれの差異を、無意味な物質的所与に還元するよう努める。人種差別は、この差異に奉仕しようとするあまり、差異元来の意味をねじ曲げてしまった。人種や富による特権は擁護しがたいものであるが、この種の特権だけが擁護者を得るのである。

言うまでもなく、私の意図は、存在を人間化するこれらの差異を擁護する（それらが存続するよう闘う）ことではないが、これらを知らず、その正確な意味を判別することもなかったために、われわれはエロティシズムについてもなにも知りえなかった。人間の特性についてすらなにも知りえなかったのだ……。

自分の目にひどく穢れたものと見える自然に対し人間が抱いた嫌悪のなかに、人間の原理を見ないかぎり、エロティシズムはわれわれにとって謎である。一般にこの原理に気づくことがないのは、今日では自然が、その対立物である文明に倦みきった人々を惹きつけているからである。

2 嫌悪の原初的対象は、性的次元のものではなかったか

自然への極度の嫌悪に結びついた人工的な文明世界の形成は、われわれにとって、このうえなく理解しにくいものになった。とりわけ、性生活の「いわゆる」穢れなどありえない、とわれわれが唱えるようになってからがそうである。それにもかかわらず、穢れ――穢れの領域――は、なお意味を持っている。排泄物（腐敗もそうだが）が、他と同じような物質であるなどと言う者はいないだろう。しかし動物にとっては、それは他の物質と変わらない。悪臭を放つ物質を食べて身を養う動物が、新鮮な物質に嫌悪を示すことがないのと同様、排泄物も腐敗物も食べない動物でも、これらに対し嫌悪を表わすことはない。われわれの合理主義はこれをどうすることもできない。どうしても消し去れない嫌悪の領域が、われわれに相応しいものとして残るのだ。猥褻なものについては無理だとしても、性的なものに関する禁止が緩慢ながら次第に取り除かれてきたにもかかわらず、事態になんら変化は

ない。排泄機能と性機能の近似性のために、性行為には、容易に克服しがたく見える汚い性格が、どうしても残る。最終的に単なる性行為にはなんら恥ずべきものがなくなるとしても（とは言っても、性交が公然と行なわれるところにまでは至らないだろう）、排泄物を出す穴や排泄行為を恥じる感情が、なおも人間と自然との対立を立証しつづけるだろう。それに、この消しがたい恥の感情が、隣接する生殖器官の領域にまで広がってゆくのを、何をもってしても食い止められないのは、明白である。

原則としては、このようにわかりきったことを述べるのは余計かもしれない。それほど自明の事柄なのだ。しかし、かつては議論の余地のなかったことに素朴な異論を差し挟むことが、今日、人々に語ることを強い、同時に、最初は夜のなかで認められたことを明確に示す機会を与えもする。一番奇妙なのは、このように物事を再現してみると、呪われた領域の今日的側面が、人が予期したかもしれない形とは別の形で、表われ出ることである。未開人を手がかりに判断すれば、昔は、排泄物に対する反応はこのうえなく弱かった。排泄物に関わる掟は、経血に関する禁止が持つ恐ろしい、聖なる性格を帯びていなかった。オーストラリア原住民は、排泄物を斥ける場合に慣習的となっている細心さの遵守に関しては、経血の場合よりも気遣いや注意が少ないように思われる。オーストラリア原住民が最古の人類の生き写しである、と人が信じなくなってから久しい（彼らの物質文明の原始的性格だけが認められている）ので、排泄物への彼らの無頓着さからなにを結論づけることもできない。けれども、下腹部に対する未開人の羞恥心にあっては、厳密に言って、性的なものの優位がまず確かなようだ。

今日では、経血は特に激しい怖れの対象ではなくなった。結局、原始人の恐怖の感情は弱まったのだ。それに、こうした感情の過激さは、異常な結果とともに一種の脆弱さを示してもいた。これよりも理性の支配が進んだ世界において、このような反応は擁護できないものに見えはじめた。たしかに、そこからなにかが残りはしたが、弱められた形においてであった。徐々に穢れた物への注意は緩み、依然稀れなことであるにもかかわらず、穢れとの接触は、人に恐怖を与えなくなった。ついには、人間の持つ種々の本能的嫌悪が同一の水準にたち至り、特に激しい嫌悪というものはなくなった。どのような嫌悪も存続してはいるが、世界がさまざまな穢れから完全に守られることはなくなった。世界はなるほど守られてはいるが、程度の差を伴って（おおよそにおいて）である。

他方、仮に嫌悪における性的なものの優位を認めるとすれば、この優位の転倒が、個人の発達のなかで避けることができなかったと、ア・プリオリに考えねばならない（この点で、個体発生は系統発生を繰り返すことができなかった）。事実、われわれは子供たちに汚物を恥じる感情を教えはするが、自分の性的機能を恥じよ、とはけっして言わない。それはじつにむずかしいであろうし、仮にそのように言うことがあっても、われわれは自分の口にする禁止をなんらかのやり方で正当化することしかできないのだ。母親は子供に向かってただこのように言う、「汚いわよ」と。しばしば彼女は、排泄物と接触の禁止とを同時に指し示す幼児語[*11]を用いさえする。

3 動物から人間への移りゆきが、全体的視野のなかで捉えられなければならないこと

私は、どちらが先かという問題にこだわるつもりはない。性的禁忌の方が先であることが大した意味を持つかどうかは定かではない。ただ、性的次元の諸現実が嘔吐感を催させていた時代から、排泄物の持つ議論の余地ない汚さが嘔吐感を正当化する現代に至る間に、生起した変化を説明しようとしたにすぎない。

思うに、排泄物に対するわれわれの嫌悪は二次的なものである（その客観的現実以外のもののせいで、排泄物は汚く見える、ということだ）。だが、私のこの印象は、一般に認められている印象の逆を行くもので、この点で他人の説得を試みる義務は私にはないと思う。私の目指している成果は、総体の展望である——空間全体のみならず、継起する時間を包含する展開。この条件のもとでは、時間的順序は少なくともその重要性の一部を失う。ある順序で生起したものが、誤って別の順序で観察されることがありうる。重要なのは、全体を包括する展望なのだ。各部の意味は、そのあと、全体的展望から抽出される。したがって重要なのは変化の総体であり、いまの場合には、動物から人間への移りゆきである。

物事が始まった地点ではないのだ。

加えて、大いに注意してよいのは、この移行が、一挙に行なわれたように見えることである。最初から移行の総和が与えられていたように思われるのだ（時とともに継起した展開のすべてを司る原理が、変化の始まりにおいてすでに与えられていた）。この点はよくよく了解しておきたいのだが、移行の運動に何世紀も要したことはありうる。それがどれほどありそうにないことのように見えようとも、その逆が事実であるとはけっしてわれわれに証明できないことはたしかである。だがとにかく、われわれは、持つのが望ましい確信を欠きながらでなくては、絶対に、移行のさまざまな局面を語りえないだろう。生起したことを、変化を、世紀単位で測ろうが、何年という間隔で測ろうが、われわれにできるのは、ただ、事態が急転したある時を想定することだけだ。出来事を考察するのにわれわれの持つただひとつの方法は、事がきわめて短い、ほとんど分割不可能な時間のなかで生起したかのように考えることである。

自己が創造された様を、人間は時間の推移のなかに位置づけられないのであるが、この創造のイメージのなかで、人間はつねに全体として与えられる。必然的に、このイメージは包括的なものである。人間は道具を有し、働き、性的な制限を自分に課す。性に源を持つ穢れ、あるいは排泄物の穢れに対し、言葉に表わしがたい嫌悪をもつ。死や死者にも同様に怖れを持つ。それに加えて、以下で見るように、人間の持つ嫌悪は曖昧であり、いくつかの逆転を準備する。原則として、動物から人間への移行は、一個のドラマのように考えなければならない。このドラマは長く続き、数々の波乱を経た、と考えることは可能だが、それでもわれわれはこれに一体性を認めなければならない。始まりにおいては、必然的に[*12]、迅速なドラマと言わぬにしても、ひとまとまりの一貫した出来事がある。実際になにが起こったのかを言うことはけっしてできないが、このドラマの結果が逆戻りのきかないひとつの決定としての価値を持ったことをわれわれは知っている。時代を経てわれわれにまで及び、われわれの行動の原理となっている、永続的なひとつの影響の観点からみて、そう言えるのだ。

4 最初の一歩の決定的な重要性

なんらかの形でわれわれが最初の一歩よりも先に進むのは事実である。われわれは、動物と人間を隔てる距離を飛び越える段階をとうに過ぎている……。にもかかわらず、以下のことはなおも明白である——人間は、以後、これ以上にものの秩序を逆転する、これ以上の光輝に満ちた瞬間を持たなかった[*13]。われわれはこのことを信じない。人間的であろうとするかぎり、先行するいかなる瞬間よりも重要でかつ魅惑的な瞬間となんらかの関わりを持ちたいと考えるからだ。ときに、こうした見方は、暗黒から決定的に離脱したと考えられるような時の成就に関係している。しかも、ただひとりの存在の運命が問題になることがある。それは、信者にとっては、ひとりの救世主の、ひとりの予言者の声が聞かれる瞬間である。また、自分たちとともに世界が新たに始まるのでなければ、世界を想像することができない人々さえいる。彼らの生こそ、真の人間によって実存が揺るぎないものになったとき、実存が依拠しているであろう決定的な動きとなる、というわけである。

アンドレ・ブルトンは、かなり奇妙な言い方で、「いわばそれ以前に生起した一切のものに依存しない、ひとつの事物の秩序を創造したい」という、サドが抱いたであろう「英雄的な欲求」について語っている。[16] ブルトンがこのような言葉で言わんとするのは、このうえなく深い感情に答えたいという、ある種の人間が持つ、知られざる欲求である。それは、それまではびこってきた偽りの人類から、真正な人類を創造したいという欲求である。たとえば、キリスト教徒にとって、キリスト到来以前の世界には偽りの人類がはびこっていたのだ。人を惑わすこうした感情は、なかなか排除しがたいと言わねばならない。この感情を持つ者にとっては、最も重要なものに関わっているのであり、あまりに重要なために、それに答えることができなかったとしたら無駄に生きたことになってしまうほどのものなのである。どうやら、ブルトンは自分の感じていたことをサドに託して言ったようだ。つまり、サドほどに生を根本的に変えることに心を砕いた人間はいなかったように見える、ということを。けれども、ブルトンの言うところに従えば、次のように考えねばならない

――生はけっして十分に変わりはしない、サドのあとはまたやり直さねばならなかった……。実際、ブルトンの言うことはすべて、生とはつまるところ継続的な再創造にすぎない、と考えるよう促すものだが、この再創造は、自分以前に他人が創造したものに対する無知を前提とすることが最も多いのだ。つまり、おそらく人間は創造を更新しつつ生きるしかなく、この創造の効果は枯渇し、創造者たちがいなければ、いや、彼らの死後すぐにでも、人類は衰え果てて眠り込み、ふたたび夜の闇から脱け出す必要に迫られる。人間の精神的創造の刷新の頻度が、肉体的誕生の刷新のそれよりも少ないはずがあるだろうか。古い世代の死を望み、たえずより若々しい世代を幼年期へと目覚めさせる運命に、ゼロから、あるいは少なくとも深い夜から、たえず人間の生が生れてくることを意図する運命が釣合っている――というわけだ。しかし、だからと言って、それも、人間が動物から一線を画した輝かしい瞬間を反復し称揚するひとつの仕方であることを見て取らない理由になるだろうか。よくあるようにわれわれの目を覆い隠してしまう代わりに、ブルトンがサドに帰していた感情は、そうした感情に応えてあのように〔動物とは異なる存在に〕なったにちがいない最初の人間が持っている意味を、われわれが理解できるように、逆に助けとなりうるのではないか。以来われわれは、段階を追って長大な道のりを進みながら、たえず更新される創造の運動のなかで、あるがままの自分をのり超える（その都度われわれを襲った眠りを脱する）ことを止めなかったかもしれないが、初めから舞踏は始まっていたのであり、その最初のフィギュアは、早くも自己意識というフィギュアであった。人間の生の初期の動きをこんなふうに捉える能力をわれわれから奪うのは、われわれが未開人たちに対して抱き続けている盲目的な軽蔑の念である。たしかに、ある種の粗野が洗練に先行し、盲目的で型にはまった、人間というよりは儀式ばった態度が、自律的であると同時に複雑な感情に先行した、と考えることもできる。けれども、このような信仰は、精神生活の発展は物質文明と正比例した形で起こる、という考え方に結びついている。ところが、このいわゆる法則とやらは、しばしば、既知の諸々の時代を通じて捏造されたものである。それは、知識が問題となる場合（そのときもなお曖昧な形ではあるが）にしか、正当性が立証されない。思うに、われわれは、万事をより困難に、したがっていっそうの努力といっそうの自律的主導性を要請するものにしたて上げる複雑さというものに過大な重要性を附与する。とくに、精神の取るさまざまな形態に関して、きわめて疑わしい時間的順序を許容する。それは、最古の時代には最も野蛮な形態を割り当てるものである。だが、野蛮さは、いまだ不完全な覚醒によると同じ程度に、〔文明のなかの〕惰眠のなせる業でもありうるのである[17]。

5　エロティシズム、それは本質的に見て、第一歩からして「同盟関係の逆転」というスキャンダルである

多くの人々は、人類の揺籃期を、それ自体としてほとんど（あるいは全く）意味のないもののように考える。人類の発展の起点に、このうえなく盲目的な行動様式を想定する。言語と意識とがそれに結びついていたにもかかわらず、である。〔彼らによれば〕こうした行動様式は子供のそれにはあまり似ておらず、仮に人が行なう恣意的な比較が正当と認められうるにしても、なお、両者の差異を説明する必要があるというわけだ。子供の行動様式のなかにはすでに大人のそれが与えられていて、幼年期の行動はそれ自体としては意味がないにもかかわらず、赤ん坊が将来なるはずの大人との関連においてひとつの意味を持つ。それに反して、原始人の未熟な在りようは、未来の現実つまり往年の子供の成熟が今日の子供たちの将来をいわば予告しあらかじめ決定づけるように、ひとつの摂理が初めからすべてを決定しているのでないかぎり、完成された現代人に対していかなる意味も持ちえなかったであろうし、それ自体としても意味がなかったであろう、というわけである。だが、事態がこのようであったとわれわれに信じさせるものは何もない。推測のつくかぎりにおいて、原始人の行動様式自体が、それが実現した一飛躍によって、少なくとも今日のわれわれにまで至るすべての発展の可能性を開いたのでなければ、今日の人間が予告さ

れることも、その将来があらかじめ決定されることもなかったのだ。動物および自然からの区別、労働、意識、死あるいは中断された可能性の感情、といったものが、われわれに至るまでの歴史の総体が休みなくつねに先へ先へと探求せねばならなかった領域を、一挙に創造した。

たとえ私の口にしている仮説が細部において立証不可能であるにしても、ひとつの決定的な表象をいっそう明瞭なものにする（少なくとも、その曖昧さを減じる）説明を導入するために、私がそれを利用したいと思った理由をこれから述べてみよう。なにはともあれ、歴史とは、まさに、自然の否定に基づく、人間のあらゆる可能性の（おそらくは未完の）探求であったことは、言うまでもない。それは所与の、一切の所与の否定であり、この否定がもたらした影響は、ひとつ残らず探索されている。人間の態度において最初の瞬間に現れる反抗ないし与えられた条件の拒否というものがある。それこそ、各人にとって、あるいは少なくとも、連帯感を持つあらゆる集団にとって、自分たち以前に可能であったことがらの彼方に、可能なるものの総体を探求する企てを限りなく繰り返してきたことの持つ意味である。この動きはきわめて大胆で、とりわけひどい消耗を惹起するために、歴史はとくに、人間が最初得た成果を不変のものとして保ち続けようと努めた時代、根本的な革命の動きを不動のものとして維持し、これを保存しようと長きにわたって試みた時代から成り立っているのだ。

いまこそ、これまで私が曖昧にしか語らなかったひとつの原理に立ち戻るべき時である。私は、人類の基盤を築いたひとつの行動様式を決定的なものとして表象し、この行動様式が基本的に可能なるものの総体を予告していたことをほのめかした。すでに述べたように、それが前提としていたのは、その第一の動きである自然に対する激しい嫌悪が、曖昧な性格を帯びていて、ほとんど同時に起こる反発の運動を予告する、ということである。事実、反抗の精神が所与として拒絶していた自然が所与とは見えなくなるとすぐさま、自然を拒絶していた精神自体が、以後自然を所与（強制し、自分の独立性を奪うもの）とはもはやみなさなくなる。その精神が所与とみなすのは、自然の対立物である禁止、自然に対する従属を否定するために最初は自ら服従した禁止なのである。一見したところ、この「同盟関係の逆転」はその筋を追いがたいかもしれないが、エロティシズムの根本的な二面性は、否定と回帰という二重の運動の総体が把握されないかぎり理解不可能である。この運動の第一の側面が拒絶であることはすでに見た。いやというほど否定されながらも曖昧な価値を保っていたものが、欲望の対象として呼び返される瞬間にはじめて、総体が展開される。人間とはまず、単に過去の制約に服従するのを拒む自律的存在である、というのが事実であってみれば、人間がこれほど早く自分の嘔吐物に回帰するのを見て途惑いを感じるかもしれない。人は勿体ぶって、「自然を追い払ってみたまえ、速足で戻ってくる」[*14]と言った。だがいつまでも、自然への「回帰」がそれほど野卑に見えるということはありえない。最初動物的興奮から逃亡する運動のなかで、自然は所与への服従という形で欲望の対象になりえたのとは違って、いったん放棄されたあと再び欲望の対象となる「自然」は、所与への服従において欲せられるのではない、という点から根本的な相違が生じる。それは、呪いによって変容を遂げた自然であり、それに精神が接近するのはもっぱら新たな拒否、不服従、反抗の運動によってである。それに、この第二の運動は、第一の運動が内包していた激しさ、こう言うほうがよければ、熱狂、を維持する効果を持つ。第一の運動が一方向に続けられるにつれて（嘔吐感の行き着く先が、もっぱら、それを惹起する可能性のある一切のものから十分に保護された、思慮深い生活である場合がそうだ）、熱は醒める。熱が保たれるのはひとつの条件のもと、つまり、あるものがおぞましい——または、恥ずべきである——という事実のなかになんらかの魅力を見出し、恥ずべき裸体を前に、恥と欲望とを単一の激烈な痙攣に変える、という条件のもとでしかありえない。[*15]

もちろんこの決定的な瞬間のことは後《のち》に検討するが、私としては、最初から、この二重の運動にははっきり識別できる段階というものすらないことを強調しておきたい。説明の便のために二段階に分けて語ることは可能だ。しかし、各部が緊密に関連しあったひとつの全体が問題なのであり、実のところ、一方について語ると必ず他方をも取り込んでしまうのである。包括的な視野だけが意味をなす（海の潮を眺める場合に、独断的にしか満潮と干潮を区別できないのと同じである……）。だが、この「回帰」にエロティックな喧噪の総体的イメージを結びつける前に、このイメージを作り上げる感受性の諸形態を、努めてもっと詳しく描写しておかなければならないだろう。

第三章　死

1　屍体と腐敗

禁止の対象となる自然領域とは、性と汚物の領域にとどまるものではなく、死の領域をも包含する。

死に関する禁止には二つの側面がある。一方は殺人を禁じ、他方は屍体との接触を制約する。

排泄物や近親婚や経血や猥褻を対象とする禁止と同じく、屍体や殺人に向けられる禁止は、たえず広い範囲で観察されてきた（ただし、殺人に対する禁止だけが、あるいはほとんどそれのみが、法による承認を受けており、死者に対する行動に関しては、結局、解剖学的必要から、少なくとも厳密に限定された範囲内でなら、ある許容領域が開かれた）。

言うまでもないことなので、死への怖れがおそらくは他の怖れに先行したのであろう、という点に長くかかずらわることはするまい。この怖れが嘔吐感の根底にあるのだろう（だとすると、虚無を対象とする嘔吐感が、腐敗物を前にしての嘔吐感の起源にあることになろう、後者は、動物を襲いはしないから肉体的なものではない)。いずれにしても明らかなのは、排泄物の性質が屍体のそれに類似しており、それを出す器官が性器に近接している事実である。こうした禁止の絡み合いは、解きほぐせないように見える場合のほうが多い。死は、誕生を目的とするひとつの機能とは正反対のもののように見えるかもしれない。しかし、後に見るように、この対立は緩和可能であり、ある者たちの死は、結局それを条件とし、それによって予告されもする他の者たちの誕生と相関的関係にある。それに、生とは腐敗の産物であり、死と汚穢の双方に同時に依存している。

とにかく、死の「否定」は、原始人の複合的感情のなかに与えられている。単に消滅への怖れに見合う形で与えられているばかりか、生命の普遍的発酵のなかにぞっとするような兆候を見せている自然力へと、死がわれわれを連れ戻すかぎりにおいても、与えられているのである。

一見したところ、この側面は、死の高貴で荘厳な表象とは両立しがたく思える。しかし、高貴で荘厳な表象が、それよりも野卑な表象——それは不安、いやむしろ恐怖が強いる表象であるのだが、本源的意味を持つことに変りはない——に対立するのは、付随的な反応のせいである。本源的意味とは、死というものが、生の源泉でありかつその不快極まりない条件をなす腐敗や悪臭にほかならない、ということである。

未開人にとって死の与える極端な恐怖——個人の消滅が与える恐怖というよりも、後に残される者の胸を締めつけるような現象が引き起こす恐怖――は、腐敗の局面に関連している。白骨は、彼らにとって、腐乱する肉が見せる耐えがたい様相をもはや持たない。精神の混乱のなかで、未開人は、腐敗によって惹起される嘔吐感は、死から自分たちが被っている残忍な怨恨と憎悪のせいであり、服喪の儀はこの怨恨や憎悪を鎮めるためにある、と考える。反面彼らは、白骨には鎮静の意味があると考える。こうした骨は、彼らにすれば、崇敬すべきものであり、死の荘厳な偉大さの側面をついに体現している。最終的に守護神となった先祖への信仰が向かうものは、なお恐怖を与え不安を掻き立てはするものの、腐敗物固有の過激な暴力性を持たなくなった白骨の姿である。

2　われわれは、恥ずかしくも腐敗によって生を得ている、そして、腐敗へとわれわれを連れ戻す死も、誕生に劣らず汚らしいのである

少なくとも、これらの白骨は、われわれの嫌悪の特権的対象である粘着的な運動をもはや持たない。この運動においては、誕生しつつある生は、死に他ならぬ生の腐敗と、区別がつかない。それでわれわれとしては、両者の不可避な結びつきに、自然そのものの根本的性格とは言わぬにしても、自然に対して成行き上われわれが抱くにいたった表象の持つ根本的な性格を、見たい気持ちになるのである。アリストテレスにとっても、土や水のな

かで自然に形成される動物は、腐敗から生まれでたように見えていた。腐敗物の持つ生成力とは、もしかしたら、のり超えがたい嫌悪と、それがわれわれのうちに目覚めさせる魅惑とを、同時に表現する素朴な想念であるのかもしれない。だがこの想念こそ、人間は自然から作られたという考え方の基盤を成していることは、間違いない。あたかも、腐敗が、つまるところ、われわれが生れ出で、またそこに帰ってゆく世界を要約しており、その結果、羞恥——および嫌悪——が、死と誕生の両方に結びついているかのようである。

われわれが持つ嫌悪のうちで、生を醜くも発酵させている、うごめき、悪臭を発し、生ぬるいこれらの物質は、われわれの物質に対する嫌悪ほど強いものはない。卵や胚やうじ虫がひしめいている物質は、われわれの胸を締めつけるばかりか、吐き気をも催させる。死は、存在の痛ましい消滅に還元されない。私を作り成しているものの一切、なおも存在することを待ち望み、存在することよりもそれを待ち望むことがその意味にほかならないようなものの一切（あたかも、われわれには真に存在を授かることがありえず、将来出現するであろうがいまだ形をなさない存在の待機のみを授かるかのように、そして、いまあるがままの姿ではなしに、将来われわれが取るはずの、しかしいまのところはそうなるに至っていない姿こそ、真のわれわれであるかのように）が消滅する事実だけには還元されない。死とはまた、嘔吐感を掻き立てるもののなかへの難破である。私は、夜のように広がる無個性で限りのない生、死にほかならない生の、おぞましい本性と腐敗とを再発見するだろう。いつか、この生きた世界は、私の死んだ口のなかで夥しく繁殖するだろう。こうして、期待を不可避的に幻滅させるものが同時に不可避的な嫌悪の対象になるのだが、私はこの醜悪なものを否定する、なんとしても否定しなければならないだろう。

3　死を知ること

このヴィジョンは、猥褻、生殖、悪臭といったものの屈辱的な表象に合致し、またそうした表象から構成される。そのうえ、次のような影響をもたらす――このヴィジョンは、個々の想念の背後で、結果への期待を持たせ続けるが、この結果とは、期待の決定的な裏切り、どうしようもない沈黙、そして、生者の目に触れて恥をかくことのないよう配慮して近親が包み隠すおぞましい腐敗である。これほど苛酷にわれわれを特徴づけているのは、動物が恐れはするが知ることのない死を知っていることである。後に示すつもりであるが、人間が死についてあらかじめ持つこの認識に対応するのは、性の認識であり、これには、一方で性行為に対する嫌悪ないし不潔の感情が、他方では、それへの反動としての、エロティシズムの実践が寄与している。しかし、死の認識と性の認識とは次の点で根本的に異なる――性的領域に関する意識は、その対象が肯定的なものであるから、単なる嫌悪という形では表われない。嫌悪は対象から人を引き離すからだ。したがって、屈折した表われ方を見せるエロティシズムが、嫌悪から欲望へわれわれを連れ戻してくれなければならない。それに対し、直接否定的な対象を有する、死への嫌悪とは、まず、この対象の肯定的な対立物すなわち生、より正確には、自己、についての意識である。死の意識とは本質的に自己の意識であること、また逆に、自己意識は死の意識を必要としたことを理解するのは容易である。

ただちに次のように付言しなければならない——人類発生の源となったこれら錯綜した反応のなかで、ひとつだけ決定的なもの、他の反応がそれから派生した結果に過ぎないようなものを探すことは自然である。すると、死の意識——ないしは自己の意識——が根源的なものに見えてくるかもしれない……。ただ、私から見れば、人が本源的な事実と考えたがるものでも、それ以前に別の事実が存在したことを前提としている点を示すのは、つねに可能であろう……。

労働——およびその結果への期待——が死の認識の基盤にある、と考えることも——同様に——可能なのではあるまいか……。関連は容易に見て取れる。期待が具体的な形を取るのは労働においてである。それ自体ほとんど満足を与えず、苦痛にさえなりかねない作業や労働——しかし私がその結果を心待ちにしている作業や労働——を、仮に私が始めていなかったら、どうして、現に私がしているように、上述した形で、真の存在を待ち続けることができようか、自分が現在時においてはけっして体現することができず未来時に位置づける真の存在を、待ち続けることができようか。だが、まさに死が、先手を打つぞ、お前の待ち望んでいるものを横取りするぞ、と私を脅している。動物的運動の直接性にあっては、欲望の対象はすでに与えられている。納得ずくの忍耐や待機は存在しない。待機や忍耐が不可避であるのに、対象の所有と抑制されない激烈な欲望との区別がつかないのである。落ち着き払って料理を用意するコックの態度と対照的な、動物の貪婪を考えてみればよい。動物に欠けているのは、行動と結果、現在と未来を区別し、現在を、獲得すべき結果に従属させつつ、待つことなしに即座に与えられるものの代わりに、何か別のものを待機する方向に向かう基本的な知性の作用である。しかし、人間の知性は、こうした作用の可能性と同時に、その結果を頼みとする者のもつ脆弱さを表わしてもいる。この人間が若死にすることもありうるし、そうなると彼の期待は永久に裏切られてしまう(18)。このようなわけで、労働こそ、人間の運命を司った嘔吐感と禁止との起源にあって、人間の進化の出発点となった動きであるかもしれない。

4 複雑に絡み合うもろもろの動きの本源的意味について

いま述べたことはありうることだが、ある根本的な変化は、体系を成すあらゆる要素の関与を前提としているというのに、特定の一面だけを切り離して考えることは、私には空しく思われる。

単一の決定的な要素が存在したというよりも、人類の生成が作り成すさまざまな運動が同時に生起したのだ。それは以下で納得されよう——労働はエロティシズムの自由に対立する。それはこの自由に歯止めをかける。そして逆に言えば、エロティシズムの行き過ぎは労働を犠牲にして可能になる。しかし、どちらの動きが低下しても、その見返りとしてそれが〔新たに〕促進されるのを排することはできない。死の意識自体は、待つことを拒む貪婪、熱狂、暴力をふたたびもたらしかねないエロティシズムの回帰に反対する。反面、われわれを消滅に向かって、死に向かって開く不安は、つねにエロティシズムに関係している。性活動は、不安を掻き立てる死のイメージにわれわれを釘付けにするが、死の認識がエロティシズムの深淵をいっそう深めもする。腐敗物への呪いは、性のうえにたえず跳ね返ってきて、これをエロティックなものにする方向に働く。性にまつわる不安のなかには、死の悲哀、死への危惧があり、それはかなり漠としたものであるが、われわれはこれからけっして脱却しえない。

極端な場合には、これら錯綜した諸反応を、自律性の（ないしは、至高性の）一貫した探求に帰することも可能である。しかし、こうした見方から生れるのは、ある抽象的な見解、自然——腐敗現象が要約するような自然であるが——に対する直接的な嫌悪と、なかば肉体的な嘔吐感とが、ひとつの計算の——自律性を得るためのいわゆる打算の——結果として、恣意的に与えられる、とみなす見解である。事実、自律性を獲得するための闘いが、より物質的に見れば嘔吐感に由来していることを否定するものはなにもないからだ。

5　死とは、究極的に、生の最も豪奢な形式である

対立しあいながら相互に依存もしているさまざまな形式を内包する、こうした運動において、人を途惑わせるものは、死に関する一般的誤解に起因する。生の約束として捉えられるエロティシズムに死を結びつける絆を、ひとはこの誤解のゆえに忌み嫌う。死の豪奢な真実から顔を背けるのはたやすいが、それは結局のところ、けっして立派なことではない（知的な逞しさの欠如である）。死とは間違いなく世界の青春である。われわれにそれがわからないのは、わかろうとしないのは、次のようなかなり悲しい理由による——われわれは若々しい感受性をも持ち合わせているかもしれないが、それで知性がいっそう目覚めることはない。そうでなければ、死が、死だけが、たえず生の若返りを保証するという事実を、どうして知らずにいられようか。最悪なのは、ある意味でわれわれはこの事実を十分承知しているが、たちまちにして忘れてしまうということである。自然のなかに与えられている法則は、盲目であることを許さないほどに単純である。この法則によれば、生とは噴出であり横溢であり、均衡、安定とは正反対である。それは爆発し枯渇する、喧噪

に満ちた運動である。その果てしない爆発が可能なのは、ひとつの条件のもとにである。すなわち、使い古された有機体が、新しい力を持って踊りに参入してくる新たな有機体に場所を譲る、ということである。(19)

実を言えば、われわれはこれほど高くつく方式を知らない。生は、はるかに安価に済ますことも可能である。滴虫類の組織に較べれば、哺乳類、なかでも肉食獣の個体組織は、莫大なエネルギーを呑み込み破壊する深淵である。植物の生長は、腐敗物質の堆積を前提としていた。草食動物が、何トンもの生命体（植物的な）を餌に食してはじめて、少量の肉が生産され、それが肉食獣に大いなるくつろぎ、大いなる神経のエネルギー消費を可能にする。生命力を生み出す方式が高くつけばつくほど、有機体の生産に濫費が必要であればあるほど、この作用はますます申し分のないものになる、とさえ思われる。最少の費用で生産を行なう原則は、人間的というよりは厳密に資本主義的な着想である（それには限られた意味しかない、つまり株式会社的観点から見た場合の意味である）。極度の不安にいたるまで、人間の生の運動が渇望しないものはない。極度の不安が、ついに過剰性を帯びる消費の――われわれに耐えうるものの限度を超える消費の――前兆をなす、という点においてそうである。われわれの内なる一切が、死がわれわれを荒廃させることを求めている。われわれはこれら数を増した試練に、理性の観点からすれば不毛な度重なる再開に、一個体の生から他のもっと若い生への空しい移りゆきのなかで成就される、有効な力の大殺戮に、進んで身をさらす。われわれは、そこから帰着するほとんど耐えがたい条件を、苦痛および不可避的消滅へと運命づけられた個体の条件を、熱望しさえする。いやむしろ、あまりに苛酷なためにわれわれの意志がたえず萎えてしまうほどのこの耐えがたい条件が存在しなければ、われわれの心は満たされないであろう。今日、ある書物[20]が、滑稽にも、『だれも死ぬことがないように！……』と題されているのは、意味深い。われわれのさまざまな判断は、今日、人を失望させるような状況のなかで形成されている。だれよりも盛んに発言する人々が、生とは死を頂点とする奢侈であること、生が行なう奢侈のなかでは人間の生が他とかけ離れて途轍もなく高くつくこと、結局、生命の安定が薄れ死への危惧が増大したときこそ、破産的洗練の頂点であることを知らない（また、なにがなんでも知らないままでいたい）のである。だが、それを知らぬ彼らが行なっているのは、ひたすら不安を、それがなければ全面的に奢侈に捧げられた生が奢侈ではあっても大胆さを欠いてしまうであろうような不安を、募らせることである。実際、奢侈であることが人間的なことだとすれば、それ自体不安を搔き立てながらも不安によって歯止めをかけられることのない奢侈こそ、このうえなく人間的なものではなかろうか。

第四部　侵犯

第一章　祝祭、または禁止の侵犯

1　王の死、祝祭、および禁止の侵犯

ときおり、死を目のあたりにして、人間の野心の挫折を前にして、途轍もない絶望が具体的な形をとることがある。そのような場合には、人間が通常それに屈することを恥としている、自然＝本性中の重苦しい嵐が、漠とうごめいている諸力が、勢いを取り戻すかに見える。こうした意味で、ひとりの王の死は、このうえなく顕著な、戦慄と狂乱の効果を惹起しうる。死がいつの場合にも掻き立てる敗北ないし屈辱の感情が、君主たる者の性格上極端に昂まり、もはやなにをもってしても動物性の激発を抑えることが不可能に見える。王の死が告知されるやいなや、至るところで男たちが駆けだし、出くわす人間を手当り次第に殺戮し、われ勝ちに掠奪し荒らし回る。ロジェ・カイヨワは言っている[21]、「祭儀的放縦は、このとき、突発した大異変に見合う様相をとる……民衆の熱狂を抑えるわずかの抵抗もない。サンドイッチ諸島では、王の死を知った群衆が、平生には犯罪とみなされている所業をことごとく実行する。火を放ち、掠奪し、殺人を犯すのである。一方で女性は、

公衆の面前で売春行為を強いられる……」。混乱は、「王の屍体から腐敗物がことごとく取れなければ、死骸が変性しない硬くて安全な骸骨だけになったときでなければ、おさまらない……」。

2　祝祭は、単なる嘔吐物への回帰ではない

この第二の動きを考察するにあたり、われわれは、第一の動きが失敗に終ったあと、人間はいかなる変容も被らずに出発点の動物性に回帰するのだ、と最初は想像するかもしれない。だが、死に続いて起こる爆発とは、けっして、さまざまな禁止が人間化しているこの世界を放棄することではない。それは祝祭であり、たしかに束の間、労働は停止しその産物は放埒に消費され、最も神聖な掟が犯されはする。しかし、過激さは規範の上に築かれた事物の一秩序を補足強化するもので、それがこの秩序に抗うのは一時《いっとき》にすぎない。

それに、人間の自然回帰という外観にわれわれがまんまと騙されることなどありえないであろう。なるほどそれは一回帰に相違ないが、ある意味においてのみそうなのだ。人間が自然から身を引き離した瞬間から、この存在は、そこに立ち返ろうとしてもなお引き離されているのであり、人間とは、自分が身を引き離すもの、そこから身を引き離す努力をやめたことのないもののほうへ、突如として再び向かい始める引き離された存在というわ

けだ[22]。しかし、この回帰によって最初の引き離しが抹消されることはない。祝祭の間、人々が平時には拒絶する衝動に自在な発露を許すとしても、そうした衝動は人間世界の枠の中で意味をもつのであり、それ以外では意味をなさない。したがって、それらの衝動を動物のそれと混同するわけにはいかない。

これら二種の発露を分かつ深淵を理解させるには、笑いと祝祭の関係を喚起するのが一番であろう。笑いは単独では祝祭にならない。しかしながらそれなりに祝祭の意味を示しはする――いや、笑いはつねに祝祭という運動の全容を粗描してさえいるのだ。――他方、笑いほど動物性に対立するものはない[23]……。

ここで正確を期して付言しよう。祝祭において人間がみずからの嘔吐物に回帰するように見えるのは単なる外見にすぎないばかりか、究極的には、それとは正反対の意味を持っている。すでに述べたことだが、人間が最初に行なった否定――それは動物的なものに対立する人間的なものを創造する否定であったのだが――は、みずから選び取ったものではない自然の所与、すなわち肉体、に対する存在の従属を対象としていた。祝祭に伴う断絶は、けっして獲得した独立を放棄する一形式ではなく、むしろ自律へと向かう運動の到達点である。そしてこの運動こそ、永久に人間それ自体の同意語なのだ。

3　動物性の否定の挫折

自然に対してわれわれが抱く激しい嫌悪の本質的な意味はいったい何であろうか。何ものにも従属しない意志、肉体が生れ出た局部の忌避、死ぬという事実への根源的な反抗、肉体に対する、言いかえれば、われわれにあって偶然に生来備わりいずれは滅びゆくべきものに対する一般的な警戒心――こうしたものこそ、汚物や性的機能や死とは無関係なものとして人間を描くようわれわれを仕向ける衝動が、われわれ各人にとって担っている意味であろうと思われる。この明晰にして判然とした見解が今日の人間のそれであることは私も認める。初期の人間のそれでないことはたしかだ。実際こうした見方は、識別意識とその根底となる分節言語を前提としているからである。しかしながら、まず初期の禁止を決定した、人々の感じ方、反応ぶりを考察してみても、彼らの感情や反応が、今日われわれが推論的に思いつく事柄に漠然とながら対応していたことが、あらゆる点から納得される。このことに関して長々しく論じるのは控えたい。私は宗教史の説くところに全面的に依拠するが、それもその詳細を検討し直すことは望まないので一般的な形で引き合いに出さねばならない。近親婚や経血や死者との接触に関する禁忌から、魂の純粋と不死を説く諸宗教にいたる展開の様子は容易に見てとれる。つねに問題なのは、自然の所与に対する人間の従属を否定すること、われわれの尊厳、精神性、超脱を、動物的貪欲に対置することである。

だがむろん、私の考え方はこの第一の見解にとどまるものではない。私は、自然からの離脱という第一の動きが挫折することを承知している。私自身の行動の意志と、最古の人間が抱き私も共有するもろもろの嫌悪との包括的意味を探るとき、自然からの離脱の努力ほどに的外れな努力はなんの効果ももたらさないという認識をもたずにはいられない。性的なもの、汚物、死を否定し、世界を自分の行動に従わせることを望みつつ、私が自分の自然への従属を否定してみたところで、この否定は見かけ倒しのものである。肉の交わりによって生を授けられたという、自分の恥じている起源について、それでもそれがおまえの起源なのだ、と私は最後には自分に言い聞かせなければならないのだ。死を怖れる気持がいかに強くとも、死期が来ればどうして逃げ隠れできよう。私は自分が死ぬこと、そして腐乱することを知っている。[*16] 他方、労働がなんらかの可能性を開くかと言えば、それはむしろ私の持ち合わせている方策の限界を決定的に示す。不幸の脅威に対して私の抵抗が及ぶ範囲は、かくも限られているのである。

4 祝祭が解放するのは、単なる動物性ではなく神性を帯びたものである

当然ながら、自然の否定が失敗に終ることを人間が彼らなりに認めてから長い時がたつ。

そもそも最初から、失敗は不可避としか見えなかったのだ。それにしても、最初から、ある二重の感情が生まれていたはずである。そして第二の感情に従えば、人間が真に安全な場にいること、呪われた要素の効力が決定的に消滅するほど安全な場にいることは、ありうべきことでも望ましいことでもなかった。この要素は否定されはしたが、否定はこの要素に別の価値を附与する手段であった。未知の、人を途惑わせるようななにかが生まれつつあったのだ。それはもはや単なる自然ではなく、変容を遂げた自然、聖なるものであった。

根源的な意味で、聖なるものとはまさに禁じられたものである。しかし、この禁じられた聖なるものは、俗なる生の領域から(それがこの生を乱すことを意味するかぎりにおいて)締め出されているとしても、それを排除する俗なるものよりも大きな価値を持っている。それはもはや軽蔑の対象となる獣性ではない。その相貌はしばしば動物のままであるが、同時に、神性を帯びたものになっている。そのようなものとして、この聖なる動物性は俗なる生に対し、自然の否定(その結果としての俗なる生)が純然たる動物性に対して持つのと同じ意義を持つ。俗なる生において(もろもろの禁止と労働とによって)否定されるのは、動物的なものに従属した状態、死と種々のきわめて盲目的な欲求とに屈服した状態である。神的な生によって否定されるのもやはり従属ではあるが、このたびは、俗なる生における自覚的かつ意志的な隷属が否認の対象となるのだ。ある意味で、この第二の否認は、第一のそれが否定した力に訴えかけるのであるが、それはこの力が第一の否認の枠におさまりきらないかぎりにおいてである。祝祭の運動は、動物的な力のもたらすものを頼みとしつつ、この力を解き放つのだが、そのときこの爆発的解放は、卑俗な目的に隷従させられた実存の流れを塞き止める。それは規範の解消――ある中断――であり、もはや規則正しい流れではない。最初限界を意味したものが、今度は限界を打破する意味合いを持つ。したがって、聖なるものは新たな可能性を予告するのだ。それは未知への飛躍なのだが、その原動力となるのは動物性である。

生起した事柄は、単純な一文に要約される――ある運動の勢いが、抑圧されることで著しく高まり、生命をさらに豊かな世界の中に投じた、と。[*17]

5　俗なる世界の否定、および神的な（あるいは聖なる）世界

私はさきに、「いったん放棄されたあと再び欲望の対象となる「自然」は、所与への服従において欲せられるのではない……それは、呪いによって変容を遂げた自然であり、それに精神が接近するのはもっぱら新たな拒否、不服従、反抗の運動によってである」という点を強調した。(24) これこそ、ありきたりの動物性と神聖な動物性とを分かつ相違点である。むろん、単なる動物性が俗の領域と似通っているなどとは言えまい。私が示したかったの

はひとえに、俗なる生に対して聖なる動物性は、自然に対する激しい嫌悪が原初的動物性に対して持ったのと同じ意味を持っていた、という点である。事実いずれの場合にも否定とのり超えとがあった。それにしても、ここで私は、ある対比の体系を詳細にかつ論証的に描いてみせねばなるまい。それはわれわれに馴染み深い体系ではあるが、その馴染み深さは、自覚されることがなく、混同を助長するような曖昧さを纏っている。

自然の否定には、明晰にまた判然と対照的な二つの側面がある。ひとつは戦慄と吐き気の側面であり、熱狂と情念の意味を持つ。もうひとつは俗なる生の側面であり、熱狂の鎮静を前提とする。われわれが不変化・不動化しようと努める運動、一個の状態とみなし持続させ、変化こそその本質をなすのにまるでそうではないかのように無邪気に保存しようとする大変動については、すでに述べた[25]。それもあながち人が思うほど不条理なことではない。変化を保存することも抹消することも不可能だが、かといって、休みなく変化を続けることもまた不可能だからだ。それにしても、われわれは、変化とそこから帰着する安定した状態とを混同することは避けねばならない。なぜならこの安定した状態は、結局は、変化によって終止符を打たれたそれ以前の事態の流れを再開するからである。俗なる生を単なる動物的生から区別するのは容易である。前者は後者とはきわめて異なる。しかし、全体として見ると、動物的な生とは歴史を持たぬ生の典型である。俗なる生も、破壊的暴力的な変化を経験しないという意味で、これを引き継ぐのである。仮にそのような変化が

俗なる生を襲うとしても、それは外部から来るのである。(26)

これから、二つのパートから成るひとつの運動の、衝撃と反動、満潮と干潮の性格を再検討してみれば、激烈な動揺のなかでの、禁止と侵犯の一体性、嫌悪と欲望の一体性が容易に見えてくるだろう。それは、俗なる生の平穏な規則性に対立する、聖なる世界の一体性である。(27)

第二章　フェードル・コンプレックス

1　嫌悪と欲望の結びつき

聖なる世界に一個の逆説的な性格を附与するのは、明らかに、嫌悪と欲望との一致である。この一致こそ、逃げ場なく聖なる世界を見据える者を、不安に満ちた魅惑のなかに留め置くからだ。

上述した嫌悪を呼ぶもの、悪臭を放ち、粘りつく、境界のないもの、生命に満ち満ちていながら死の徴《しるし》でもあるものに、聖なるものが対応することは、疑いの余地がない。それは自然にほかならないのだが、その沸騰が生と死を緊密に結びつけるような地点における自然、生を腐敗物で一杯にすることによりみずから死と化すような地点における自然である。

このような対象からは、およそ主体が人間であれば、嘔吐感を抱きつつ遠ざからないということは考えがたい。だが、対象に惹かれていなければ、主体がこのように遠ざかることがありえようか。対象が欲望をそそるなにものをも提示しないで、主体に吐き気を催さしばしば欲望は抵抗を克服することでますます大きな意味を帯びるように思われる、と。抵抗こそ欲望の真正さを保証し、それによって欲望の支配への確信に由来する一個の力をこれに与える試練である、と。仮にわれわれの欲望が、疑いようのない嫌悪をのり超えることにこれほどの困難を味わうことがなかったら、われわれは自分の欲望がこれほど強烈なものだとは思わなかったであろうし、対象のうちに欲望をこれほどに刺激する力を見ることもなかったであろう。フェードルの愛が、罪を犯すかもしれないことへの戦《おのの》きにまさしく比例して燃えあがるのはそのためなのだ。また逆に、対象に何も危険なものが見られなければ、どうして嫌悪が養われることがありえよう、あるいはもっと単純な言い方をすれば、その場合嫌悪はなにに対しての嫌悪なのか。また、対象が欲望をそそるものでなければ、どうして危険たりえようか。純然たる危険が主体を遠ざけるのに対し、禁じられたものへの嫌悪だけが主体を誘惑の不安のなかに引きとめる。

この見地から、なんであれ嫌悪をそそる対象、たとえば腐乱屍体、を考察すれば、私の議論がまったく成り立ちがたく思えるのは事実だ。しかしながら、私はいくつかの厳密な考察を導入することができる。いかなる嫌悪にも魅惑の可能性が隠されているという主張が承認されたと仮定する。そうすれば、私は比較的単純なある仕組みを受け容れることができる。不快なものは、程度の差こそあれ、主体を遠ざける力を示すが、またこうも付言できる――私の説に従えば、この不快なものはそのとき原則として牽引力をも発揮する、と。牽引力には、その逆の反発力同様大小の差がある。ただし、反発と牽引とがつねに正比例するなどと言っているわけでは毛頭ない。事はけっしてそれほど単純ではない。過度の嫌悪は、欲望を増大させる代わりに麻痺させ切断するからである。

当然ながら、嫌悪の持つ過激な性格は、主観的要素を導入する。神話のイポリットの代わりに、近親相姦の欲望を満たしたのみならず、テーセウスを殺してしまいもした親殺しを私は思い浮かべる。その場合私は、はからずも挑発してしまった罪に打ちひしがれ、以来恋人にまみえるのを拒否しているフェードルを心ゆくまで想像することができる。また同様に、古典の主題からはるかに隔たったところで、忌むべきイポリットへの蘇った恋の炎に身を焼いているフェードルを想定することも可能だろう。それどころか、ラシーヌの好んだ心理的メカニズムに倣って、打ちひしがれ引き裂かれたフェードル、だがそれだけにイポリットと彼女自身に対する激しい嫌悪にもかかわらず――あるいは嫌悪に比例して――ますます燃えあがるフェードルを思い描くことさえできるのだ。

嫌悪に強度の差があるのは事実であるとしても、その差は嫌悪を呼び起こす対象に左右されるだけではなく、主体自身にも嫌悪を感じることへの傾斜の度合がある。とはいえ、欲望にとってもっとも好都合な状況が何ら変るわけではない。それはラシーヌのフェードルの状況であると同じく、私が最後に提示した状況、まさしく悲劇の叫びや嘆息や沈黙が相応しい状況を浮き彫りにするために――またこの状況が必要とする環境のなかにこれを位置づけるために――私が引き合いに出した状況でもあるのだ。嫌悪が耐えがたいものであればあるほど、欲望を刺激する。もっとも嫌悪に耐えられなければ話にならないのだが。しかしフェードルの例は性的欲望に関係しており、また性的欲望を罪悪視する――ただしはっきりと限定された場合において――近親相姦の禁止に関係している。一個の腐肉は、あい変らず欲望をそそるものなどなにも持っていないように思われる。腐敗物や排泄物や屍体との接触に抗する禁止が、ありもしない欲望からこれらのものを守るなどということはどこから見てもありえない、というわけだ。

2　屍体の腐敗の関連した魅惑

一見したところ、また理論的にも、死者をめぐる禁止は、生者の欲望から死者を保護するためのものではない。われわれが死者に対して抱く怖れにはいかなる魅惑も対応していないように見える。たしかに、フロイトは死者の明白な非力が接触の禁止を正当化すると考えた。だがこれに付随するフロイトの他のもろもろの仮説は根拠薄弱なものである……。われわれと性的関係を持ちえない近親と同じように、死者を扱うわけにはとうていいかない。近親との関係の禁じられた犯罪的な性格のために、この関係が持ってきた戦慄的意味に魅惑が加わることも場合によってはありうる。しかし、腐敗物への嫌悪には、どう見てもいかなる欲望も伴うことはなさそうである。したがって、私がフェードルについて述べたことは、性的欲望の対象という狭い範囲に限って意味を持つのかもしれない。私が考えたように、嫌悪の背後につねに欲望の可能性が潜んでいると想定するのは、無意味なのかもしれない。

この点について、死に関わる領域で私が口にしたのは、触れては罪となる死者たちのことであり、殺しては罪となる生者のことにはごく手短かにしか言及しなかったことを指摘しなければならない。

さて、人間が崇敬の感情なしに死者に触れたいという欲望を抱くことは事実まれである（そのうえ、それは許されうる軽罪にすぎない）のに対し、時として生者を殺す欲望を持つのは確実である。そうは言っても、これら二つの禁止は相関的である可能性がある。私はいままで、殺人を禁じる（ただし原則の上で）普遍的な掟について語るのを後回しにしてきたが、死者への崇敬は生者へのそれから自然に帰結するものではなかろうか。結局、屍体にまつわる禁止は殺人の禁止の延長ではなかろうか。未開人の信仰のうちでは、ひとりの死者はある殺人行為の犠牲者と考えられているのではないか。実際未開人には、死は自然には起こりえないと考える傾向がある。ひとりの死者を前にすれば、ある呪いまたはなにかの妖術が彼の死の原因になっていると想定しなければならず、犯人の探索に乗り出さねばならないのだ。われわれに考えられるのは、屍体の及ぼす魅力とは、屍体がわれわれの欲望に与える密かな返答とは、われわれの身を戦慄で貫く対象そのものには関係せず、殺人行為に関係しているということである。

もしそうならば、われわれがこの点をほとんど意識しないことになんら不思議はない。われわれは自分が人を殺せるなどとは考えたがらず、いわんや人殺しを好みうるなどとは考えたがらないからだ。

死者の与える怖れになんらかの欲望が混在しているとすれば、殺人の魅惑がそれに与ったことはたしかである。それでもなお、このような見方は私にはきわめて不完全に思われる。それはせいぜい説明の端緒を提供するだけだ。死者の与える戦慄に満ちた魅惑には、殺人の欲望が惹起するよりも多くのものが含まれている。先に言及した、未発達で混沌とした祝祭、時として王の死に続いて起こりもするあの祝祭のことを想起してみれば、爆発が引き延ばされるなかで死とエロティシズムと殺人とを結びつける複合体系《コンプレックス》を把握することができる。おそらくはこれこそ、われわれが拠りどころとすべき全体的視座であろう……。

性活動は通常さまざまな規範による制限を受けており、殺人行為はおぞましく許しがたいものと考えられている。この規則正しい物事の秩序は、ちょうど名騎手に扱われる一頭の馬のように、生の運動が制され、抑えられていることを意味する。それは、社会の活動の流れを安定させる老人たちの延長された生であり、労働の旗印のもとにこの流れを抑制する沈滞、あるいは少なくとも緩慢化である。それと正反対に、老人の死、いやだれの死であれ一般に死というものは、生の流れと充溢を加速する。生の運動の停滞と突然の解放とが交互に起こることから、最良の効果が生れるのだ。

　結局、死が解放するこの運動から、つまり一般に生の側に属し、あるがままの屍体の心滅いらせる外観に呼応して顕現する巨大な魅惑の力から、切り離してしまっては、なにも、あるいはほとんどなにも、わからないのである。権威から無力への、存在の毅然とした在り方から不在への、生者の**［判読不能］**否定的状況から限度というものの果てしない撤廃へのこの移りゆきは、情念への惑溺と漠たる混沌とに満たされた、万事を忘却に附す、荒々しくも気まぐれな生の回帰を、いやその勝利さえも予告する。暴力が、それを呼ぶ腐敗に呼応して顕現する。解体の虚無が無秩序な情念の巨大な放縦に対して持つ意味は、悲劇のまわりに醸し出される聖なる恐怖のあの光輪に近いものだ。

　これほどに全的な混乱の核心は、生が死のうちに無力の様相を取りつつ、実はこれを代価として限りない奔出のなかに顕現する瞬間に、明らかにされる。それは、ある破壊の力、必然的に生命力に満ち満ちた腐敗物が予告する、瑞々しい繁茂・再生力の基盤をなす破壊力である。若人たちに場所を空けてやるために、共同墓地が死者を呑み込んで一杯になることがなかったら、いったい若人たちは存在しえようか。

3　欲望の秘密

それにしても、自然のなかで生起する肉体の腐敗と、墓石の景観が覆い隠している暗澹たる作用に若人を結びつける絆との間には、深い溝がある。人間の特性は、これほどに暗鬱な錬金術の痕跡を抹消あるいは隠蔽するところにある。こうした痕跡は、地中に葬られるのと同様に、記憶中の近寄りがたい部分に埋葬される。葬り去られたものを復元するのはこのうえなく困難であるが、この復元はまた、一個の広大な運動の全体に関わるものである。どうしてもと言うならば、死者への崇敬の掟と殺人の欲望との間のつながりをふたたび認めることも可能ではあるが、全体から切り離されたこの見方は表面的である。また、王の遺骸の腐敗に性的横溢と殺人の狂熱とを結びつける「王の死の祝祭」の絵がいかに完全なものであろうとも、それはまだ、意味を附与しなければならない図式にすぎない。

私がこれまでに示したことからただちに、死者への怖れと生の全体的運動に対する欲望とを結びつけることが可能となる。それだけでもすでに、祝祭の絵のなかに与えられた理論だけの連結よりもましである。だが、さらに先まで進み、人間の性生活、エロティシズムは、いま問題になっている連関の枠外では理解不可能であることを示さねばならない。死者への怖れとは無関係にエロティシズムを想像することは、たしかに可能である。しかし実のところは、こうした独立性は存在しない。私は、フェードルの置かれている状況とは無関係に恋情を想像することができる。自分が堂々と愛することのできる男に対して女が抱く罪のない愛ほど平凡なものはないからだ（それに今日では、イポリットに対するフェードルの恋情すらもはや罪とは見えなくなりつつある……）。だが、行動の形を取る殺人の欲望という極端な場合は別にして、性的欲望——たえず人類の一部を墓のなかに投げ送るひとつの運動の魅惑と一致した欲望——は、われわれがそれでもやはりこの運動に対して持つ怖れによっていわばいっそう掻き立てられる。フェードルに戦慄を与える罪が彼女の意識せざる熱情を密かに昂め養うのと同様に、性にこもる死の香気が彼女の情熱の力を全面的に保証する。それは極度の不安の感覚であり、それなしでは性が動物的営為に過ぎなくなり、エロティックではなくなってしまうような感覚である。この感覚が及ぼす効果を明瞭に思い描きたいと思うならば、高所での眩暈《めまい》に比較してみなければならない。そこでは恐怖が無意識の落下願望を麻痺させるどころかこれを強める。また哄笑に較べてみなければならない。なにか危険な要素が生じ、なんとしてももはや笑うべきではないのに笑ってしまう場合、笑いはわれわれの不安に比例して高まる。

こうした状況のそれぞれにおいて、危険の感情——とは言っても、一切の引き延しを一息に断ち切ってしまうほど激しくはない——が、吐き気を催させるような空虚の前にわれわれを位置づける。それを前にしては、存在が一個の充実体であるような空虚。だがこの充実体は、充実を喪失する危険に脅かされており、それを喪失することを恐れながら同時に望んでもいる。あたかも充実の意識が、不確定な宙吊り状態を求めるかのように。そして存在そのものが、あらんかぎりの可能性の探索に――つねに極端なものに向かい、つねに危険にさらされた探索に――ほかならないかのように。その結果、不可能なものへのこれほどに執拗な挑戦の、空虚へのこれほどに充実した欲望の終着点は、死という決定的な空虚をおいて存在しない。

第三章　戦慄に満ちた、喪失および破滅の欲望

1　喜びを得るには、われわれのエネルギーの諸資源を消尽しなければならない

欲望には嫌悪（怖れ）が結びついており、いかなる嫌悪にも増進されない欲望は貧しいからといって、欲望の対象が望ましいものであるという事実を見失うことはありえない。欲望が空虚に向かって――また時には死に向かって――開かれるとき、不安は、欲望をさらに募らせ、欲望の対象の魅力を高めるひとつの動機となるかもしれない。しかし究極のところ、欲望の対象はつねに至福の意味を持ち、人がなんと言おうと、この対象は接近不可能なものではない。エロティシズムを語りながら、そこで賭けられているのが喜びであるという本質的な点に触れないのは許されないだろう。それはしかも、度外れな喜びである。自己の恍惚状態を語りながら、神秘家たちは、人間の愛の喜悦など較べものにならないほど強烈な一個の喜びの印象を与えようとする。伝達できなくはないかもしれないが、自分一個の状態以外を熟知することが不可能なために、けっして十分な正確さをもって比較しえない諸状態の強度を判定することは困難である。しかし、推察がつくかぎり、エロ

ティシズムと宗教的観照という近接しあう領域において、あまりに強烈なために、想像しうる喜びの限界を超える例外的で無類の喜びであると信じたいような気になる喜びを感じることがありうる、と考えることは可能だ。

いずれにせよ、エロティシズムがわれわれに与える、喜びに満ちた忘我の境地は、過激で並外れた性格を帯びていることを、だれも疑うことはできない。少数の擦れた人間たちがひけらかす懐疑主義は、話の上での気取りか、ひとつの経験の不手際ないし悪条件に対応している、と私は考える。この先、理解すべきこととして残されているのは、これほど大きな喜びの追求がどうしてありとあらゆる性質の醜悪なもの、不快なものの追求を通じて行なわれなければならないか、という点である。

私が先に述べた内容は、嫌悪（怖れ）が重要性を帯び、エロティックな魅惑に関与している事実を示そうとしていた。それについて私の挙げた証拠は十分なものとして通るかもしれないが、それにしてもこの逆説的事実の一部始終を私はまだ十分明瞭に説明していない。それを行なうために、いまから、おそらくは根本的なものであろう一仮説を述べてみよう。

思うに、怖れ《オルール》の感情（具体的原因に根ざす一過的な戦き《エフロワ》のことを言っているのではない）は、大多数の人間が考えるように、彼らにとって悪しきもの、彼らの利益を侵害するものに見合っているのではない。それどころか、他の場合には意味を持たないであろう事物が、われわれに怖れを与える場合にかぎり、このうえなく大きな現実的価値を帯びるように見える。エロティックな営みは、穢らわしいものにもなりえれば、あらゆる性的接触を排する高貴で至純なものにもなりうる。しかしそれはつねに、人間のふるまいに関する一原則をこのうえなく明確に例証している。その原則とは、われわれが欲するのは、われわれの力と諸資源とを汲み尽くすもの、そして必要となれば、われわれの命をも危険にさらすものである、ということだ。

実を言えば、われわれはつねにそれを望む手段を有しているわけではない。われわれの諸資源は枯渇するし、あまりに避けがたい危険が関与してくるやいなや欲望が不足する（単に抑圧される）。それでもわれわれが自己のうちに十分な気力と幸運とを見出す場合には、われわれのもっとも欲するものとは、原則からして、われわれを脅かしたり破滅させたりする可能性がもっとも大きいものである。エネルギーや金銭の大規模な喪失――あるいは深刻な死の危険――に耐えられる度合は人さまざまである。だが、それに耐えられる範囲内で（繰り返し言うが、それは力の――量的な――問題である）、人間は最大の喪失、もっとも深刻な危険に身をさらすのだ。われわれが一般に逆のことを考えるのは、人間が一般にわずかな力しか持ち合わせていないからである。それにもかかわらず、それぞれの限界内で彼らは進んで消費し危険に身をさらしてきた。とにかく、だれであれ、それだけの力とまた当然ながら手段を有している人間なら、たえず濫費に身を任せ、つねに危険に自分をさらしている。さまざまな実例により、また、エロティシズムのなかでこのうえなく明瞭に作動している相反的諸因子の働きを詳しく分析することにより、この法則の意味と射程を明らかにするよう努めてみよう。さらに、問題の理論的側面を再検討することも忘れないでおこう。本著作の第一巻で私はすでにその大要を示した。私が最初生産の運動から出発して表象したものが、個人的熱狂のなかで作動している様をこのたびは示してみよう。したがって最初よりも具体的な示し方になるはずで、この迂回を通じてより全体的な視野の獲得に貢献できるだろう。いずれにしても変わりようのないのは、思考のまともな判断を基礎づけるものの見方とは根本的に対立する見方である。

われわれの行動を「正当化する」もののすべてを再検討し、覆えさねばならない。どうして端的に、思考というものが屈従の企てであると言わずにいられようか。思考とは、感性と情熱とをけっして実現されることのない経済的打算に従属させることである。人類は、教師に従順な子どもがそうするように、導かれるがままになっている。貧しさの感情が人類を麻痺させている。だが、人類が盾に取る万人の利益というものが意味を持つのは、恐怖が支配し、エネルギーが欠乏しているかぎりにおいてである。このような利益は、公的言説の範囲内で価値を有する偏狭な意味しか持たない。ところが、エネルギーは横溢し、恐怖はなにを妨げることもできない。軟弱な思考と物事の激烈な流れとのくい違いは絶対的である。今日の戦争は、われわれを先導する無力で良識的な教師たちの器を測る尺度である。

2　文学と不安、供犠と嫌悪（怖れ）

われわれは最大の損失あるいは最大の危険を追求する、という法則を説明するために、さしあたり二つの実例に依拠するにとどめよう。そのひとつは文学におけるフィクションである。実際、一篇の小説の魅力は、主人公の不幸に、彼にのしかかる脅威に結びついている。困難や不安が伴わなければ、彼の生はわれわれを惹きつけるなにものをも、われわれを夢中にさせ彼とともに生きるよう強いるなにものをも持たないであろう。そうはいっても、小説の虚構性のおかげで、仮に現実であったらわれわれの力を凌駕しわれわれの意気を阻喪させかねないものが、耐えやすくなるのである[28]。われわれとしては、みずから敢えて生きることのできないものは他人に生きさせ、自分はそれを追体験した方がよい。十分に了解しておきたいのだが、問題はみずから衰弱することなく不幸に耐えることではない。われわれは過度の不安を味わうことなく不幸に耐えながら、不幸が与える喪失の感情、危険に瀕しているという感情を享受しなければならない。

だが文学は、宗教の作用を延長するにすぎない。文学とは宗教を本質的に継承するものであるからだ。文学は特に遺産として供犠《サクリファイス》を相続した。喪失することへの、自己を喪失することへの、また死を正面から見据えることへのあこがれは、まず供犠のなかに満足を見出したが、それはいまなお小説を読むことで得られる満足である。供犠とはある意味で一個の小説、血なまぐさい形で解説された一篇の物語《コント》であった。ひとつの供犠は一篇の小説に劣らず虚構的である。それは真に危険な、あるいは罪深い殺害ではない。それは罪ではなく罪の上演である。一個の演技である。それは原則としてひとつの犯罪の物語であり、その最後の挿話を、祭司と犠牲《ヴィクティム》とが会衆のために演じる。もちろん犠牲は実際に殺されるが、それは祭司の手で殺されるとみなされる神の役割、また別の場合には王の役割を演じる無名の動物――ないしは人間――に過ぎないことが最も多い。儀式は、それが定期的に繰り返し再現するひとつの神話に関係している。だからといって供犠の意味が減じるわけではない。いや供犠は原則として、戦慄のなかで会衆が耐えうる不安の極限に達していたように思われる。それでなければ、どうして想像を絶する行き過ぎの説明がつこうか。それに、不安が昂まりすぎないよう供犠の性格を和らげるための対策を、いったいいく度講じなければならなかったことか(29)。基本をなす演技性が供犠の重みを減じてはいたが、要はつねに、会衆を不安のなかに投げ入れることであり、この不安は、打ちのめしつつ魅惑する、伝染的で目もくらむようなある破壊の感情に結びついていた。

いずれにせよ、重要なのは戦慄そのものではない。文学のなかに維持される不安もまた、単に不安として重要なのではない。文学への嗜好とは、病的に不安を追求する悪徳なのではない。ふだんは戦慄や不安のなかで与えられることのないものが、供犠において――またはは文学において――人を魅惑する。最もありふれた状況では、戦慄の対象は腐敗物でしかありえない。また不安は一種の空虚しか対象としえない。しかし供犠において人を魅惑するものは、ただおぞましいだけではない。それは神的である。それは供犠に適う神――人を惹きつけるが、死のなかへの消滅というただひとつの意味しか持たない神――である。戦慄が介在するのはひたすらある魅力を引きたたせるためであり、この魅力は、犠牲が苦痛に満ちた最期へと進んで身をさらすことがなければ、強度を失うように思われるであろう。

小説が供犠の運動の持つ厳密さに到達するのはまれである。だが、ただの物語についても古典悲劇の場合と事情は変わらない。主人公の性格がおのずから彼を破滅に導くとき、魅力は一番高まる。主人公が神性に近づくほど、彼の瀕する喪失、彼が意志的に冒す危険は増す。神性のみが、欲望の対象は喪失と危険であるという原理を、度外れな形で立証する。しかし、文学のほうがわれわれには近く、法外さに関して供犠に及ばないものを、真実らしさの点で取り返すのである。

3 「死の高みにおける」生が、宗教と芸術の富を基礎づけた

一人の王の死に呼応して生起することがあったようなあの狂乱、長期にわたる爆発に先立つあのような狂乱は、われわれを破滅に結びつける怪物じみた誘惑がいかに大きいものかを示している。われわれは、労働や忍耐や財の緩慢な蓄積を、それらと正反対の運動のために放棄する誘惑にたえずさらされている。それは、蓄積した富を突如として濫費し、可能なかぎりのものを使い果たし喪失してしまうような運動である。君主の死という甚大な喪失から、人は必ずしもその結果を埋め合わせることを考えはしない。むしろ、不幸が起こってしまったのだから猛々しくも不幸のなかにのめり込むことを考える。一人の王の死とは、ある意味で、それからわれわれを隔てる欄干など何もない虚空の眺めに似ている。この眺めはわれわれに後ずさりさせるかもしれないが、またそれに結びついた落下のイメージが、それで命を失うことになろうとも、あるいは命を失うために、そこに身を投げるようわれわれをそそのかすかもしれない。それは、われわれのうちで抑圧されている使用可能なエネルギー、しかしある不均衡状態のなかにあるエネルギー、の量に関わっている。

確実なのは、虚空や破滅の魅力はけっして生命力の乏しさに対応するものではないということだ。そして、虚空や破滅を前にしての眩暈は、われわれの破滅を保証する代わりに、通常祝祭の幸福な奔出の前触れになるということだ。実を言えば、ごまかしと挫折とがこ

れらの運動の規範をなす。まず禁止が、祝祭における侵犯を準備していた。また、祝祭の度外れな側面にも幸福な節度が保たれており、禁止に規定される生の回帰が予定されている。しかしながら、自然の否定と、自然の所与への依存を消し去りたいという人間の意志とに応じて、禁止が作られたとき、挫折は意図されていなかった。純粋な精神にまでみずからを還元することが不可能であると認めることを避けるために、人間はごまかしをしなければならなかった。そのとき彼らの挫折は意図せざるものだった。彼らが度外れな行為を呼ぶ運動のなかにある程度の節度を持ち込んだ場合には、彼らの挫折は逆に意図的であった。一般にわれわれは、決定的な破滅には、そして度外れな行ないがわれわれを導いてゆく死には、同意しない。祝祭はおそらく自然の否定に劣らず虚構性を帯びているであろうが、文学の形を取るにせよ、儀式の形を取るにせよ、このたびは虚構はわざわざ作り上げられる。この虚構は、たとえ意識を眠り込ませはしても、少なくとも意図された虚構である。欲望は演じられているかもしれないが、大人が与える玩具に騙される子どもの持つ半ば共犯的な意識のなかで演じられている。濫費されるのは、自由に処分しうる諸資源だけである。それを失えば、最初の祝祭同様に法外であると同時に節度を保ちもする次の祝祭の回帰が保証されえないような、基本的な富にまで手をつける集団的祝祭は、原則として存在しない。したがって結局のところ、破滅の追求が祝祭において行き着くのは、破滅そのものではない、いわんや死ではない。それは喜びなのだ。われわれは虚空に接近するが、それはそこに落ちるためではない。われわれは眩暈に陶酔することを欲しているのであり、それには落下の想像だけで十分なのだ。

真の喜びを得るには死にまで至るひとつの運動が必要であると言えば、かなり正確であろうが、反面死はこの喜びに終止符を打つだろう。したがってわれわれはけっして真の喜びを知ることはないだろう……。それに、死そのものを待つまでもない。思うに、生命が欠乏する前に力が欠乏するからである。死は、接近しはじめるやいなや、われわれから予め力を奪うような空虚をわれわれの内部に作りなす。それゆえ、単に死なないためにごまかしが必要であるばかりか、われわれが喜びを獲得しようと願うなら、死を避けるべきなのだ。このように、仮に現実的な対象を持つならばわれわれを満たしてくれるにちがいない――少なくとも理屈からすれば満たしてくれるにちがいない――喜びというものを、文学や供犠による死への架空の接近だけが予告する。理屈からすれば、と言うのは、死んでしまえばもはや満足を得られる状態にはないだろうからである。

それに、なぜ、動かしようのない困難に対し、過度の執拗さで抗わねばならないのか。死から顔を背けないこと、それどころか、死をじっと正面から見据えること、それがわれわれにできる限界なのだ。供犠や文学による死の体験はごまかしだという抗議に較べれば、死を穏やかに眺め続けること、あるいは、皮肉や奸計のほうがましである。なぜなら、こうした抗議については、それを保ち続ければあらゆる文学同様にごまかしに転じるだろう、とあらかじめ言うことができるからだ。抗議はたちまち容認しがたいものになりさえするだろう。わが意に反してであるにせよ、われわれはけっしてエゴイストたることを止めないのであるが、このエゴイストの利益に逆らって存在の総体を巻き込むようなひとつの喜びに向かうことが、ある意味でわれわれの義務ではなかろうか。この観点からすれば、悲劇も喜劇も、さらには本物の小説も同様に、それらの切子面が交わし合う目眩《めくるめ》くような戯れのなかで、生の変転きわまりない複雑さを映し出すかぎりにおいて、多くの存在が限りなく破滅してゆく巨大な運動のなかに——悲劇的に、あるいは喜劇的に——自己を滅したいというわれわれの欲望に、このうえなく適切に答えてきたのではあるまいか。そして、たしかにごまかしが文学を司っており、現実が過剰にありすぎると文学がわれわれを導いている溶解点へとわれわれを運ぶ勢いが挫かれてしまうことが事実であるとしても、ただただ実際に果敢さを持ったおかげで、われわれが、形象化された死や失墜が与える不安のなかに、存在を破滅へと誘い込むただひとつの過剰な喜びを見つけられるようになったことも、また事実なのだ。この果敢さがなかったら、われわれは、動物的生の貧しさに宗教や芸術の富を対置することができないであろう。

第四章　欲望の対象と実在するものの総体

1　欲望の対象は、宇宙または存在の総体である

奇妙なことに、私は最も想像しがたいことを叙述しているのだが、これは同時にもっともなじみ深い事柄でもある。なぜかよくわからぬままに、悲劇の観客あるいは小説の読者は、こうした芸術のなかに繰り返し立ち戻る。信仰を持ってミサに参列する人々は、彼らなりにひたすらミサの本質について思いを凝らす。しかし、悲劇や小説、あるいはミサの犠牲がそれとわかる徴《しるし》を容易に形成する情念の世界から、思念の世界に移ると、一切が閉ざされてしまう。この可知的な世界のなかに悲劇の運動を、魅惑する「聖なる戦慄」を導入しようとすれば、読者が途惑い、私の話についてくるのにいくらか苦労するのが私にはわかる。

実際、このように魅惑するものは情念に語りかけるが、知性に対しては何も言うべきことを持たない。そこから、多くの場合知性は明敏さにおいて、もっと単純な反応にも及ばないことが明らかになる。事実知性は情念の力を正当化することができず、その分だけ自

分にこの力を否定する義務があると素朴に信じこむ。だが知性は、自己の理屈にしか耳を傾けようとしないならば、誤りを犯す。知性は、望みさえすれば、心の条理のなかに分け入ってゆくことができるからである。それには、理性が正当化のために行なう計算に、はじめから心の条理を還元してしまうよう要請するのを、やめさえすればよいのである。知性は、みずからが行動の唯一の規範ではもはやなくなるような領域があることを認めたときに、この領域を定義することができるのである。聖なるものについて語るとき、本質的にみずからを超えるものについて語るとき、知性はそれを行なう。知性が己れを凌駕するものについて立派に語りうるということこそ、最も注目に値する。知性そのものの目から見ても、自身の計算の外に出ることなしに最終的に自分を正当化できるなどとは考えられないのだ。

実際、知性の挫折は、その最初の動きからしてものを抽象し、考察の対象を実在するものの具体的総体から切り離してしまう点にある。知性は科学の名のもとに、俗なる世界の事物に範を取った抽象物の世界、功利性の支配する部分的世界を築きあげる。われわれがそれを凌駕した瞬間から、個々の事物が「なんの役に立つのだ!」という問いかけに答えることを強いられている知性の世界ほど、奇怪なものはないのだ。そのときわれわれは気づくのだが、ものを抽象する精神の働きは、ひとつのものからそれが役立っている他のものへ移る順繰りのサイクルの外へはけっして出ない。第二のものはまた第三のものの役に立たねばならないのだ……。鎌は苅り取りのためにあり、苅り取りは食料のために、食料は労働のために、労働は鎌を製造する工場のためにある、といった具合である。古い鎌の代わりをするのに必要な数だけの新しい鎌を製造するために要する労働量を超える余剰労働力がある場合、その効用はあらかじめ定められている――それは生活水準の改善に役立つであろう。それ自体がみずからの目的、みずからの意味であって、他のなにかに対して持っている効用を持ち出しながら自己正当化を図るに及ばないような総体は、どこにも与えられていない。われわれがこの空虚で不毛な運動から、知性の世界にほかならぬ事物と抽象的機能との総和から脱却するのは、ひとえに、これとはきわめて異なる一世界のなかに分け入ってゆく、という条件においてである。それは、対象が主体と同じ平面を有し、主体とともに、いかなる抽象化によっても分割されることのない至高の総体を形成し、宇宙全体の厚みを倍加するようなひとつの世界である。

二つの世界の間のこれほどに極立った差異を感知させるのに、エロティックな生の領域ほど好個の実例はない。そこでは、対象が主体と別の次元に位置することは稀れであるから。

官能的欲望の対象となるのは、本質からして、もうひとつの欲望である。官能の欲望とは、自己破壊の欲望とは言わぬまでも、少なくとも燃焼する欲望、そして留保なしに自己を喪失する欲望である。ところで、対象が私の欲望に真に応えるかどうかは、ただただ、私が対象のうちに自分の欲望に匹敵するひとつの欲望を目覚めさせるかどうかにかかっている。愛とはその本質において、実に二つの欲望の合致であるのだから、たとえこのうえなく清純な愛が問題となる場合でも、対象における欲望の覚醒以上に意味を持つことはない。だが、相手の欲望が望ましいものであるのは、それが世俗の一物体（たとえば、実験室で分析される物質）のように外側から認識されるものでないかぎりにおいてである。二つの欲望は、ある親密な理解の透明さのなかで感知される場合のみ、互いに対して完全に応え合う。

もちろん、この理解の基礎には深い嫌悪がある。嫌悪がなければ、欲望は、嫌悪の運動があるにもかかわらずこれに屈しないときのように、法外にはならないだろう。欲望が大して大きくないとすると、暗闇と静寂につつまれて、もはやふたりを隔てるものはなにもない、まったくなにひとつない、と恋人に向かって断言する女性のもつ説得力を、この欲望は持つであろうか[*18]。だがそのことは重要ではない。この瞬間には、対象とは、こちらの欲望を求める巨大で不安に満ちた欲望でしかない。もちろん対象は、主体によって最初は他のものとして、つまり主体とは異なるものとして、捉えられる。しかしそれ自体が欲望に還元されるとき、主体のそれに劣らず胸苦しい戦きのなかにある対象は、もはや主体と区別がつかない。二つの欲望は互いを見出し、混り合い、溶け合う。おそらく知性は残存し、物事を外側から考察しながら、結局互いに知り合うことのない二つの孤独な欲望を識別する。われわれは自分の感覚しか知らない、他人の感覚はわからない、というわけだ。はっきり言えば、知性による識別は、実際に起こっている作用とまるで正反対であるために、知性に自分を忘れさせなければ、この作用の展開を麻痺させてしまいかねない。それにしても、知性が誤っているのは、単に、それが告発する錯覚が現実的効力を持ちながら作動しているので、無邪気な人々から満足を奪おうとしても無駄であるためばかりではない。それは錯覚ではない、という意味で、知性は誤っているのである。

たしかに、どのような領域であれ、錯覚はつねに生じうる。たとえば、何か不完全な知覚を一本の瓶の知覚であると解釈すれば、われわれは誤りを犯す。それは瓶ではなく単なる反映が瓶の印象を与えたにすぎなかったのに、私は瓶に触れようとしているかのように思い込んだのだ。しかし、この例は何も証明しはしない。このような過誤は確認可能なものであり、別の機会においては、事実私の手が把むのはまさに一本の瓶であるからだ。かたや、手に取られた瓶は立派な証拠であり、確実で堅固ななにかであるのはたしかである。それに対し、もっとも好都合な場合でも、他者の外的表徴に到達するだけではなしにその欲望あるいは実存にまで達する可能性については、一般に疑義が差し挟まれる。しかしながら、赤ん坊は少なくとも第一回目には、内的に自分に似た他者の存在を外的表徴から演繹することができない。それどころか、赤ん坊が外的表徴からだれかの存在を推し測ることができるのは、結局のところ、あらかじめ分析などせずにまずある全的な接触のなかで幾度も確認したに違いないこの存在に、時を経て外的表徴を結びつけたからにほかならない[*19]。

大人の抱擁が問題になる場合には、この接触——双方にとって内的なもの——だけを切り離して考えるのは、赤ん坊の場合ほど容易ではない。大人の抱擁は、さまざまな感覚や複雑な連想をけっして除外できない（赤ん坊の場合それが可能であるのとは違って）ような条件のもとで起こるからである。われわれはつねに、科学の推論を踏襲する権利を持っている。その推論とは、定義可能な種々の感覚の複合体に、相手の欲望に対する信仰を主体が結びつける、というものである。そうかもしれない。しかし私から見れば、切り離しの手続きをこんなふうに続けても無駄である。それは明白だ。このやり方では、慣習として切り離されてきたこれら諸要素だけでは不十分であることが明らかになる一瞬は、それだけ切り離せる一瞬は、けっしてやって来ないだろう。むしろ、抱擁のなかで得られる全体的な出現という、これとは逆の作用を捉えることが肝要である。

抱擁の展開をたどる精神の抽象的操作にはなんの利点もないこと、またそれはできる話でさえないことをはじめから主張するだけの正当な理由をわれわれが持っているのは、抱擁においてはすべてが新たに開示されるからであり、すべてが真新しい姿で出現するからである。それに、抽象的操作を企てた者などいない……。だれがあえて凡庸な分析からこの瞬間に出現したものを引き出そうとするだろうか。必要とあれば、抱擁のなかに出現するものは心理学雑誌が掲載する類の論説からは把握できるものではない、と言うことによって、定義することさえできるだろう。最初から注意を引くのは、識別可能な諸要素の「後退」、溺れる者も溺れさせる水の深みももはや存在しないような一種の溺死である。「そうではない……」と反駁し、判然としたさまざまな印象を盾に取るのはたやすいだろう。私の言う溺死の感情にもかかわらず、これらの印象はたしかに残るからだ。

この感情はあまりに奇妙なので、人は本来これを描写するのを諦める。実のところ、それを行なう手段がわれわれにはただひとつしか与えられていない。ひとつの状態を描写する場合、ふつう、それを他から区別するいくつかの側面を強調することにより行なうが、いまの場合、われわれはただこんなふうに言うべきである――。「存在するものの総体が（宇宙が）私を（肉体的に）呑み込むように思える。この総体が私を呑み込むとすれば、あるいは呑み込むのだから、私は自分をこれから区別できない。もはやなにもない、この無と較べれば取るに足りないあれこれのもの以外には。ある意味で、それは耐えがたいことだ。私は自分が死んでしまうように思う。おそらくこうした代価を払ってこそ、私は私でなくなり、私が迷い込んだ一個の無限に同化する……。

おそらくこのような言い方は必ずしも正しくはない。それどころか、私はこれほど近くから……する女に触れたことはない。しかしそれは息を吸い込んでから吐き出すようなもので、突然彼女を破壊する欲望の強さが私を恐れさせ、彼女は欲望のなかに沈んでしまう。それから、まるで地獄から出てくるような彼女をあらためて見出す。そして抱き締める……。

それに、これもたいへん奇妙なことであるが、彼女はもはや、食事を用意したり、体を洗ったり、こまごまとした物を買ったりしていたあの女ではない。自分が苦しそうに息をしている暗闇のように、彼女は無辺際で遠い。その叫びのなかで彼女は実に無辺際の宇宙であり、彼女の沈黙は、生まれつつある死の空虚であるから、私が彼女を抱き締めるのは、不安と狂熱とで私自身がある死の場所、宇宙の境界の不在そのものである場所へ投げ入れられたかぎりにおいてである。それにしても、彼女と私の間には、反抗の意味を持つと同時に無感覚を意味しもするような一種無防備な気分が生れ、これがふたりを相互に隔てていた距離、また、ふたりを宇宙から隔てていた距離を消滅させる。」

どうしても拙劣で文学的になってしまう描写、その究極的な意味が、あらゆる判然とした意味の否定に関係するような描写の、不十分な性格を強調するのは、苦しいものである。この描写のうちで次の点は留意してよい——抱擁における欲望の対象は、宗教や芸術の対象同様に、存在の総体であること、そして、この総体は、われわれが自分自身を完全に他から切り離された個的実体《アンティテ》(孤絶した、あるいは孤絶したと思い込んでいる個人という純然たる抽象)であると考えていた分だけ、われわれを呑み尽くしてしまうということである。要するに、欲望の対象は宇宙であり、この宇宙は抱擁のなかでその鏡である女性の形を取るが、この鏡にはわれわれ自身が映し出されている。そして、最も熱烈な融合の瞬間には、突然の稲妻のように純粋な光輝が可能性の広大な領野を照らし出し、そこで個々としての恋人たちはもみ消され、とろけ、興奮のなかで、彼らの欲した鋭敏さに従順になる。

2 自然の学問的表象と、戦慄を与えながらも欲望をそそる漠たる総体

総体について語ることが困難なのは、いま問題にしている総体的な対象に（まさに恋する人間の持つ強烈な注意をこめてこれを眺めなければならないときに）注意を集中させることができないままに、これを軽率に語ってしまうからである。*[20]

客観的現実とこれを知覚する主体とを同時に包含することにおいて、総体は、通常の思考とは実に無縁のものである。対象も主体もそれだけでは一切を含みこむ総体を形成することができない。とくに、「自然」の名のもとに科学の精神にとって総体をなすものは、単なる戯画にすぎない。これは、（いかなる留保にも拘束されず、いかなる企図にも妨害されず、いかなる労働にも抑制されることのない）無制限の性的欲望の場合に、その対象はまさしく実在するものの具体的な総体である、という考え方に、真っ向から対立する。このような考え方こそ、私が拙劣ながら述べたかった主体と対象との融合を前提とするも

のなのだが。

総体の首尾一貫した表象とは正反対の、学問的な自然表象については、くわしく述べる必要がある。私自身これとはかけ離れた意味で自然のことを語っただけになおさらである。用語上の正確を期さねばならないということだ。それなしでは、私の言ったことは無駄になるであろうから。

有神論哲学は、自然を総体に対立させる。この哲学にとっては、一方に神があり他方に自然がある（ここには、神学が展開すまいとする二元論の萌芽さえある）。私には有神論的世界観を擁護する意図はない。そうではまったくなくて、科学精神が行なうような、自然による神の代用化を図る自然表象からは遠ざかりたいと思っているだけだ。総体を、これを変質させるさまざまな彩色からなんとしてでも守るのが、私の意図である。総体とは神でも自然でもない。これらの名の持つ多様な意味に見合うなにものでもない。これらの名の持つ意味のどれかひとつに関係するものでさえない。われわれがこうした意味にだまされないかぎり、それらが指し示しているのは、総体の抽象的な一部にすぎない。また同様に、この書物で私が語っている自然も総体の一部ではあるが、それは、総体のなかで捉えられなければ、具体的な形で考察されえない。すでに述べたことだが、自然とは汚く嫌悪を催させるものである。こう言うことで私の指している対象は、ちょうど思考のなかで私がなにか有用な物、たとえば一切れのパン、について行なうように、切り離し固定できるなにか抽象的なものに関係しているのではない。この切り取られたパン一切れは、一個の抽象物である。だが私がこれを食べるとき、パンは動きつつある総体のなかにたち返る。食べることで私は、自分自身を実在するものの具体的な総体に関係づけるのに応じて、このパンをもそれに関係づける。もう一度「汚い自然」に戻ってみれば、このことはいっそう明瞭になる。それは抱擁という総体のなかに私の捉えることのできる動物性である。

抱擁において、私の注意が、自分の抱きしめる対象の動物性に向かうような瞬間が訪れる。そのとき私は戦慄に捉えられる。対象と主体の間、愛する女と男の間に起こる融合のなかで、私の抱きしめる存在が総体としての意味を帯びれば、私は戦慄を体験するのだが、この体験の可能性がなければ、総体の運動は感じ取れないのである。存在のなかには戦慄を与えるものがある。それは嫌悪を催させる動物性であり、存在の総体が形成されるまさにその瞬間に私はその現存を発見する。だが戦慄を感じても私は遠ざからない。嫌悪を感じても私は胸のむかつきを覚えない。私がもっと無邪気に、このような戦慄、このような嫌悪を自分は感じたことがないと想像することも、さらには、そう言い張ることもありうるだろう。だが逆に、そうしたものに渇きを覚えることもありうる。逃げ隠れするどころか、私は、わが身をいっそう締めつける戦慄で、また、自分にとって無上の喜びと化した嫌悪で、決然と喉を潤おすかもしれない。このことを形容するのに、私はいくつかの汚い語を知っている。それらは、存在の耐えがたい秘密に触れているという私の感情を掻き立てる。秘密を知っているのは自分一人ではないという確信を得たくて、秘密を声高く叫ぶために、これらの語を私は口にするかもしれない。総体を所有しないでは私は外部にいたにすぎないが、この時私は総体を抱きしめていることをもはや疑わない。私は快楽の絶頂に至る。

このような瞬間を生きるには、感覚が徐々に強度を増すことが必要であるが、まさにこうした感覚こそ、われわれに総体を感知させ、これを構成する客体的要素と主体的要素とを解きがたく結びつける。それは他者と自己とを同時に予告する、感覚の複合体であるが、色、音……といった抽象的諸要素しか扱わない分析には絶対に還元できないもので、つねに総体をその与件とする。感覚が最高の強度に達しない場合、総体の広がりの上に個々の対象を切り離すことが可能であるが、そうすればたちまち、われわれの知るのはこれらの対象に限られ、これらを明晰かつ判明に知りはしても総体の現前は捉えられなくなる。総体の感情を味わうには、明晰かつ判明なものはなにひとつ開示してくれない、このうえなく模糊とした感覚が、極度に強まることが必要である。こうした感覚とは本質的に動物的な感覚であり、単に原始的であるにとどまらず、われわれのうちに動物性を連れ戻し、そうすることで、総体に達するために必要不可欠な逆転を遂行する。この感覚の並外れた強度がわれわれを圧倒し、それらがまさにわれわれを精神的に転倒させる瞬間にわれわれを窒息させるのだ。われわれを具体的な総体から引き離すのは、自然の（動物性の）否定である。これがわれわれを人間的次元のさまざまな抽象作用――そこでは労働やら科学やら官僚機構やらが、陰険な妖精さながらに、われわれを抽象的存在に変えてしまう――のなかに組み入れる。だが、抱擁がわれわれを、自然（それは、総体のなかに再統合されないかぎり、切り離された一部分に過ぎない）にではなく、まさしく人間が自己を失いつつ参与する総体へと連れ戻す。なぜなら、抱擁とは単なる動物的泥濘への失墜ではなく、死の先取り、また死に続く腐敗の先取りであるからだ。エロティシズムはここでは悲劇に似ている、結末での大殺戮が登場人物全員を再招集する悲劇に。それは実は、到達された総体（とはいえ、われわれは抱擁のあとまで生き残るのであり、仮に死んでしまえばなににも到達しないのだから、それは無限に手の届かぬところにある）が、ひとえに一個の供犠を代価に到達されたからである。エロティシズムが総体に達するのは、まさしく愛がある種の、犠牲を屠る行為であるかぎりにおいてだ。[30]

第五部　エロティシズムの歴史

第一章　結婚

1　エロティシズムは非合法的な性活動から発して発展した

本書の主題はエロティシズムの歴史であるが、私はこれまでエロティシズムを構成する諸要素についてしか語ってこなかった。しかし実のところ問題となるのは、時代の流れとともに発展してきたような人間の性活動の諸形態がそこから由来する原初的な、また歴史的な歩みなのである。とくにそうした原初的な歩み方が決定的な重要性を持ったということは容易に認められるだろう。だから主としてそのことを考慮に入れないようなエロティシズムの歴史は、ほとんど意味を持たぬであろう。

そのことがとりわけ重要であるというのは、エロティシズムがそれ以後多様な諸形態を発展させていったとしても、それらの形態は原初的な歩み方の基本的なテーマを再び取り上げるような様式でそうするからである。つまり前述したような「同盟関係の逆転」、フエードル・コンプレックス、自らを消尽せんとする欲望は、つねに総体を目ざしているような運動のなかで絶えず作用し続けたのである。あるひとりの人間存在が突如として、彼が通常行なっているふるまいや判断とは極端にコントラストをなす啞然とさせるようなやり方で行動するたびごとに、つまりわれわれが他人に見せる唯一の側、礼儀正しく、感じのよい表側と対をなしている、けっして打ち明けられない裏側をあからさまにのぞかせるたびごとに、それらのテーマは反復的に繰り返されているのだ。つまりそこで問題となっているのは、つねに他の時ならばわれわれが羞恥を抱くような諸感情や、身体の部分、存在の様態を開示することなのである。他の時ならば示すことが不可能であるもの、が、まさにそれを示すのが不可能であるからこそわれわれが示すものを開示することなのである。

まずこのようなアスペクトすなわち、エロティシズムにおいては正常なアスペクトがいかなる様態にあるかを明確に述べておかねばならない。

人間の性的活動の条件は驚くべきものである。原則としてその活動はまったく禁じられたものではない。たしかにそれはさまざまな制限付けに服しているけれども、そうした制限はある広い領野にわたる例外の可能性を保留している。ところでエロティシズムの歴史は、諸々の規則によって定められたリミットのうちで容認されている性活動の歴史ではまったくない。実際エロティシズムが包括するのは、諸規則への違犯によって境界を定められるような一領域以外ではない。そこにおいて問題となるのはつねに、容認された諸々のリミットから外へ出ることなのである。すなわち動物たちの性的な戯れに類似したような性活動のなかにはなんらエロティックな要素はないのだ。そしておそらくエロティシズムは相対的に稀れなものであろう（ただしわれわれが持っているたしかな情報はわずかなものだから、そのことをはっきりと言い切ることは難しいが）。とにかくエロティシズムは、ふつうそこで性的興奮が起こることが一般に認められている諸形態が、もはやそれとして認められなくなるような様態で生じるという事実に基づいて成立している。したがって合法的なものから禁じられたものへと移ることが問題となる。人間の性生活は合法的な領域からではなく、呪われた領域、禁じられた領域から発して形成されたのである。

2　結婚のあいまいな性格

以上の点から判断すると、本来の意味で人間的な性事象の原初的な形態へと立ち戻って考えねばならない。つまりそこでは禁止は明らかに部分的に限られたものであり、禁止の侵犯がいくつかの規則に応じるようなやり方で起こるという形態である。人間的な性の多様な形態のなかでも、実際婚姻はある両義的な位置、まさに困惑させるほど両義的な位置を占めている。

もともとは結婚とはひとつの禁止を侵犯することであった、と私は以前に主張した。しかし実のところそれは証明することが困難なことである。その制度は基本的に合法的であるのだから、結婚が侵犯であると言うことはその制度のよく目につくアスペクトに反しているようにさえ思える。しかしながらそのように侵犯される法の定めるところに応じるような仕方で行なわれる侵犯行為という例は他にもある。供犠がひとつの罪であるという事実[31]を思い起こすならば、合法的な罪というパラドックス――その規則そのものによって認められた規則の破棄というパラドックスをそこに認めることができるだろう。たしかにそこには理解しがたい難点がある。だが、私のたどる歩み方に従ってくださるならば、供犠のなかで実行される殺害がその原則そのものにおいては禁じられたものであると同様に、結婚のうちで行なわれる性行為も、その原則においてはある種の禁止の対象であったかもしれないということは納得されよう。つまり規則をなしているのは禁止なのであり、そして結婚は一種の違犯なのである。そのことは一見そう思われるよりはずっと信憑性がある。十分に説得力のある証拠を挙げることはできないけれども、そういう種類の禁止が、殺人の禁止がそうなったほど強い効力を持つ禁止価値を、事実そのものとして持つ必要はなかったというのも当然であろう。近親者との交わりを禁じるタブーから発して、原則としての禁止が、原初的に、一般的な感情に呼応していただけで十分だろう。ユダヤ教の戒律は近親婚の禁止を大きく超えた禁止となっているが、それはおそらくこのような感情の痕跡であろう。原始的な状況においては、身内の男たちがその娘や姉妹、そして姪や女性のいとこたちに関してもっぱら独占的な権利を所有していた。しかし身近な女たちが禁止されることになると、彼らは自分の権利を、他の男たちの利益となるような形で行使するように導かれた。女たちに関して権利を持っていた男たちは、その女たちに対して少しも権利を持っていなかった男たちを利するような仕方で性行為の禁止が侵犯されるのを認めることが可能だったのである（ただし見たとおり、お返しを受けるという条件でそうしたのだが）。このような見方はおそらくなんらかの恣意性を含んでいよう。しかしそれはひとつの構図の総体を一貫性を持って提起するというメリットを持っている（私の考えでは、そういう提起をなしうるのは、その見方のみだと思う）。ということは結局のところ、性行為の禁止を侵犯する能力とは、原則として、権利と結ばれた規則の外部にいるような存在を論理的に当然なものとして含んでいるとみなすことに帰着する。それこそ性行為の全般的な禁止から生じた問題を解決する唯一の方策でありえただろう。こうした類の詐術は、人類においてよく見られる常軌を逸したような決断とか、脈絡を欠いた実践によく似たものと思われる。新婦の処女性を奪う行為を、一般的に侵犯の能力を所有している男たち、たとえば司祭などに委ねるという考えは、広汎に流通していたように見える。中世においてはフランスでも行なわれていたいわゆる初夜権は、おそらくそうした起源から派生してきたものであった。なにが本質的な点かと言うと、それは娘たちをある男たちに、つまり彼らの持っている権利という理由そのものによって、ある特別の様式で禁止へと結びつけられている男たちの手に委ねないようにすることであった。

またさらには女たちを享受する権利が、儀礼的な贈与の互酬性の実践によって、ひとつの氏族に結ばれている男たちに贈与され、移送されたということもまったく自然なことである。そうした贈与の意味は供犠のそれと近いところにあるということをわれわれは知っている。その上われわれが忘れてはならないことは、それらの贈与は本質的に聖なる財、あるいは豪奢な財に関わっているのであって、けっして単に有用な産物に関わっているのではないということである。ということは一般的に言って、ある種の侵犯という要素が、ちょうど供犠にそれが結ばれているのと同じようにそうした贈与にも結ばれている、ということである。贈られた物を破壊したり、毀したり、あるいは燃焼させてしまうということは、そういう侵犯の要素のもっとも際立った形態であるが、とにかくそうした物を贅沢に用いるということは、ちょうど消失ということが生産的な富の位置する面の上で持つ価値のような価値をつねにそれらの物に附与することである。俗なる生活に対比される——つまりそこでは功利性の規則が支配している有用な事物たちの秩序に対比されるような侵犯行為がつねに存在するのである。

ある意味においては、父や兄弟が侵犯行為のなされることを目指すような形で女性を贈与する結婚というものは、その侵犯に父や兄弟も結びつける。しかし自分の娘や姉妹を贈与することによって、彼らは侵犯行為の直接的な実行者の頭上にのしかかっている危険（呪い）を遠ざけるのである。こうして近親婚の禁止は、性事象にまつわる不安感の全般的な意味をかなり明確に示唆してくれるだろう。性事象というものはそれ自体において、きわめて穢れたなにものか、あまりにも危険で、あまりにもいかがわしいなにものかを秘めているので、さまざまな予防策を講じ、迂回路を多岐にわたって張りめぐらせることなしにはそれに近づくことができないほどなのだ。婚姻の諸規則が狙ったものは、まさにそれである。しかしこれほど深く注意を凝らしたものが無関心のままに済まされるはずはない。そして実際われわれはこうした特別のケースにおいて、言語道断であるようなものこそ逆の効果、つまりモラルが怖れる効果を十二分なまでに発揮したのだと考えねばならない。すなわちその対象にのしかかる呪いほど、そういうふうに非難され、断罪された対象に対して大きな意味を与えることができるものはなにもなかったのである。エロティシズムは、深い地点において、人間が性事象に対して抱いた怖れの意味となっている。こうした反応は、愛しているからこそ男に怯え、警戒して男から逃れようとするけれども、そういう意志よりもはるかに強い情念の動きに促されて、逃れようとしつつ心ならずもその男を愛してしまう若い娘の反応と似たところがある。

3　結婚と習慣

ほとんどの場合、われわれは結婚におけるエロティックな性格についてなにも理解していない。というのも結局のところわれわれは結婚のうちにもう定まった状態しか認めないからである。つまりわれわれは結婚の持つ移行という側面を忘れている。実のところ、それを忘れてしまうのも当然だと思う理由はあるのだ。移行という運動は持続するものではないので、やがてそれに引き続く定まった状態の持つ合法的な様相のほうが、移行の持つ規則的な不規則性という様相よりもずっと際立っているからである。それでわれわれはエロティシズムという名称によって結婚の外部で追求される性活動のほうを思い浮かべることになり、原初的な諸形態――そこでは近親者である男が、その身近な女性を、相対的に外部に位置する男に贈与するという行為が禁止を破るという性格を持っていた形態――を無視してしまうのである。実際、ほとんどの場合、そのように贈られた女が経済的な価値を持つせいで、移行の運動が示しているエロティックな様相は減少させられてしまう。そしてこの面の上で、結婚は、欲望を鈍麻させ、快感をなくしてしまうような習慣という意味を持つことになったのである。

習慣は必ずしも性活動の強度と対立するものとは限らない。習慣のおかげで双方の合致が生まれ、内密な理解が可能となるのであり、そうしたものがなければ抱擁といっても表面的なものにしか過ぎないだろう。さらには時として習慣のみが奥深い地点まで探究するという価値を持つと信じることも可能であろう。というのもそもそも諸々の誤解のせいで、絶えず起こる変化を種として新たにフラストレーションが繰り返されるような生活が生れるのだが、習慣はそうした誤解を解くように働くからである。また私は次のように考えることさえありうると思う。すなわちわれわれに変化を欲求させる不安は、しばしば忍耐力のなさとか、挫折の責任を他者の上に——パートナーの魅力の欠如の上に転嫁しようとする性向などでしかない。あるいは直観力というものがなければおうおうにして秘められている道を発見することなどできない相談であるが、そういう直観力を持つことにどうしても不向きな性質を示すものでしかない、と。が、それにもかかわらず結婚に対して抱く猜疑心を正当なものと思わせるのは、エロティシズムの構造そのものである。というのもエロティシズムは、もし習慣という枠内に限られるとするならば、その激しい奔出の際に作動することになるようなさまざまの形象や符標を構成することはできなかったであろうと思われるから。そうした形象や符標——裸体から狂乱《オルギア》の宴まで、淫売から暴力性まで——は、その基底においては習慣に反しており、ある非規則性の原則、規則への違犯の原則を持っているのではなかろうか？　エロティシズムが結婚外の、非合法的な性活動から発して発展してきたことを思い出しておこう。エロティシズムは、規則が、ある種の根本的な非規則性をそこに維持しておきたいと望んだ枠組を破ること以外にはないのである。

性生活はもしそれを支えているこうした無秩序な爆発に呼応する形で自由に発展することがなかったとしたならば、貧弱なものとなっていたであろうし、動物的な水準と近い習慣性の限界内に維持されたままであっただろう。実際、習慣が性生活を開花させるのは真実であるとしても、われわれは次のように言うことができるだろうか？　すなわちあるひとつの習慣、それが幸福なものであるとわかっている習慣が、まったく気まぐれな諸形態——非規則性の運動によって定められるような諸形態——に依存したものではなかった、これこれの範囲において依存していなかった、などと言うことなどいったい可能であろうか？

第二章　［無制限の融合、または狂乱の宴[*21]］

1　［祭儀的な狂乱の宴］

エロティシズムが、結婚の諸形式を超えて、みずからの基盤をなす侵犯性を露わに示したのは、厳密に言ってどのような条件のもとにであったかについては、なにもわからない。しかし、結婚という正規の枠が、個人をたえず圧迫している燃えるような力に対し、すなわち、まず息詰まらせるような性的不安が、次いで暴力的で無秩序な爆発が表明する力のすべてに対し、はけ口を与えることができなかったのは、たしかである。

この点は了解しておこう、このような爆発は、結婚のもつ侵犯性を保持していた。それは、結婚同様に、規範によって予見された逸脱であった。「王の死の祝祭」でさえ、形の定まらぬ外観を纏ってはいても、なおある意味で合法的なものである。つまり、王の遺骸が腐敗する間じゅう、規範はみずからの効果をきちんと中断することで、祝祭を可能にするのだ。祭儀的な狂乱の宴は、しばしば祝祭の一挿話をなすが、他の側面よりもいっそうの規則性をもって組織されてさえいる。それに、それは次のような口実を見つけもする

——狂乱の宴とはいえ、意図としては、私が述べたような暴力的逆転ではなく、土の豊饒をめざす感染呪術[*22]の儀式というわけである……。だからといって、狂乱の宴は、それを禁止の侵犯として特徴づける意味合いを失うものではない。この点に関しては、それは侵犯の頂点、禁止の——決然とした、留保なしの——全面的解除のようなものでさえある。〔古代ローマの〕サトゥルヌスの狂乱の宴[*23]において、主人が奴隷に仕えたのは偶然ではない。通常は無力である野卑な力が津波のように押し寄せてきて、さまざまな規範や構造は消え失せた。要は、万事において、規範が命ずるのと逆のことを行なうことであった。そして、規範は、動物的熱狂の巨大な運動のなかで霧散した。ふだん人々が恐怖のなかで遵守していた禁止は、突如効力を失った。醜悪な性的交わりが営まれ、どのようなことであれ、ぞっとするような振舞の契機にならぬものはなかった。狂乱の極みに至った人間たちは、ふだんは恐ろしくて仕方がないまさにそのものを渇望していた。自分たちのおぞましい放縦を恐れながらも、これに酔っていた。恐怖が陶酔的な意味を添える放縦に酔い痴れていたのだ。

感染呪術の実践の角度から見ての有効性を狂乱の宴の本質的説明として受け入れるわけにはいかない。口に出しても差し障りのない動機があっても、口に出せない動機がなかったことの証明にはならないだろう。それにしても、狂乱の宴に結びついた豊饒は、なおも、卑俗な意味の向こうにひとつの深い意味を秘めている。自然に対する嫌悪の特権的対象は変質しつつある物質であり、そこにわれわれは生と死との根本的な合致を見るわけだが、あれほど際立った両者の矛盾は、つまるところ、ひとえに浅薄な見解に起因している。性器は原則として肉体の変質には無縁である。いや、その機能のゆえに解体の対極に位置する。それでも、剝き出しにされた内部の粘膜の眺めが想起させるのは、化膿を免れない傷口、生きた肉体の生命を屍体の変質に結びつける絆を示す傷口である。他方、排泄物の不潔さは性器を死に結びつけて止まない。また野の草木は、われわれに吐き気を催させるような現れ方はけっしてしないが、われわれの前で自然としての意味を担っている。こう言えないだろうか――狂乱の宴は、われわれを自然へと連れ戻し、そこに溶け込むようわれわれを誘い、そのさ中に帰るよう勧誘する、と。

だが、人間がそこに没入するよう促されている自然とは、かつて脱却した自然ではないことを、すぐまた喚起する必要が出てくる。それは神的になった自然である。同様に、狂乱の宴は、自然の無限定な性行動への回帰ではまったくない、それは、禁止のほぼ全面的な解除が明るみに出す、転倒した世界の感情に結びついた突拍子もない性生活である。狂乱の宴の有効性の意味として、けっしてこれ以外のものはない。どうしてもと言うのであれば、その呪術的な価値は、俗なる自然には無縁の侵犯にかかっている、と考えることも可能であろう……。だが、それはどうでもよいことだ。エロティシズムの眩惑的な印象が積み重ねられる状況を追究する際に、ある種の無感覚――および決然たる足どり――を獲得する可能性を、狂乱の宴は性生活に対して開いたのであるから。

[2 魔法使いの夜宴《サバト》]

原始人の狂乱の宴が、淫らさへの相対的な無頓着という、私が言うのとは逆の意味を持っていたと考えるのは、私から見れば、ばかげている。卑猥さは、われわれをぞっとさせる力を持っているが、原始人に対してはそうした力を持たなかったであろう、とりわけ祭儀的な狂乱の宴は、われわれに較べ羞恥の念がはるかに乏しい人間たちにとっては、容易なことであったろう——このような判断は実のところ、われわれの文明はおのずと祭儀的な狂乱の宴のもつ淫らさを完全に排除する、というわれわれが自己について抱いている感情と切り離せない。だがそれは誤りである。それもかなりひどい誤りだ。淫らな習慣を廃止するには、数知れない薪の山を必要としたのだから。

おそらくわれわれには、中世および近代初頭の夜宴について、疑義を挟む余地のないようなことはなにもわからないし、今後もけっしてわかることはなかろう。それにこの過失の責任は、夜宴に対して加えられた仮借のない抑圧に帰せられる。審問を受けた不幸な者たちから容赦ない裁判官が引き出した告白は、われわれの精神を安らかにするような情報源とはみなせない。裁判官たちは、自分が知っていると信じていることを、あるいはもしかすると、想像したに過ぎなかったことを、犠牲者たちに言わせたのだ。それにしてもわれわれとしては、キリスト教による抑圧は異教的祝祭が存続するのを妨げることができなかったと考えることができる。少なくとも、無人の荒野が広がる地域ではそうであった。ただしサタン信仰が古代の神々の信仰にとって代わった。だからこそ、悪魔《ディアーブル》のなかに*Dionysos Redivivus*〔蘇ったディオニュソス〕*24を認めても、不条理なことにはならないのである。

いずれにしても、夜の寂しい荒野で、神の裏返しにほかならぬこの神〔悪魔＝サタン〕への秘密の信仰に捧げられたサバトは、ひとえに、祝祭のもつ逆転の意味を極限まで押し進めるような儀式のさまざまな特徴を強めることしかできなかった。たしかに妖術裁判の裁判官は、意図的に犠牲者たちをそそのかして、キリスト教の儀式のパロディに関する自己告発をさせていた。そして、キリスト教の儀式のパロディであることがこの事例をなおゆゆしいものにしていた。しかし、たとえ裁判官自身がこれらの側面を示唆したとしても、彼らにそれができたのは、これらの側面が魔法使いたちの頭にも同じように浮かぶことがありえたからにほかならない。したがって、ある特徴を全体から切り離して、それが裁判官の想像に関わるのか、彼らが告発していた人間たちの実践に関わるのかを知ることはできない。それでも瀆聖、ないしは儀式の意味の転倒こそが、荒野における探究の原理であったということは、信じてよい。とにかく、中世末期に黒ミサの名がなんら具体的なものに対応していなかったかもしれないなどと、想定する理由はほとんどないのである。おそらく、黒ミサは幻想《ファンタスム》や拷問者による暗示という形で現れることはほとんどなかったからこそ、今日でも本当の形で執り行なわれることがありうるのである。ユイスマンスが参列したミサ、彼が『彼方』のなかで描いたミサは、金持ちの愛好家の気まぐれに応えるべくいまなお組織されることがあるという、俗なまがいものの儀式とは何の関係もなかった。

[3　エロティシズムと悪との関連性]

サタンを崇める狂乱の宴が特別な意味を持つのは、それが、古代の狂乱の宴または未開人の狂乱の宴のように、物事の規則正しい俗なる秩序を転倒させるのみならず、聖なる世界の——少なくともその荘厳な形の——流れをも転倒させてしまうためである。

つまり、キリスト教が、宗教の領域に、それまであった区別とは異なった区別を導入するのである。異教の内部では、聖なる世界はつねに、ひとつの清浄な面と別の穢れた面とを合わせ持ち、前者は荘厳で後者は呪われていた。この世界を作る二つの部分はいずれも聖性を帯び、いずれも俗なる世界からかけ離れていた。聖なる世界と俗なる世界を分かつ溝も、穢れたものと清浄なものとを隣り合わせにしていた。清浄でもなく穢れてもいないものだけが、宗教という曖昧な領域の外部にあった。[32]

実際には、キリスト教も悪魔《ディアーブル》の神性を保ち続けてきたのだが、これを認めることは回避した。キリスト教の立場から見れば、一方に光明によって照らされた神的な世界があり、他方には俗なる世界と悪魔的な世界とが互いの惨めな運命を結び合わせている闇があった。それにこの錯覚は今日でも、キリスト教的教育とは言わぬまでも、少なくともそれと同じ種類の宗教的道徳主義の性格を帯びた教育を受けた精神のなかに残っている。その一例がデュルケームの弟子ロベール・エルツの場合であり、彼は、清浄と穢れ、右と左の対比に気づき、ある学術論文(33)——それももっとも注目に値する部類に入る——のなかで、清浄なもの、右、聖なるものを結びつけ、穢れたもの、左、俗なるものを結びつけたのであった。

原始的な諸形態の区分とは反対の、この逆説的区分が重要であるのは、それがエロティシズムの道徳的意味に生じたある変化を前提としているからである。この変化は、それまで弾劾のなかに維持されていた曖昧さに終止符を打った。すでに述べたように、あのような禁止の全面的撤廃は、原始的状況のなかでは不法であると同時に合法的なものでもあった。禁止は撤廃されたが、一時的にという条件付きであったし、禁止のなかにはこの撤廃を妨げる性格はまったくなかった。したがって、人類を完全に別々ないくつかの世界に、つまり相当数の密閉された小区画に、分け隔てる仕切りは存在しなかった。仮に対立しあう諸形態があったとしても、対立を極限まで押し進める必要などなかったのだ。対照的な諸形態の総体に対する意識が維持されていて、不調和を組み立てるのは容易に見えた。だがキリスト教が、善と荘厳な諸形態とが作り成す魅惑的な世界を、腐敗と悪から成る、人の忌み嫌う世界に対置したために、エロティシズムは決定的に悪に結びつけられた。異教のなかでは物事の流れの一時的逆転に過ぎなかったものが、神に見放された者たちの取り分、神が永劫に呪われてあれと思し召された取り分になった。エロティシズムは、その運動を煽る怖れ（嫌悪）に訴えかけるために決定的な弾劾の対象になったのみならず、贖いえない悪、そして悪の本質のようなものになった。

それに、われわれのこの見方が、いかに裏付けのある見方であるかを、認めないわけにはいかない。動物的な性の否定や、それから人を遠ざける嫌悪のせいで、欲望が自己の権利を取り戻せなくなることは、けっしてなかった。否定や嫌悪は、欲望にとって刺激になりさえしたのであり、すでに見たように、エロティシズムの価値は、われわれが性における動物性に抱く嫌悪から発している。このような条件のもとで、性は、不安を掻き立てる度外れな魅惑を持っていた。罪人《つみびと》の利害の枠内で企てられた悪には、ともかくも弁解の余地がある。それは、みずからのうちに存在理由を有する至高の悪ではない。エロティシズムのみが悪のための悪であり、そこにおいては罪人は自身に満足を感じる。この悪のなかで、彼は至高の生に到達するからである。

4　エロティシズム、または善の〈神〉に対する悪の神性

悪魔の至高性には対照的な二つの側面がある。それは信者にとっては競争の問題であり、悪魔は〈神〉を妬みその優先権を許すことができない。しかし、従属せざること〔*non serviam*〕——有用な一価値しか持ち合わせないような状態を拒否すること、世界にあってひとつの道具にすぎないような状態を拒否すること——は、必ずしも錯誤に結びついた忌わしい意味を持つわけではない。真の存在に、それなしではひとりの人間も、もしくはひとつの行動も、それ自体のうちに価値を持たずただなにかにとって有用であるに過ぎなくなる至高性に、接近する願望。金槌は釘を打つ者にとって有用である。仮に私が通行人の靴を磨くならば、私も同様に他人にとって有用たりうる。それでも、靴磨きである私と通行人との間には、少なくとも一時的には、支配者ないし主人と僕《しもべ》の関係が成立する。では、このように仮定してみよう——私の隷属が一時的なものではなく、私がブーツを磨いてやる通行人は、私の行なう奉仕を、けっして私にはしてくれない。そして、なるほど私は日々の糧を得ることにはなるが、しかし私は、通行人がこのとき模範として示しているようには、つまりなににも役立たないという光輝を享受することはけっしてできない。この光輝は奉仕せず、それ自体のうちにしか意味を持たないのだが、それは通行人の至高性を告げ、同時に私の失墜も告げている。私はなにも、私の靴磨き箱やブラシと同じ状態に

陥らないための唯一の手段は、自分が行なっている奉仕を拒否することだ、と言っているのではない。しかし、もしもなにも言わずなにも考えずに私が甘受すれば……。とりわけ、もしも人類全体が私と同じ沈黙、私と同じ思考の欠落を守り通したならば、どうなるであろうか。

実を言えば、人間の失墜がそこまで至ることは稀れである。しかし失墜は人類全体を負債で苛んでいる。最も深刻なのは、最終的に失墜が拡大し、一般に人間が自己に対して持っている意味にまで負債が及ぶのではないかということだろう。したがって重要なのは、人間の諸限界を見失わないことであり、かつまた人間に可能なるものも見逃さないことである。有益な労働の撤廃を企てることはだれにもできないが、もし人間が労働に還元されれば、必ず人間そのものが廃棄されてしまうであろう。

ところで、善の〈神〉について語る場合には、ある曖昧さが介入してくる。それは行ない〔œuvres〕の神、または有益な行動の神である。たしかに教会の枠内でも何百年にわたる闘争が、人間の行ないの価値に対置される拒否を繰り返し表わしてきた。だが、たとえジャンセニストであろうと、信者の至高性は間接的である。彼は〈神〉の至高性に参与するが、それはなお、神の前に跪《ひざまず》くならば、という条件付きである。私の言いたいのは、たとえ行ないの神に対する従順さであれ、およそ従順さというものは自律性を排除する、ということではない。簡単に言うことにしよう——それは背後の世界の自律性なのであり、問われている、肝心の至高性は与えられてはおらず、約束されているだけである。最初期の人類を自然に対立させた運動は、キリスト教が確立されたときに、新たな形で再現された。侵犯が禁止の埋め合わせをすることで総体を形成している異教世界を、キリスト教徒は否定した。こうして彼らは、動物から人間への移行という最初のドラマを、みずからのうちに生き返らせた。それも、彼らが目のあたりにした十字架上でのキリストの屈辱的な死が、侵犯が行なわれる戦慄の瞬間を彼らの記憶に焼きつけただけに、その効果たるや、いっそう大きなものがあった。だがこのような状況のもとで総体が存続したのは、ひとえに、キリスト教が破壊の的にしたものを破壊しきれなかったかぎりにおいてである。そのものとはすなわち、初期の人類が自然に対して抱いた怖れ〔嫌悪〕を持って――それはある意味で当然なのだが――キリスト教が眺めていた異教世界である。

このことは、キリスト教時代における、排斥された〔＝神から見放された〕エロティシズムが、帯びなければならなかった暗い性格に、一個の意味を与える。サバトこそ最も暗い形式であり、そこでは夜の恐怖の作用と放蕩の作用とが合致していた。またとりわけ、キリスト教に否定されることで過去のものになってしまった欲望と、悪をなし……する意識が〔原稿中断〕

第三章　欲望の対象

1　［狂熱から、対象のはっきりとエロティックな感覚へ］

対照的な二つの側面が、エロティシズムの光景を構成している。第一の側面においては、純然たる否定が力をふるう。否定は直接的な形で起こり、あらゆる限界が一挙に超えられてしまう。物事の人間化された秩序は、全面的に廃棄される。あとに残るのは、際限ない混乱であり、動物的な爆発が盲目的に荒れ狂う。それは、もはや単なる性行動ではなく、たしかにエロティシズムに関わっているのであるが、まったく否定的な形においてである。なぜなら、狂乱の宴とは性的規範の侵犯、いや通常の一切の規範の侵犯であり、けっして誘惑的な形では現われないからである。エロティシズムの肯定的、誘惑的な側面は、それとは大いに異なる。そこでは欲望の対象は明確で、その性質からして他のすべての対象に対置される。それがエロティックであるのは、まず肯定的な意味においてである。若く美しい裸の女は、おそらくこうした対象の模範的な形態であろう（ただし、私がここでこのような女のことを口にするのは、ひとえに、最初から肯定的なエロティシズムの対象として感覚的なイメージを提出するためである、実際には、裸の女がつねに、私の附与するエロティックな意味を持つわけではない。それに、原始時代の裸体はなんら特別な意味を持ちえなかった）。

　エロティックな対象が明確に形成される際に決定的な意味を持つ要素は、いささか人を途惑わせる。エロティックな対象の形成は、ひとりの人間が一個の物として捉えうる、という事実を前提としている。ところが対象となる人間は、基本的に、物とは正反対である。この対象はまたひと《パーソン》でもなく、つねに主体なのである。私は一個の物ではない。さまざまな事象や物体を前にした私は、それらを目にし、それらを名指し、それらを操作する主体である。けれども自分の同類である人間を眺める場合には、私は彼を、自分が目にし操作する物の側に位置づけることはできず、むしろ逆に、自分がそうである主体の側に位置づける。私は一個の物について「それは存在する」と言えるが、この物はみずからについて「私は存在する」と言えまい。ところが、自分の同類について私は、「彼は存在する」と言うことができ、彼もまた自身に関して、私が言うのと同様に、「私は存在する」と言える。したがって、私は彼を物とみなすことができず、むしろ、私に従属していて実のところ私が無きに等しいもののようにみなしているさまざまな物から区別するために、少々子どもじみた表現で、彼のことをひとりの「《私は存在する》さん」とでも呼ぶべきだろう。

　動物は、ある意味では「私は存在する」と言えなくもないであろうが、実際には言えはしない。また、眠っている人間についても同じである。動物とは眠り込んだ人間であるかもしれず、人間とは自然の眠りから身を引き離す動物であるのかもしれない……。最古の人間が、神々しい生命を有するとみなした――それも実に深い理由から――ある種の動物性を、なんと考えていいのかわからない場合のほうがわれわれには多い。反面、動物を物のように扱うのは、われわれには容易なことである。最初から動物は、物であると同時に、われわれに類似した存在でもあった。いや時としては、神的なものの形容しがたい諸相を体現してもいた。ある種の人間が他の人間を奴隷の境遇に追いやったとき、彼らはついに、人間としての尊厳を喪失しもはや物としての意味しか持たない人間たちを、目のあたりにした。この深刻な失墜にはしかし限界があった。けっして動物的なところまで堕すことのなかった奴隷の生は、物を特徴づける、意識の欠如に追いやられることもまたなかった。奴隷状態とは必然的に一個の虚構であり、奴隷が本当に人間でなくなってしまうことはけっしてなかった。それにしても、われわれの先祖をして同胞を物のように眺めさせた虚構は、意味に富んでいる。それが現れるのは主として、人間が有用な財産に、所有及び売買の対象になりうる、という事実のなかにである。しかしこれらの人間は、至高な総体に参与する権利の一部をこのようにして失った分だけ、この総体の一機能、たとえばエロティックな機能たりうる可能性を手中にする。

奴隷の境遇とは別個に、男性は一般に、女性を物のように眺める傾向を持っていた。女性は、未婚の間は、父親ないし兄弟の所有物であった。父親または兄弟が、結婚を境にその所有権を譲渡すれば、今度は夫が、この女性が彼に提供しなければならない性的領野と、彼女が彼のために用いることのできる労働力との、支配者になった。

夫の性的な諸権利は、彼が失うまいと汲々とするものである。もちろん、性的欲望が財産の所有を要請するかぎりにおいて、エロティシズムは、私が一番最初に述べた傾向とはまったく逆の傾向から逃れられない。エロティシズムが、失ったり危険を冒したりする欲望に応えるとしても、結果として、われわれを獲得と保存の道に引き入れることに変わりはない。獲得・保存の欲望は、きわめて意識的で活発かつ強烈なものであり、喪失や危険への欲望とはあまりに矛盾しているように見えるので、通常はそれのみが目につく。われわれはたいていの場合、この点をもっと仔細に考察してみることを怠る。そのために、獲得こそさらに多くを失うための唯一の手段であり、もしなにも保存するすべを持たなければなにも自由に使用できなくなる、ということが、われわれにはわからない。それに、私が前述したのはまさしく、われわれは可能なかぎり多くのものを失うことを望んでいる、というのが事実であった。また同時に、いかに貧しさと臆病さがわれわれを限界づけているかについても、すでに述べた。失うまいと汲々とする態度は、美徳のなかで最も人を貧しくするものだろう。しかも、この態度が幸福とは相容れないことはたしかである。だが、エロティシズムによって充実を得るためには、女性を所有物にまで還元することが必要であった。私は狭義の所有物のことを言っているのだが、それこそいまの場合にただひとつ意味を持ちうる。もしも女性が所有に供される物になっていなかったとしたら、実際彼女がそうなったようにエロティックな欲望の対象になりえなかったであろう。これらの対象には形があり、明確なもろもろの側面があるが、それはバッカスの巫女《メナド》たちには明らかに欠けていた属性である。巫女たちは無秩序のうちに逃げ去るものであったが、欲望の対象は、このうえなく念入りに身を飾り、所有者の誘惑に対し不動の姿を差し出す。

両者のこうした対比は単純化されてはいるが、エロティシズムの総体を構成する相反的な二つの世界のシンボルを提示することはできる。遊女のめかし込んだ美を、巫女たちの、髪を振り乱した動物性に対置することが必要である……。

［2　欲望の対象と娼婦］

それに、正規の夫婦生活における女性の所有は、この意味では間接的効果しか生まなかった。所有を通じてあらゆる男の欲望に供されるエロティックな対象となったのは、妻ではなかった。男の独占欲のために、また独占欲にもかかわらず、物としての妻は、主として、子を産み家庭の仕事をする女である。このような形式を踏んで、一個の煉瓦や一個の家具が家を作りなすのと同じように、彼女は妻らしくなってゆく。娼婦も、結婚した女性に劣らぬ価値評価を受ける物＝対象である。ただこの物はエロティックである。それは、頭の天辺から足の先まで全面的にエロティックである。一個の対象のうちにエロティシズムのあらゆるしるしがこのように集約されることは、明らかに決定的な重要性を持った。人間の性生活における反応を司るさまざまな形象――それは動物的な性を駆動させるさまざまなしるしに取って代わったものであるが――の起源には、この集約があった。

あまりに図式的なひとつの見方だけで、エロティックな価値のすべてが決定される様子を割り切るのは、たしかに単純すぎるであろう。貞淑な女性も、男を魅惑したいと思うかぎり、堕落した女が使う衣装・アクセサリーを頼みとすることは、経験がかなりはっきりと教えるところであるが、反面、欲望を挑発しうるしるしの形成には、数多くの因子が関わっていた。それ自体は性的な意味を持たない裸体が、一般にエロティックな価値を有するのは、売春のおかげであると証明するものはなにもない。裸体がこのような価値を有するのは、むしろ衣装の着用による……。だがそれにしても、裸体は、単に清純なだけではない（それは珍しくないばかりか、事の必然でもある）場合に、つねに娼婦の堕落に見合った、動物性の苦い味わいを秘めている。裸体の魅力は、娼婦の専有物ではない。しかしそれは、一個の物、感覚で捉えうる一個の対象の持つ魅力であり、金で買うことのできる愛には、女性を、エロティックな裸体という「物＝対象」に還元する特権がある。

これほど完璧に定義づけられた、生の人間的な一形式からして、当然払ってよい注意を、われわれは娼婦に対してけっして払わない。注意の欠如は、知性の浅薄さに起因している。知性は、対象が陳腐なものでなくなると、対象から顔を背けるからである。売春の悲惨を声高に唱える、慈悲深い精神がこの世に不足することは、けっしてあるまいが、彼らの叫びにはひとつの普遍的な偽善が隠されている。売春という迂回がわれわれの感受性の形成に関係したことを認めるのは、人間的見地からして耐えがたいかもしれない。だが、エロティックな反応に関するかぎり、人類が執拗に否定しようとしないものはなにもないことを思えば、それもさして重大なことではない（いや否定するどころか、われわれはみな競って服従し、みな——誘惑にさらされる瞬間の聖人たちに至るまで——競って屈服するのであるから、売春ほど、われわれにとって抗いがたい欲求によく応えるものは、なにもない。売春ほど、われわれの心の奥底を忠実に表わすものは、なにもない）。

　われわれは、あらゆる手段に訴えてエロティシズムの錬金術に関与してくる、売春に結びついた恥の感情を、必要としている。しかし恥の感情については、われわれはこれを売春とは違った形で見出すことができた。それに対し、欲望の形象そのものは、それを描く運動が、金で女が買えるおかげで解き放たれることがなかったら、描き出されることはありえなかったと思われる。この形象は、独自なものでなければならなかった。欲望の熱烈な探究への答えを、自由に構成できなければならなかった。

　欲望は可能なかぎり大きな喪失を求める、という原則に立ち戻ってみよう。ある意味で狂乱の宴が、この欲求を申し分なく満たしていた。しかしその場合喪失は、明確に限定されず、形を持たず、欲望に対し捕捉可能な様相を何も提示しないという難点があった。娼婦が、喪失を意味する明確な形象を成す場合には、事情は異なる。娼婦とはただエロティシズムであるにとどまらず、物の形を取った喪失でもあるからだ、あのようにきらびやかなアクセサリーとおしろい、あのような宝石と香水、豊かさをしたたらせ、物になり、奢侈と淫蕩の中心になるあれらの顔と肉体は、もろもろの財産やもろもろの価値として現れるが、人間の労働の一部を、空しい光彩のなかで蕩尽する。喪失の本質とは、危険な魅惑を及ぼすこの強烈な消尽、死を予告しつつ結局はますます惹きつけるこの消尽である。だが喪失は、原則として、終りを告げる。そして、その熱が集約され固定されるあのような中心がなければ、消尽の魅力はあの感染力を持たないであろう。もっと単純に、喪失と危険の二原則から出発して、事態を再検討してみよう。娼婦たちは多額の金を贈られる。この金を彼女たちはぜいたくに使うのだが、その濫費は彼女たちをいっそう男の欲望をそそる存在にし、彼女たちが最初から持っていた、贈与を引き寄せる力を、なお強める。富のこの流通の原理は、はじめからもうけ主義に根ざした取引であったわけではない。金は贈与され、同様に娼婦はみずからを一個の贈物にする。必ずしも、利益という唯一の規範に準じた売買が問題なのではない。流通するものは、どちら側においても余剰であり、一般にどちらにとっても、生産的用途の可能性を表わさないものである。もちろん、ひとりの娼婦への欲望に駆られて身を滅ぼすことはありうる。しかし、一定の限度を超えると、必要不可欠な部分までが流通のなかに入ってくるのはたしかだとしても、それは危険な魅惑が常軌を逸した浪費を惹起するからであり、余剰物のみが消費されるべきであったという原則は依然残る。いわば、目眩《めくるめ》くような欲望が、その犠牲となる者を指し示し、これを聖化する。なぜならば、以後犠牲者は富の余剰を蕩尽するのみならず、われとわが身を焼き尽くしながら——それも死に至るまで——あたかも彼自身がすっかり一個の余剰物であるかのようにふるまうからである。長く生き続けることなどにもはやなんの意味もないと考える存在であるかのようにふるまうからである。

[3　欲望の対象は、瞬間における享受の意味を持つ]

私が最後にこの極端な例を持ち出しているのは、欲望をそそる娼婦——その度外れな生の諸相を通して、死がくっきりと透けて見える形象——の特徴を際立たせるためである。それに一般的に言っても娼婦は、それ自体生と死とがひとつに溶け合う場にほかならぬエロティシズムを意味することにおいて、生の仮面の下に隠れた死の顔である……。しかしそのことが極度に真実性を帯びるのは、真実性の頂点に至るのは、売春が、提供されるひとりの女を一個の死物に、いやもっと適切な言い方をすれば、情念の奔出の死点に、変える場合である。

事実、欲望が自分に答えてくれる形象を構成するには、ある存在が一個の物のように眺められることが必要である。

それこそエロティシズムの本質的な一原理である。しかもこの形象は、これこれの形を与えられ、これこれの物に関連づけられるために受動的であらねばならなかったばかりでなく、受動性はそれ自体、欲望の要請に対する答えである。欲望の対象は実際、もはやこの答えにすぎないところに、言いかえれば、もはや自己のためではなく他人の欲望のために存在するようなところに、とどまらなければならない。つねに波乱に満ち、落ち着いて待ってなどいられない現実の生にあっては、なにをおいても自身のために生きている気まぐれな人間たちが、少なくともあれら固定された形象――みずからにとっての目的という意味では破壊されてしまっている、娼婦というあれらの存在――と同じだけの魅力を持ち合わせていることはたしかである。私の言うような受動性ではなくて、自身のために生き、なにをおいても自身の欲望を満たしたいと考える、より現実的な人間の行動が期待されるのが常である。だが、われわれが共有しない欲望を満たすことしか眼中にないほどのこのような存在を前にすれば、われわれは彼らを破壊すべく闘わずにはいられない。また、われわれと、つまりは主体と、対等のこの対象を、死物の枠のなかへ、無限に使用可能な物の枠のなかへ、組み入れなければならない。この枠とはまさに、所有されることで娼婦が

［当てがわれる？・］枠である。

あるいはこう言ったほうがよければ、欲望はつねに、ひとつの動的な対象と、別の動かぬ死んだ対象とを求めている。そしてエロティシズムを特徴づけるのは、生きた動くものではなく、死んだ不動のものである。後者だけが通常の世界から引き離されている。この切り離され固定化された様態こそ、われわれが生きた動くものを導いて行きたいと思う終着点である。平常の意識的な連鎖を断ち切り、引き離されたものを見出すことが重要なのである。この引き離されたものは、物《オブジエ》としてあるいは融合としてしか存在しない。

このような代価を払ってはじめて、エロティシズムが至高のものとなり、性行為が、多少とも良識的なさまざまな種類の意図や慣例や所有欲にある程度従属しながらではなく、それ自体のために、決然と遂行される。

堅固なものと流動的なものとの対比、消え失せたものまたは静止と、捉えがたい運動との対比は、もとより、ある逆説的な意味を持っている。つまり、現実には、静止した物は一般に持続を意味し、運動は瞬間における生を意味する。このような対比は、ありとあらゆる形式において認められる。たとえば、アポロンの美とディオニュソスの狂乱の宴との対比である。しかしながら対立項間の弁証法的関係は、しばしば相互に置換可能な関係である。バッカスの巫女の狂奔にはまず、瞬間に限定された生という意味があるが、それに続く段階で意識にとっての対象が定立されたときに、自分をかき乱すこの対象に魅惑される意識の働きにも、瞬間に限定された生という同じ価値がある。したがって、情念の捕捉しがたい奔出は、この対象に対し、無限定の持続の意味を持つ。中心的主題は、有用な物の世界を荒し回る巫女と、荒廃から守られている物との対比のなかに与えられる。二次的主題にあっては、巫女自身はそのままであるが、欲望の対象に魅惑される人間の精神において彼女はニュートラルな意味しか持たず、この精神から見れば、不変で一様な世界全体のなかに溶け込んでいる。この世界の不透明さは、欲望に対して与えられる答えによって、一挙にして完全に否定される。その答えはこの世界の不透明さを突如引き裂くのだが、それは雷の閃光とともに、わななく意識に向かって起こる。最初は、ディオニュソス的世界が、不透明な世界全体を覆う暗闇に紛れて識別できないのであるが、このような反応も、陶酔または意識の鈍化のゆえに止むを得ない。そしてこの陶酔または意識の鈍化がなければ、髪をふり乱した娘たちの狂奔もおよそ考えられない。欲望の対象が定められるということは、夜のなかでバッカスの巫女たちを眩惑していた閃光が、明断にして判然とした物の世界に入ることを意味する。それは意識に与えられる閃光である。[*25]

〔4　売春と無為〕

だが、事はただちには起こりえない。電撃的な価値を有するものが、ただちに人を魅了するわけではない。実際欲望が定立する内容については、事情は、眩い輝きを持った閃光の場合と同じである。われわれの執拗な欲望に究極的な回答が与えられねばならないとすれば、斜めの道が必要である。われわれに届く回答が最初に取る形式は、美である。欲望の対象は、まず、女性的な美である。

われわれがひとりの女性について、「彼女が欲しい」と言う場合には、原則としてこの女性は美しいはずである。女性が美しいかどうかの決定には数多くの因子が関係し、なかには変りやすいものの、慣習的なものもあれば、比較的安定したものもある。そのうえ、本質的な重要性を持つのは、優美さ、女性らしさ、つまり美の部分的な一側面である。

売春が可能にした無為〔l'oisiveté〕は、美と同じものではない。美はしばしば労働と共存し、醜さは無為と共存する。だが労働はけっして美にとって有利に働かない。のしかかる拘束を逃れることが美の意味そのものであるのだから。一個の美しい肉体、一個の美しい顔が、美としての意味を持つのは、それらの表わす効用によってそれらがいささかも損われていない場合、他に仕える立場に追いやられ、そのことで鈍重になった生などという想念を、それらが暗示することがありえない場合である。美しいペルシュロン馬や賛嘆に値する役牛というものは存在するが、それらの美しさの意味するところが、このうえなく苛酷な労働をものともしないエネルギーの運動であることは事実である。そしていずれにせよ、欲望をそそる優美さは、これらの動物の美しさとは対蹠的である。華奢で若干の野性味さえ帯びた形象だけが、欲望の求めるところに答える。欲望をそそる形式とはつねに、卑しい必要の掟に従わされたことのない形式である。本質的にみて、欲望の対象は、欲望に応えることを除いては、この世においてなにもなすべきことがない。それは文字通り事実なので、踊り子の浮き出た筋肉は、たとえダンスが労働と反対に至高の活動であり、その意味するところがひとえに美であるとしても、最も強い魅力の価値を下落させてしまう性格を持っている。物質的隷属を喚起するどのようにわずかな跡も、「美」が欲望に回答するのであるかぎり、つねに欲望の妨げになりかねない。

女性美はまた、けっしてある単純な要素に還元されることはない。醜さがしばしば疲労や鈍重さや衰弱の徴候であるのは事実であるとしても、欲望をそそる美というのは、つねにそうしたものとはかけ離れたところで、青春、花々、春、そして爽やかにほとばしるエネルギーを意味する。私はここに至るまで、存在の原理とは言わぬにしても、存在の極めて多様な外観の原理をなす再生の、不吉な側面を強調することで、少々現実を歪めてしまった。美がたしかに至高なもののしるし、けっして重圧にあえいだり隷属状態に追いやられたりしないもののしるしであるとすれば、無為と同じく再生（青春）も、美を意味する。再生はまた、エネルギーの豊富さ、使用の容易さ、限りない噴出を告げる。死の持つ、再生とは逆の諸相が、かたやそれらが優位を占める場合に再度の噴出の条件としての意味を持ち、また他方では最大の奢侈としての意味を持つ、ということがわからなければ、読者は私の話に容易について来られないだろう。事実、最大のエネルギーとは、花々や春のすぐ手の届く魅惑を越えて、悲劇の内包する、胸がはり裂けるような苦しみを求めるようにわれわれを仕向けるエネルギーではなかろうか。ところが、悲劇は、そして一般に不安と死とに司られる豪奢なものはすべて、もっとも美しい花、精気のこのうえなく強烈なほとばしり以外の意味を持たないのである。それらは死を、しばしば不安に満ちた――だがそれはつねに血気の過剰による――青春から少しも分け隔てない。

しかしながら、最初に欲望を掻き立てるこの表面的な美は、単に、恣意的なものの占める場所がほとんどない形式のもとで、生の横溢する力を示す肯定的なしるしであるにとどまらない。この美はつねに、異性の特徴を際立たせるのだ。売春を通じて女性が富と暇と選択の可能性とを獲得する状況においては、女性をいっそう女らしくするために、おしろいや宝石やアクセサリーを用いることが重要になる。このような女性らしさの成就にあって無為が大きな意味を持つ。もしかすると最大の意味を持つかもしれない。労働が激しくなれば両性の対比は弱まるからである。娼婦は、その原則そのものにおいて、論理からして無為でなければならない唯一の人間存在である。なにもなさない男は男性的には見えない。彼を特徴づけるさまざまな性格は、それによって値打ちが下がるだろう。彼が兵士でも泥棒の一味でもない場合にわれわれの考えに最初に浮かぶのは、彼が女のような男ではないかということである（私は、詩人の無為というものは語りえないと思う。なぜならまず、詩人は体を使って働く生活を送っていないとしても、少なくとも創造的な生活を送っている。それに加えて、詩人の生活条件を一般的な形で話題にするのは無意味であろう……）。けれども娼婦は、無為に生きることで、労働がすり減らしてしまうきわめて女性的な特質を自分のなかに維持する。それはつまり、声や微笑やさらには全身の、あのように甘美で流動的な形態であり、あるいは、女性への欲望において偏執的に要請される子供じみた情愛である。

これと正反対に、工場での労働に縛られた女性は、欲望を幻滅させる粗野さを持っている。同じことは、女性実業家のはきはきした物腰についてもしばしば言えるし、ひとつの美が完全に女性的であるために不可欠な深い無気力が、潤いのない様子や表情の活発さによって損われているような、すべての女性についても言える。

男にとっての女らしさの魅力――女にとっての男らしさの魅力――は、エロティシズムのなかに、動物的な性の本質的な一形態を再現する。ただし、それを根本的に変えながらである。ちょうど光のなかに植物を生長させる作用があるように動物の生体組織を直接に刺激するものは、人間には象徴的形象を介して到達する。それはもはや分泌物――その匂いがもうひとつの分泌物の原因となる分泌物――ではなく、ある入念に仕上げられたイメージ、要するに女らしさの本質をよく示すイメージである。それに女らしさというものは、魅了はしても圧倒することのない緩和された形態へと、エロティックな対象を還元する作用に、与っている。

［第四章　裸　体］

［1　猥褻と裸体］

裸体そのものも、それが美しいかぎりにおいて人の感情を掻き立てると考えられているが、それは同時に、われわれをぞっとさせながら魅惑するねばねばした内容を、剝き出しにすることなく告げ知らせる、緩和された形式のひとつである。しかし裸体は、エロティシズムの不快な根源に接近する点で、顔の美しさや優美に着飾った肉体の美しさに対立する。裸体は、つねに猥褻なわけではなく、性行為の淫らさを想起させずに姿を現わすこともありうる。それは可能だ。しかし概して、男の前で裸になる女は、男のもっとも不作法な欲望に身を委ねる。裸体はしたがって、完全な猥褻さではないにしても、ある横滑りを意味する。

完全な猥褻は、官能を刺激しない。年老いて醜い裸の女は大方の男にとって興味がない。このような女が猥褻だが官能を刺激しないのに対して、美しい女の裸体が垣間見させる猥褻は欲望をそそる。それは、彼女が猥褻で、不安を与えても人を窒息させることがないかぎりにおいてであり、彼女の動物性の与える不快感が、美によって許容可能で魅惑的なものにされる嫌悪の限界を超えないかぎりにおいてである。

〔2　エロティシズムの歴史の全体的展開〕

そのうえ、猥褻それ自体は、あの自然のままの動物性、それへの嫌悪がわれわれを人間として基礎づけたあの動物性、にほかならない。次のことを提起しよう――われわれの内なる人間性は、こうした動物性のなかにその徴候が見て取れる、自然への従属に対して、抵抗する。しかし、俗なる生の打算や労働は、人間がそこに自然に対する独立を見出そうと願ったものであるにもかかわらず、さまざまな手段への人間の隷属を保証していただけに、早々と人間を反抗に駆り立てた。人間の態度を決定したのは、どちらの場合にも、人類が存在するために不可欠な条件である自律への欲望である（ただしこの欲望は、つねにわれわれをひとつの従属からもうひとつの従属へ導いたにすぎない。第二の従属は、第一の従属を逃れる力以上のものをけっして持たなかったのだから）。それに続いて、曖昧で非個人的な形を取った聖なるものが、完璧な自律の新たな原理となったが、この原理には意識が欠けていた。聖なるものはもはや動物性ではなかった。その真実は、否定的な形においては、労働ないしは有効な忍耐を司る合理的規範との絶縁を意味した。肯定的な形では、もはや不発に終わることのない爆発的奔出の意味を持った。性的次元における結婚や狂乱の宴が、象徴的形象の次元における聖なるものの作用に対応したのである。そこで、次のように言えば当を得た言い方になる——裸体が、そして一般に欲望の対象の定立が、狂乱の宴の無自覚な混乱に対立するのは、供犠における聖なる対象の定立が、ほとんど分節化されていない宗教的な思考・表象の形態に対立するのと同様である。

[3] 前の話に戻ること、そして結婚に関する新たな考察

話を前に戻すことによってようやく、さきほどよりも明確な形で結婚固有の意味を見出すことが可能になる。前述のようなものとしての裸体の定立を基準にすれば、結婚はそれ以前の、いっそう不明瞭な性の形態である、と当然考えられる。夫婦の単独の結合は、実のところ、狂乱の宴における、焦点の定まらない結合に近い。性活動の、分節化されない段階にあっては、結婚は限定された侵犯の一形式である。それは存在しうるもっとも小さな侵犯である。狂乱の宴は逆に、全体化した侵犯、いわば侵犯が極度に激化された状態である。だが、結婚にも狂乱の宴にも対象の定立はない。興奮は無媒介的で、眠る時間が近づく頃に二つの体の接触が保証する興奮である。結婚の原則は、暗闇のなかでの交合である。それに、夫婦の結合では、妻に、欲望の正式な対象になりうる可能性が残されていな

いことは明白である。それには、娼婦同様に、生の動き全体から身を引かなければならないだろう。妻の外観は、エロティシズムを意味しえない。それは、夫婦の共同生活全体を意味する。それゆえに、結婚した女性の裸体が夫にとって、ここで私が位置を定めようと努めている価値を持ったとは、およそ考えがたい。

だからと言って、結婚が第二次的にある複雑な形式に到達し、女たちが売春から欲望の対象としての意味を借り来たることも、ありえないことではなかった。それに、結婚（または共同生活で結ばれたカップル）こそ、つまるところ、純潔から不純に至る、官能の放恣から家庭の形成に至る、個体的欲望から存在するものの総体に至る、エロティシズムの可能性のすべてを結び合わせることのできる、性活動の唯一の形式である。

【4】

ここで裸体のことに話を戻すが、これについては先ほど、裸体は猥褻に横滑りしてゆくと述べた。裸体は定義づけがこのうえなく曖昧なので、この横滑りを把握するのはしばしば困難である。実を言えば、横滑りこそ裸体の本質をなす。そして、欲望の対象の現実的な在りようは挑発的であるが、それにもかかわらずこれがたえず明確な表象を逃れるのは、この横滑りのせいである。というのも、ある人間の欲望をそそるものも別の人間の関心をまったく惹かないし、加えて、ある対象に今日胸を引き裂かれるような思いをする人間も、明日になれば平然としているからだ。裸体についてよくよく考えてみれば、猥褻な、とは言わぬにしても、少なくとも淫蕩な、したがって挑発的なその外観は、つねに人を欺く。実際、裸体は、あからさまな猥褻を包み隠しているのだが、この猥褻そのものの意味が横滑りする（捉えどころのない）ものであることは、すでに見た。

以上の考察はしかしながら、われわれが、エロティックな裸体のなかに、ある一般的な禁止が確立する、比較的安定した要素を捉える場合の妨げとはなりえないであろう。この禁止は絶対的なものではない。この禁止を最も極端に押し進めたキリスト教でさえ、それが占める位置をほとんど固定しなかったために、今日ではもはや、若い娘たちに、自身の裸を見てはならないと禁じることはない[34]。しかし今日の諸文明においては、裸になることの禁止によって、なんらかの形で、脱衣行為がひとつの明確な意味を帯びている。最初は、性器のみがその対象であったが、体全体を覆う衣服の習慣が、性器そのものとは逆に真の美を持ちうる隣接部分（尻、脚あるいは胸といった）にも、同じ意味を附与した。これらの要素は今日、裸の一女性の全体に、女性美と動物的猥褻との結合をもたらすが、この結合こそ欲望の対象を識別させるものである。

［5］　意識的な性行為

裸体は、それが慣習的に獲得してきた性格を、慣習的に捨て去ることもある。絵画や彫刻がそのことを立証している。また同様に、裸体がわれわれに与える、欲望をそそる要素が、他の物のうえに横滑りする（コルセットやブーツや黒いストッキング……へのフェティシズムのなかで）ことがある。さらに、肉体の状態に関連するものとして、衣服の乱れないし不在のせいで時として禁じられた性格を帯びる状況というものがある。裸体を取り巻く場所や物体が、ある場合には対照から、またある場合にはそれらのもつ機能によって、裸体の眺めが開示する官能的情動を際立たせることがある。いずれにせよ、さまざまな要素の調和が、深いところで、エロティックな時間の一体性を形成する。性行為におけるさまざまな感覚そのものが、対象たる形象との間に、あるなまめかしい一致を保っている。実際、感覚が欲望の対象を開示する（しかし欲望の対象自体が、感覚の開示でもある）。［茨？　薔薇の木？］に降る雨のぬるさ、万象を一様に照らし出す、嵐の際の稲妻は、エロティシズムの秘めやかな感覚を喚起するのと同じく対象の形象をも喚起する。女性の裸体のなめらかさ、脹らみ、乳の流出といったものは、射精の感覚――中庭に向かって開く窓のように、それ自体死に向かって開《ひら》ける感覚――を先取りする。

［6］

だが、好餌《ルアー》から好餌へと移りながら、ついに自律的で真正なひとつの生を探し求めることが、人間的なのだ。

第六部　エロティシズムの複合的諸形態

第一章　個人的な愛

1　個人的な愛の非歴史的性格

私はこれまで語ってきたこと――それは愛に関わることであるが――のなかで、あるひとりの個的な存在を、彼が選択した他の存在に結びつけるあの強力で、つきまとって離れない感情については言及してこなかった。

私がこれまで記述しようと心掛けてきたことは、おそらく一挙には現われることができなかったようなさまざまに異なる諸形態が歴史的に現われてきた継起の様子なのである。しかし個人的な愛はまったく別箇に考えねばならない。それは実に多様な様相を呈しており、そうした様相がここで語られているような性的事象の諸形態に応じていろいろなヴァリエーションを持つことは確実である。それらの様相はまた文明の諸々の形態に応じてもヴァリエーションを持つだろう……。だが、実のところ個人的な愛は、それが社会を巻き込むのではなくまさに個々の人間を巻き込むという点において、もっとも非歴史的な事象なのである。それは歴史のひとつの様相ではなく、仮にそれが歴史的な諸条件に依存している場合にも、その程度はごく微小であり、量的な様態においてそうであるに過ぎない。いまもし生活の状態が苛酷なものであるとすれば、個人的な愛にとってそれは好都合ではありえないだろう。同様に、戦時体制の生活が支配的であるような社会諸形態も、好都合ではないだろう。要するに個人的な愛は、さまざまな必要性が拡大していくのに釣合ってそれに十分なだけの資源が存在していること、また過剰な資源が存在していることを想定している。個人的な愛が存在する可能性を弱めるのは、そうした資源が不足し、不十分なこと、あるいはそれらを他の諸目的にもっぱら用いることだけである。社会的慣習という障害、法とかモラルなどの障害は個人的な愛を弱めることはない。また人目を忍ぶような秘密性はけっしてそれにとって必然的なわけではないが、そうした秘められた状態がしばしばその感情の強度を高めることは事実である。

最も明白だと思えることは、こうした愛を人間の歴史的な発展のなかにある特殊な与件に、またあるひとつの段階に結びつけることはできないということである（ふつう人々はそうできると考えているようだし、私もそう考えたことはあるけれども）。私が個人的な愛は歴史の外にあると言うのは、個人的な事象はけっして歴史のなかで明白に表われてこないという程度や範囲に応じてそう言うのである。たとえば回想録のうちにその名前がちりばめられている人物たちが個人的な事象を呈示しているように見えるとしても、それはわれわれが彼らに附与する外観以外ではない。彼らの実存がわれわれに与えられるのは、まさに彼らの運命が歴史の一般的な運動に呼応していた点において、ちょうどまさにその範囲に応じてのみそうなのである。一見すると彼らはわれわれの眼前に実際に独立した存在という様態において屹立しているように思える。だが、実のところそれは歴史の十字路に立てられた銅像の独在性にしか過ぎないのだ。彼らは独立して存在していたのではなく、彼らが指導していると思い込んでいたその歴史に実は仕えていただけなのである。つまり彼らの存在はその外的な役割を定めていた機能性に組み込まれていたのであって、その機能性を免れていたのは（少なくとも部分的にそこからはみ出していたのは）彼らのプライベートな生活だけであった。ところでそのプライベートな生活という壁は、まさにそれが個人的な愛をそのうちに包み込んでいたのであるが、ある空間——歴史の外にある空間を画定しているのである。

個人的な愛が存在する可能性は、人間が動物と区別され始めた瞬間から与えられていると思われる。もっとも未開な段階の文明もそれを知っていたのであり、文化が技術的に発展することも、知的に洗練されることもそれにとって必要ではない。その条件は諸々の資源が相対的な意味で豊富になることのうちに与えられているのである。そしてそのような豊富さを想定しうるのは、動物が人間へと移行する始原の地点においてである。それは労働の結果として生じたことであるとも考えられる——そして一時的な欠乏がその最初のファクターであったということもありうる。それにしても、有用な目的を持つ活動を超えるような形で、自律への意志、つまり自然のなかに、自分自身以外には依存することのない、ある生命を持った一点を定置しようとする意志を練り上げることができたのは、生存のための必需品の絶え間ない必要に拘束されることのない動物、一般的にある余剰を自由に手にしうる動物だけであった。このような存在には、個人的な愛着に結ばれる条件が欠けてはいなかったであろう。われわれはせいぜいのところ次のような原始人たちの姿を想像することができるくらいだろう。つまりその性的なパートナーの個人的な牽引力に無感覚であるほど自律性への気遣いに関わり合っているような姿である。しかしこうした類の反対例はごく限られた意味しか持たない……。その最初から個人的な愛にはきわめて多様な可能性があり、そうした可能な在り方も豊富なものであったと想定する必要がある。欠乏とか戦争のみが人間の生を狭隘なものに変え、他の諸存在から区別されたひとりの存在への欲望を除外するほどの動物的貧困さへと追いやる力を持っていたと思われる。

2　個人的な愛と国家との根本的な対立

もしそれがないとすれば対象を選択するということが意味を持たなくなるような唯一の要素は、エロティシズムが存在するということがすでに所与のものとなっているという要素である。前にその理由を説明しておいたように、動物から人間への移行を考察する場合、それが道理にかなった考察となりうるのは、その移行が――実際的には――一挙に与えられたと想像するときだけである。したがって私はそもそも最初から個人的な愛の可能性に開かれていた人間を想い描くことができるのであり、それも今日われわれがそういう可能性へと開かれている程度や範囲にほぼ応じてそうできる（愛という名に値するだけの愛があい変らずどれほど稀れであるかということを考えていただきたい――むろん限られた数のグループを考察してでの話ではあるが。今日では恋愛感情の洗練された繊細さはそれほど陳腐化しているのだろうか？　とにかく支配的なのは粗雑さであり、それも最も下卑たものである）。そのような愛はたとえそれがどのような形態を持つにせよ（つまり結婚という形であれ、あるいはそれ以外の形であれ）、必然的に侵犯という意味を持っていたのであり、それによって動物的な性活動には対立していた。個人的な愛はエロティシズムとは異なっているのだが、しかしそれはある根本的な態様でエロティシズム的侵犯に結ばれている。個人的な愛はそれ自体としては社会に対立しているわけではないけれども、愛し合うふたりにとっては自分たちがそうでないものは、ふたりを結びつける愛に関わるものへと変容されることによって以外には意味を持たない。そうでなければそれは不可避的に非－意味であり、ある種の非現実性である。もっとも、愛人たちにとっての唯一の現実性よりもずっと真なる非現実性なのだけれども。とにかく愛人たちは、自分たちに生きる権利を授けてくれるよりははるかにしばしば異議を唱える社会秩序、個人的な愛への執着という途方もない無意味さに向かって膝を屈することなどけっしてない社会秩序を否定しようとする方向へと進むことになる。そういう困難な条件においては、性行為に本質的に含まれている侵犯という要素、その荒々しくエロティックな性格、またそれに結ばれている既成秩序の転倒とか暗黙の怖れなどは、たとえ愛人たちがそれらを受け入れないとしても、彼らの愛に押された忌まわしい紋章という価値を示すかのように彼らの眼には映るのである。そういう愛にはしばしば呪術性が結びつけられているのでもわかるように（たとえば媚薬とか魅惑の呪いがかけられることとか）、その愛は基本的に既成秩序への対立となっていく。ちょうど個人の存在が社会の在りようと対立するのと同じように、そうした愛は社会秩序に対立するのである。社会はけっして普遍的真理などではないのだが、各々の個別的存在にとってはその意味を持つようになっている。しかし事実としては、いま私たちがひとりの女を愛するとすれば、その愛する存在のイメージからはるかに遠くかけ離れているものとしては、社会のイメージ、ましてや国家のイメージ以上のものはなにもない。だから社会、あるいは国家が、ひとがそう信じることもありうるような普遍的真理という意味を持つということは、そもそも実在《ル・レエル》するものの具体的な総体は、社会とか国家とは正反対に、愛する存在のすぐ傍らにあるという点からして、ありえないのである。つまり言い換えると、非個人的《インパーソナル》なエロティシズムにおいてそうであるのと同様に個人的な愛においても、ひとりの人間は直接＝無媒介的に〔即座に〕宇宙のなかにいるのである。彼の対象は宇宙である、と厳密な意味で言うのではない。そういうふうに言うと、主体がそれに対比されているかのように思わせてしまうだろう。個人的な愛はやはり次のような点において肉体的エロティシズムと類似性を持っているのであり、それは対象＝客体と主体との混融ということがその意味である点においてなのである。おそらく次のような一つの見方が支持されることはありえないだろうと思われる。つまりその見方によれば、われわれのうちで普遍的なものに形象を与えているのは国家における諸個人の全体的な結合（融合）なのではなくて、むしろカップル――そこにおいては対象が世界のうちでも最も重々しく個別的であるもの、すなわち個々人〔ひとりの人間〕にまで縮小されているカップルこそそうなのである。またその見方では、カップルにおいてはこのように対象が主体と混融するといっても、それはつねに消え去りやすい過渡的な様相を呈しているのだが、他方国家においては諸々の個人たちが一時的＝過渡的なのであって、彼らの結合がそうなのではない。こういう見方は支持されないかもしれないが、しかしわれわれにとっては、国家はけっしてあの総体という意味を持ってはいない。国家はいかなる度合に応じてであれ、エロティシズムや個人的な愛のうちで作動することになるような私たち自身のあの部分を汲み尽くすことはできない。なぜなら国家は利害を超えて（利害の一般性を超えて）その上にまで高まることはできないからであり、また私たち自身の一部分（まさしく呪われた部分）は、いかなるやり方によるにせよ利害に関わる枠組という制限のうちに与えられることはないからである。どうしてもという場合には、私たちは自分の個人的な諸資源を増大させようとする気遣い、個人的な富を拡大しようとする気遣いを、国家に奉仕するという形でのり超えることもありうるだろう。しかしその場合私たちが個人的な利害の囲いから外へ出るように見えても、それはただ一般的な利害という囲いのうちへ閉じ込められることになるだけのことである。国家（少なくとも国家として完成した近代国家）は、あの消尽という運動に流れを与えることはできない。その運動がないならば、諸資源の無際限な蓄積のせいで私たちは宇宙のなかに、ちょうど癌が身体のうちにひとつの否定であるかのように刻印されるのと同じように位置させられるのだけれども。

それとはまったく逆に、個人的な愛の対象はそもそも初めから主体の前に、主体の際限のない消尽へとさし出された宇宙のイメージである。そういう対象はそれ自身、そのイメージが惹きつけるものであるかぎり消尽であって、そんな対象がそれを愛する主体へと贈るものは、主体が自らを宇宙へと開くこと、彼自身宇宙と区別されなくなることである。愛がこのように定まるときには、普遍的に存在するもの〔ce qui est universellement〕の、なんら区切られず漠然とした、しかし純粋に具体的な総体と、この愛の対象との間にはもはや隔てるものがない。愛のうちにおける愛する存在〔愛される対象である存在〕とはつねに宇宙それ自体なのである。こういう言い方はいかにも愚かしいように見えることはよくわかっているが、もっと水に薄めたような言い方では愛の対象にまつわる唯一性と専一性という感情を十分理解することはできないだろう。そういう感情は実際のところ、個人的なものに価値を帰属させようとする傾向に呼応しているのではけっしてない。それどころか愛における個人的なものは、必然的に普遍的なものの価値を持つのである。愛の対象の選択は、まさに主体がそれ以降それなしには自分を考えられないような様式で、そしてまたそれと相関的に、主体から切り離された対象も主体にとっては考えられないようなやり方で起こる。つまり対象はそれだけで宇宙を要約するのではなくて、主体に対して（それが補完する主体、そのことによって対象も補完されるのだが、そういう主体に対して）宇宙を要約するのである。むろんのことこのような見方は客観性という性格を持つことはない。愛のなかで統覚される宇宙は、それを統覚する者の尺度を忠実に反映しており、主体の諸々のリミットがその対象の選択のうちに表われている。それでもそうした対象はそれを選んだ主体とともにたしかに可能なるものの総体を構成するはずなのであるから、われわれはそこで錯誤について語ることもありうる。つまり錯誤というのは、あるひとつの選択とともに選ばれた対象と主体との結合が起こるにしても、その結びつきがわれわれにはまるで宇宙的なものを嘲弄するかのような感情を与える選択に思えるときである。しかしそのときでもそこに作動する恋愛感情の厳密さはいささかも剝奪されることはない。仮にどのような錯誤があるにせよ、愛する存在〔愛される対象である存在〕は愛人にとって宇宙の代理なのである。ということはつまりその欲望にとっては、もはや他のなにものも考慮されることはないということ、そして対象は主体に対し、主体が存在するものの総体によって満たされると感じるために欠けているものを与える——ついにはなにものも主体にとって欠けることがなくなるようなやり方で与えるということである。それが起こるのは、愛が分かち持たれるということを想定しているのは明らかだろう。なぜなら対象が完全に主体を補完するのは、ただ主体を愛することを通してだけであるから（もっとも次のようなことを忘れるわけにはいかない。つまりときには満足よりも不充足のほうがもっと深い意味を持つということ、われわれがそれを所有していたときよりも、それが逃れ去るときこそずっと大きな強度とともにそれが開示されるということである……）。

以上述べたことを理解していただけるなら、愛の対象がそれ自身のうちに普遍的性格を持つということが問題なのではないことがわかるだろう（そうでないとすれば、女性たちの期待に応えるものとしては、哲学者の精神に勝るものはなにものもないということになるだろうし、男性たちの期待に見合う対象はきわめて稀れだということになるだろう……）。対象の選択を促すのは巡り合わせという不可解な感情であるが、そういう感情はそこに次のような資質がそなわっていると想定している。つまり主体の心的な諸々の要請が充足させられる（それもしばしば、最も秘められた様態における要請が満たされる）ことになるような資質があるものと想定しているのである。そしてまた一方では、親近性によって接近させられるふたりの間にはある相対的な対立もあって、その対立があるからこそ彼らふたりの結合からある完全な世界が生じるという方向へと進むこともまた必要なのである。しかしながらふたりの存在を最も内奥的に親密に結びつけるのはとりわけ消尽なのであり、対象が選ばれるのは、対象が主体にとって消尽という意味を持つ度合にちょうど応じているのである。そのことは少なくとも選択を条件づけている。だが、消尽の意味はつねに主体との相関関係において考察されねばならない。ふつう問題となるのは幸福な消尽である。きわめて強烈な消尽は、たとえそれが諸資源の豊富さに結ばれているにせよ、嫌悪や激しい恐怖をひき起こすこともありうる。原則として主体にとって愛する存在は、ある最良かつ最適な消尽を象徴している。すなわち生きるという幸福に呼応し、激しい不安をひき起こすほどには大きくない消尽を象徴している。しかし言うまでもなく、愛する存在があまりにも巨大な消尽という意味を持つこともきわめて頻繁に起こる。たとえば際限のない装身とか祝宴のせいで愛する男を破滅させる女という像が示しているように。そういうときには、愛する男にとっては、強い不安のみが消尽の意味を持つという状態も生じるだろう。最も一般的なケースでは、愛人たちの消尽は彼らの合致のなかで、その消尽がうまく起こるという可能性にどうにかこうにか釣合うことだろう。しかしながら愛がふたりの愛人たちを結び合うのはただ蕩尽するためだけなのであり、快楽から快楽へと、歓喜から歓喜へと進んでいくためだけなのである。彼らの共同体は消尽の共同体なのであって、獲得の共同体である国家とは正反対なのである。

3 愛人たちの消尽の共同体から夫婦の獲得の共同体へ

愛人たちの結合に関してわれわれが誤った考えを抱きやすい理由は、その結合というのが根本的に不安定であるということによっている。もしわれわれがその不安定さを誤認してしまうと、私がいま述べたような結合——ひとりの主体とある対象との、宇宙全体を満たすような混融——が妥協に場を譲ってしまう諸形態を、なんら警戒することなくそのまま受け取ってしまうだろう。愛人たちはまた社会的にも生活しているので、彼らが結び合うことは他の人々にそれを顕示することにもなる。彼らが結び合うことによって宇宙を構成するとすれば、彼らの結合がそこへと至るようなあの総体を、彼らは他の人々が承認するようさし出すだろう。彼らは、そのリミットが宇宙であるようなこの幸福を、自分たちだけで知ろうと限定することはできない。しかし彼らがそれを承認へと向かってさし出すことができるのは、彼ら自身その本質を見誤るときだけである。彼らには次の点がわかっている。すなわち彼らの幸福（というよりむしろ彼らの至高な総体性）が承認されるのは、それが外部性に——そして挫折に——還元されてしまう程度にちょうど応じているのだ。そもそも他の人々の態度こそ理にかなったものである。つまり、他の人々にとって、こういう幸福を承認するようさし出された場合、もしその幸福を通常の限界の彼方に位置づけるとしたら、他の人々は間違ってしまうことになるだろう。というのも、愛人たちはそのように顕示しようとする態度を取るようになることによって、自分たち自身にそういう限界を認めてしまったからであり、またそうすることを通じて自分たち自身を――さらには自分たちがそうであった宇宙までも――存在を諸々の有用な目的へと服従させる一連の判断に従わせてしまったからである。そうした判断から出発すれば、国家のみが一貫性を持つことになろう。愛人たちは、そうした判断がすでに自分たちの判断と化していたので、とくに異論の余地なく服したのである。そして彼らが自分たちのことをそう判断されるのを受け入れるというのはどういうことかと言えば、それは彼らがすでに、自分たちとは別のカップル（愛人たち）のこともそのように判断していたということである。こうした一貫性のなさそのもの――以上のような見方のうちに通常みられる脈絡のなさ――のせいで、価値の諸原則、消尽に結ばれた諸原則は、有用性を基盤とする世界のうちに維持されることになり（ちょうど美しい衣裳や、富、社会的地位などがそうされるように）、したがって愛人たちの宇宙は弁護の余地ない虚栄のレヴェルまで失墜させられてしまうのである。

また別のある意味において、いま仮に愛人たちの結びつきが、少なくとも外見的には安定すると仮定してみよう。すると愛人たちの性的な活動は、生殖と家族の拡張ということを、その目的ではないにしても結果としてもたらす活動となる。実際生殖活動は安定性を保証するが、しかしそのような形で持続する結びつきは最初の結合とは必ずしも同じではない。というのも、それ以降そうした結びつきは、純然たる獲得の共同体となることもありうるからである。子供の数に応じて家族が拡張していくという意味ではそれはたしかにそうだし、それはまたしばしば諸々の富の蓄積によっても獲得の共同体となる。

もっとも、このような変化が、もっぱら批判的な判断の対象となると考えるとすれば、それは愚かな見方であろう。そもそも子供の誕生は、獲得ということにのみ帰着させては考えられない（エロティシズムを対象とする本書の枠のうちでは、子供たちの世界が示す、しばしば対立した諸側面を記述するつもりはない。たとえば一方ではそれは卓《すぐ》れて消尽の世界であり、しかし他方ではそのために両親は拡大すること——獲得することという責務を負わされることにもなろう……）。だが、とにかく言えることは、愛における結合と両親としての結びつきの同一性を認めることはできないということである。結合は外見上を除いてはけっして定まることはない……。それどころかあらゆる点から考えて、愛における結合はけっして持続のうちに与えられることはない。仮にそれが正真正銘持続するとすれば（それでもそのとき、それはすでに瞞着するものなのだが）、それは、自らの灰のうちから絶えず甦る欲望によってつねに再生する、という条件が満たされたときだけなのである。われわれはよく、個人的な愛はその地平が狭隘であるとか、地平を欠いているとか思い込み、それを非難するけれども、実は愛のうちで非難されているものはそのような地平の狭さなどではない。むしろ個人的な愛は卓れてリミットを超えて、無制限に存在する様態でさえあるのだ。しかしそういう愛は、それがみずからの世界とは異なる世界、そこでは諸々の意味が制限されている世界へと移行して生きるたびごとに（あるいはそういう世界へと陥って停滞するたびごとに）、自らの純粋さを保つ不可能性に屈し、あるいはまたみずからをさまざまに編成し直す作業の重苦しさに屈してしまうのである。だからわれわれが愛のうちに非難するものは実はわれわれの力のなさであって、愛が開く可能なるものではけっしてない。

4　個人的な愛と文学

このように個人的な愛と持続との両立不能性は（たとえ持続が愛の原則であるにせよ）きわめて一般的であるので、愛の特権的な領域は虚構《フィクション》なのである。

愛は文学なしですますことができる（ことによると愛に対する根強い不信の源には、文学があるということさえありえよう）。しかし文学のほうでは、みずからに特有な諸可能性の豊かさのうちに、個人的な愛が担ってはいるが十全に実現することのできない豊かさを結びつけずにいられなかった。そもそも自分たちが生きている愛に伝説の愛を重ね合わせることほど大きな意味を持つことは、めったにないだろう。そのことによってわれわれは、愛と宇宙との等価性に関して抱いている漠然とした感情をはっきりと意識することになる。そしてそれを通じて愛は、いわばそれが踏破する限界のない諸行程を、われわれのうちで十全に記述するようになるのであり、またもし愛によって変容させられるとすればわれわれがそうなるこの宇宙——狭隘な現実性の世界から引き出された宇宙——の意味に、神話的な輪郭を与えるようになるのである。

しかし文学は、愛の最も射程の長い意味合いを意識に対して指し示すだけではなく、それと同時にできるかぎり愛を歴史のなかに挿入しようとし、われわれ自身のこの非‐歴史的な部分を、歴史がそうであるような諸々の構築——つねに変貌しつつある構築——の大きな機構へと組み込まれたエレメントにしようとする。ただしおそらくそれは、エピソード的な様態においてそうするだけであり、歴史自身がそのことによって影響を被ることがあるとしても、それはただ歴史が、その荒々しい決定作用を逃れようとするわれわれの意志に、それなりの分け前を与えてくれる程度に応じてそうだというに過ぎない。

ほんとうのところ、個人的な愛のさまざまな様態へと及ぼされた文学の影響——歴史的に位置づけられた影響——は、ある限られた興味しか惹かない。愛に関わる規範《コード》を主題とする文学作品のうち最もよく知られたものは、他のあらゆるそうした作品を嘲弄しているのである。それでもそのセルヴァンテスの作品ほど、みずからの対象である際限なき愛〔過度の、盲目的愛〕を嘲弄しつつ、最終的には深く尊重している例はめったにあるものではない。彼がからかっている多くの小説のほうが、騎士道的な愛を讃えているように見えて、実はある瀆聖の意味を持っていたとさえ言えよう……。[*26] 騎士道にまつわる想像力の産物であるこれらの小説を概観してみるとわかることは、それらが秘儀伝授に基づく社会の戒律に関わっていることである。(35) そうした戒律によれば、秘儀を授かる者は、この場合騎士たちは、ある意中の貴婦人を選び、称讃と忠誠の誓いとして彼女に武勲を捧げねばならなかった。現実世界においては、そうした武勲とは、戦争における軍功か、あるいは騎馬槍試合におけるあの危険を伴う真価の実地証明であった。騎馬槍試合は絢爛たる祭典のなかで行なわれ、そのなかでも最も際立つエピソードであった。各々の騎士は、その騎馬槍試合がその女性へと捧げられる貴婦人の眼前で、儀礼の規則に応じて戦闘したのである。今日でも闘牛士が対峙する雄牛を観客のうちのあるひとりの女性に献じることがあるが、それと類似していると言えよう。目を奪う艶やかな衣裳を身にまとった美女は、まるでパレードにでも参列するかのように戦闘を観戦していたのであり、したがってこうした儀式はいわば個人的な愛の祝祭のような意味を持っていたと言ってもよいだろう。他方で、フィクションの世界においては、そのような武勲は神話的な領界のなかで起こったのであり、そこでは魔術師とか、龍との戦い、囚れの女の解放などが、秘儀を授る者の運命を表わす冒険＝恋愛という語に、そのなかば神聖な価値を与えていた。

これらの魅力的な表示様式から考えて、次のような教え――その教えは、こうした表示様式の意図に忠実に従っているというよりも、むしろ裏切っているように思われるが――

を、最終的に記憶にとどめておかないわけにはいかない。つまり、このように個人的な愛がエピソード風に歴史のうちに入るケースを通じてはっきり際立つことは、一方における歴史的な出来事の意味と、他方における愛人たちが彼らの抱擁の生み出す宇宙のうちで消失することの意味が、どうしても両立不能な性格を持つということである。出来事の方向では、諸々の価値をいろいろ制限づけられた目的との関係において説明するような言説とか、言い回しなどという言葉の必要性が生じてくる。それに対し宇宙の方向では、秘められたものごとや沈黙こそが前面に出てくるのであって、そこでは一挙に肯定された〈存在の総体〉を意味するのではないようなものはなにも起こらず、その傍らにある爾余のもの一切――その意味が定義され、限定されたものである一切は、最終的には、空虚なものという意味以外にはなにも持たなくなるのである。

第二章　神への愛

1　極端なエロティシズムの二つの方向――サディスムあるいは限界なきエロティシズム、および神への愛

個人的な愛はエロティシズムのあるひとつのアスペクトであり、それがひとつの極に達する肉体的抱擁なしにはわれわれはそれを考えられないだろう。そうした抱擁の熱烈さのうちで、愛する存在の選択は十全な意味を持つのである。エロティシズムのもたらす動揺のみが、あるいはエロティシズムの両義的な性格のみが、個々の人間どうしを対立させる障害を弱めることができるだろう。それと相関的な意味で、そもそも愛の可能性へとさし出されているのは、あまりにも内奥的で、あまりにも秘かな享受のパートナー〔相手としての他者〕である。それにしても、愛が制止されることがエロティックな快感の強烈さを増すために好都合であること、またそれと類似した意味を持つが、愛は快感へと向けられた興味を減少させるということはたしかである。このようにして二つの根本的な方向性が現われる。

そのひとつは、エロティシズムを極端に延長し、エロティシズムがそうでないものには自らを閉ざしてしまう方向性である。その方向性は基本的にパートナーに対する気遣いに対立する。というのもそういう気遣いは、消尽を、容認できる程度の過剰、だから主体と同じく対象もそれに耐えうる力を持つような過剰へと制限してしまうからである。それに対し、この方向性は、なにものを前にしても引き退がることがなく、けっして破壊を制限することのない無際限なエネルギーを要求する。それは、そのありふれた形態においては医者がサディスムと名づけた悪徳であるが、サド侯爵自身がバスティーユ牢獄の果てしない孤独のうちに練り上げていったままの、その熟練された、純理論的な形態においては、限界なきエロティシズムの頂点であり、その成就である。そういう意味については、この記述の最後の章で扱うことになろう[36]。そのときわれわれは、エロティシズムがどれほどまでに宇宙のなかに溶け込みたいと願う人間の意志に呼応しているかを見るだろう。

神への愛は、個人的な愛から出発してそれとは異なる方角へと進むもうひとつの方向性であるが、あの抱擁のうちでもつねに素描されていた他者の探求を延長しているのである。神への愛はそのように他者の探求を延長しつつ、その探求にあの深い意味を、つまり私が前に表示した深い意味をついに与えることになろう。しかしこの他者の探求の果てまで行くためには、そういう愛は、自らを、実際の存在をつねにさもしい現実性の世界に結びつけている偶有的な諸要素から解放することになるのである。われわれの眼から見ると、愛する存在〔愛される対象である存在〕はそれ自身、自分がそうだと思っている実存――つまり隷従的な世界の諸条件に服した実存へと還元されてしまうことが、あまりにも多いのである。それゆえそうした存在の代わりに、神話が提供し、神学が練成した想像上の対象を対置しようとする意志が生まれる。

2 『雅歌』から偉大な神秘家たちの、形態もなく様態もない〈神〉へ

個人どうしの人間的な愛という枠組のなかでもすでに、他者の現存《プレザンス》が性的関係の外に与えられているということが、例外的にはあった。このように他者の現存が性的関係から分離しているために、エロティックな対象の探求と愛する存在の探求との間に、ある二次的な対立が生じる可能性もあったのである。しかしそれらの探求のこうした二つの対象は、ただひとつの対象であることもありうる。そしてもし愛する存在が死の深みから――つまりエロティシズムを通じてその愛する存在がそこで開示された（あるいはそこに投影された）死の深みから脱け出してしまうとするならば、ただちに愛する存在は、それを愛する主体に、存在の総体を開く力を失うことになる。ただエロティシズムだけが、その沈黙のうちに実行される侵犯のなかで、愛人たちをあの空虚のうちへと導き入れる力を持つのだ――すなわちそこでは、途切れがちの口ごもりさえも宙吊りにされ、もはやどんな言葉も

考えられないような空虚、そこでは抱擁が指し示しているのはもはや単に他者ではなく、宇宙という根底も境界も不在なものであるような空虚のうちへと導き入れる力を有している。それとは逆にいわゆる純粋な愛は、饒舌へと釘づけになっている。だが、いずれにせよエロティシズムの重いエレメントに促されてわれわれは、他者の純粋性を、それを覆っている自然的な夾雑物から引き出したいと願う方向へと進むということが起こる。ありうるかもしれないし、そうでないかもしれないような偶有性——まさしくわれわれを物質的な汚辱へと結びつけるほど不運であるような偶有性に、極限的な瞬間においてまでも依存したままであることを、われわれが受け入れることはめったにないだろう。ただしそれこそ錬金術的転換の秘訣であるのだが、しかしほとんどの場合われわれは怖れているのである。

けれども、愛する存在を、そういう嫌悪している偶有性から解放しようとすることは、その愛する存在を平俗な現実という偶有性のうちへと入り込ませることと以外にはなにもなしえない。したがって個人的な愛が純粋性へと移行するということは、次のような二つの意味を持つ可能性しかありえない。つまりそのひとつは、そうした愛が平俗さへと還元されてしまうことを認めることである（ただしそういう平俗さも、子供の誕生とか絶え間ない死の脅威によって、消尽という光暈をおびる状態のうちには維持されているけれども）。もうひとつは、われわれが断固として純粋性のうちにみずからを保ちつつ、しかしまた同時に他者への欲望、すなわちわれわれに欠けているもの、そしてそれのみがわれわれに存在の総体をもたらすことができるものへの欲望のうちにもみずからを保つことである。そのようにしてわれわれは〈神〉の探求へと向かうのである。

そこにおいて他者の真実が開示されるような抱擁のなかでわれわれが到達するもの――それをわれわれは、そうした中間項に頼ることなしに見出すこともむろんできよう。私の論旨をよくたどっていただけたら、そのとき問われるのは、われわれをなんらかの客観的な現実に、つまりわれわれから独立しているような現実に服従させている既成の秩序を壊すことができるかどうかという問題なのだということがわかるだろう。至高に生きるということ、われわれにとって外的なものに服従するのを拒むということが問題となるのである。ここで言う外的なものとはまず自然的な秩序であり、次には俗なる秩序であろう……。そして結局のところそれは、偶有性という姿を持つあらゆるものなのであるが、そうした外的なものに服することを拒むのである。そうすれば唯一の絶対者を目指して、あらゆる現実が否定されるだろう。そういう唯一の絶対者は、論理的に練成された最高存在である。

しかしこういう神の探求のうちには、ある困難さが見出される。われわれが神を論理的に練り上げるとすれば、神の現存性を可感的に感受することはできないからである。われわれはなんらの焼けるようなものによっても消尽させられることがない。そしてエロティシズムが放棄されると、もはやわれわれのうちには言葉を用いるということの貧しさしか残らないのだ。それでもわれわれが無能力へと還元されてしまうというのではないだろう。ただわれわれはあのエロティシズムの夜のなかで出会ったような迂回を、もう一度見出さねばならない。怖れを、激しい不安を、死を、再び見出さねばならない。神の経験は、供犠《サクリファイス》の怖るべき苦悶のうちへと延長されることになる。神の経験はポジティブな神学の行なう肯定にうまく対応するのではなく、むしろそういう肯定に対し、ネガティブな神学の沈黙を対立させるのである。神秘家がかいま見るのは――それも両膝の戦きのうちに、彼自身そこで気が遠くなっていくに応じてかいま見るのは、十字架の上で死にゆく神であり、死の怖れ、苦悩に耐える怖れなのである。そうであるならば、神秘家の語る言葉、沈黙の深みからより全面的に奔出するよう待たれている言葉が、神学の言説であるどころか人間どうしの愛の言説であるとしても、なんら驚くにはあたらないだろう。ある信者は次のように書いている。「『雅歌』(旧約聖書)が神秘家たちの言葉のうちでどんな役割を演じたかということはよく知られている。そして『雅歌』をその文字通りの意味において読むと、それが愛の表現に満ちていることに注目しないわけにはいかない。ところで神秘家たちは実際『雅歌』のなかに、神への愛がもたらす効果を記すのにもっとも適した文法を見ていたのである。それであたかも『雅歌』が彼らの経験を先取りしたような記述を含んでいるかのように、彼らは飽くことなくそれの注釈を繰り返し行なったのである」[37]。ただし私としては、「神秘家の経験する状態」を、「性的状態が転置されたもの」としてしまうつもりはまったくない[38]。本書の持つ意味は、その全体として、こうした単純化の正反対であろうとしている。神秘主義を性的エロティシズムへと還元しようとすることは、ひとがそうと言わずによくそうしてしまうように、性的エロティシズムを動物的な性活動まで還元するのと同じくらい的はずれなことだと思う。とはいえ、こうした愛の二つの異なる形態を、ともに存在のあらゆる資源を消尽する諸様態へと結んでいる絆を否定しようとすることは、ついには空しいことになるだろう。神秘家たちが彼らの心的奔出において、一見したところ微弱な量のエネルギーしか蕩尽しないように思えるのはよくわかる。だが、彼らが自分たちの生は燃え上がっていると言い、生を消尽していると語るとき、それを言葉どおりにとらないとすれば間違えることになろう。神秘家たちが彼らの奔出状態のうちで、みずからを支えるあらゆるエネルギーを——そして他の人々の労働が彼らにもたらしてくれるあらゆるエネルギーを汲み尽くすのは、たしかである。彼らの禁欲的な苦行は、エネルギー拡大の一様態とみなされることはありえない。それはある特殊な形態の消尽なのであり、そこでは無《リアン》へと還元された獲得が、それに勝る消尽の過剰に、ある極限性という意味を与えている。

神秘家たちのエロティックな言葉に関してどう考えるかはともかく、彼らの経験はいかなる制限づけにも服さないので、その経験の初めの状態を大きくはみ出してしまうと言わねばならない。そして最も大きなエネルギーのうちで追求されたその経験は、結局のところ、エロティシズムのなかでも純粋状態における侵犯のみを保持することになる。言いかえるとそれは、共通の現実性の世界の破壊が成就することであり、すなわちそれはポジティブな神学の言う完全なる〈存在〉から、神秘家の語る「神的な無限の感覚《テオパティー》」がそうであるような——そしてサドの言う「無感覚《アパティー》」に近いような——あの形態もなく様態もない神への移行なのである。

第三章　限界なきエロティシズム

1　神の有用性、神秘家たちの経験の限界

私の考えでは、このような神への愛の経験に最大の意味を与えないとするならば、可能なるものの一切を探索するという意志——もしそれから外れてしまうと、人間性というものの全体が自己欺瞞に陥ってしまうような意志——から遠ざかることになると思う。しかし神への愛がそれだけで、可能なるものに対し、その極限を指し示すことはできないだろう。そしていずれにせよ神への愛がそれ自身、みずからを定義しているままにそれをとるとすれば、少なくともその神への愛はあまりよい位置を占めてはいないと思える。というのも神秘家が愛の無際限な消尽へとさし出す対象は、そういう対象自身、獲得というその逆の世界へと拘束されてしまうからである。つまり形態と様態の不在という純粋な否定であることはあまりにも稀れなことなので、その対象はまったく反対に国家の〈神〉という重要な定義を受け入れてしまうのだ。それは造物主であり、現実の世界と現実秩序の保証人であって、卓れて有用なものとなるのである。神秘家の愛の対象である神が世界を超越して

いるにせよ、そうでないにせよ、それはやはりこの世界の現実性そのものであり、この世界はそれ自身の名においてそういう神を裏切るものではなく、その表現なのである。そうした神がわれわれを服従させる様式がどのようなものであれ、われわれは神に服従すると同時に世界に服従している。つまりわれわれを歴史の隷属性へと限界づける世界に服従しているのであり、われわれ自身の隷従的な態度のうちに拘束されている。この点に関して最終的な真実と思えることは、完全なる〈存在〉とはエロティシズムの経験が示す諸々の真実に反しているのと同様に、神秘主義の経験の真実にも反しているということである。神に服従した領域においては、歴史を超えて、あるいは現実的行動を超えてその彼方まで行くようなものはなにもありえないし、一連の繋がり合った行為、つまりみずからの結果に隷従した一連の行為を、瞬間そのもののうちで超越するようななにものもありえないだろう。

2　少なくとも思考によっては誘惑の極限にまで行くことの必要性

なにも私は、可能なるものの一切を経験する試みを個人的な愛の方向性のうちで延長するとすれば、こういう制限づけはどうしても避けられないと言うのではない。そこに現われている諸可能性から発して、またいま現に示されたそれらの限界から発して、また新たな展開へと向かうようわれわれは促されているのだ。ある種の経験、つまりなにものもその対象としてあらかじめ与えられていることはありえないような経験を夢みないことがどうしてあるだろうか？　だが、そういうときにはわれわれは、エロティシズムから出発して、逆方向に追求された経験に関係しなければならないだろう。個人的な愛のたどる道程においては、どうしてもわれわれはパートナーの利益を保留するかぎりでの可能性、そして相手自身がそれに耐えうるかぎりでの可能性に限定されることになるのはたしかである。こういう対比からわかるのは、パートナーを否定するということがエロティシズムにある究極的な領域を開くということだ。こうした領域は、最初、むしろパートナーの同意こそ大きな強度に到達するための手段であると思われたときには、とても近づくことのできないような領域であった。この同意に背を向けて、それへの無関心のうちに、破滅の新しい諸形態――同意に基づく共犯性を超えて、残酷さと罪のうちにいや増す大胆さによって侵犯力を倍加させるような諸形態――を求めようとすることは、たしかに非人間的なことである。

サド侯爵の生涯ではなく、その作品は、いま述べたような否定に、その首尾一貫した形態を一挙に与えたので、もはやそれを超えようと考えることはできないほどである。モーリス・ブランショは次の事実――すなわちサドの思想の根本的な特徴は、パートナーの利害や生命をこの上ない無関心さで否定することであるという事実を強調している（サドの思想に関するブランショの研究[39]は、その対象をあまりにも深い夜の闇から——それはおそらくサド自身にとっても濃い闇であったに違いないような夜の闇から外へと浮かび上がらせている。もしサドが独自の哲学を持っていたとすれば、その哲学をブランショのこの書物以外のところに捜そうとしてもそれは無駄なことだ。そしてそれと相関的に言えることは、おそらくブランショの思想のほうもサドの思想と力を競い合うことによって成就するということである。というのも両者の思想の成就は、通常の場合には思想が拒むものを求めたからである。すなわち秘かな共同性、諸々の精神の共犯性を求めたからである。——そうはいってもこのような合致は、サドの単一主義的独在論とはまったく正反対である!)。実際、パートナーを否定するということがたしかにサドの体系の重要な支柱となっている。ということはなにを告げているかというと、エロティシズムはもしみずからが原則的にそうである死の運動を全面的に両者の魂の一致《コミュニオン》へと向けるとするならば、部分的に自己欺瞞に陥ってしまうということである。性的結合は、深い地点において考えるとひとつの妥協なのである(その点において性的結合は、生命のその他の部分と類似したものである)。これは一時しのぎの手段なのだが、それでも生の魅惑と死の極度の厳格さとの間で唯一効力を発揮する手段なのである。性的事象に限界《リミット》を付す両者の魂の一致《コミュニオン》というものから切り離されて初めて、そうした性的事象はその基底をなしている要請を自由に表明するのである。もし仮にみずからをその同類たちに結んでいる絆を絶対的に否定する力を、少なくとも書くことのなかでは持つことのできる人間が誰ひとりいなかったとしたら、われわれはサドの作品を手にすることはなかったであろう。むろんサドの生涯を検討してみると、サドがその作品のなかで遂行した否定のうちには誇張という要素があるのに気づく。しかしながらそういう誇張そのものが、あるひとつの強力な思想を練成するために必要なのであった。すなわち、なにかそれに好都合な機会になると、隷従的な諸原則——そこでは有用性や互助、あるいはやさしさなどが、誘惑の力よりも強い力を持つような諸原則——へと連れ戻されてしまうのではないようなひとつの思想を練り上げるために必要だったのである。もしわれわれが、みずからの欲望になんら留保なく同意すると他者にとって生じるに違いないさまざまな困難なことを考慮にいれるとすれば、われわれを誘惑するものの極限にまでいくことが不可能であることは容易に理解できる。それとは反対に他者のことを考慮しないとすれば、そうした欲望は、仮にその欲望の肯定がまったく文学的な次元のものであるにせよ、なんらの変質も被ることなく与えられる。

モーリス・ブランショは書いている。「(サドの) モラルは絶対的な孤絶性という原初的事実に基づいて立てられている。彼はその事実を、いろいろな形で幾度となく繰り返し言明している。すなわち自然は、われわれを孤りで生れるようにしたのであり、ひとりの人間と他の人間との間にはいかなる種類の関係もないと言うのである。したがって唯一行動の規範となるものは、私が自分に幸福な快感を与えてくれるものだけを偏愛すること、そういう私の偏愛の結果として生じる、他者にとって不快であったり、よくないものだったりするものは一切なにものでもない、とみなすことである。他人たちのもっとも大きな苦痛も、私の快楽に較べればつねになにものでもない。私がほんのわずかな快感を獲得するために悪行の数々を積み重ねるとしても、そんなことはなにほどのことでもない。なぜなら快感は私を喜ばせ、それは私のうちにあるが、罪の結果は私には触れることがなく、それは私の外にあるからである」。

3　性的快楽と罪

ブランショの分析は、破壊と官能的な快楽との結びつきを考察するかぎりにおいては、サドが行なった根本的な断定になにも付け加えてはいない。他の点についてはサドの見解がずれることがあっても、その点に関してサドは、罪こそが性的快楽の条件であるというパラドックスを、確定的な真実として倦むこともなく言表し続けている。サドの作品のこの側面は、ひとがもはやそこになにひとつ付け加えようのないほどの形で与えられている。サドの思想はこの点に関しても最も明快であり、彼の意識はこのうえなく明晰なのだ。人間に関する認識という面で、ある根本的な発見をしたという確信をサドが抱いたに違いないとも言えるほどである。しかしながらただちにひとが気づくことは、そのシステムが極めて狭い範囲に凝固したまとまりの上に立てられているということである。つまり快楽を求める人間が個として孤絶していることがそうであって、もしそれが原則として定置されていないならば、罪による破壊と性的快楽との内密な関係は薄れてしまう。あるいは少なくともほんのわずかな程度においてしか作用することはなくなってしまう。だからサドの信じたこの真実へと接近するためには、個的な孤絶という偽りの視点に位置しなければならなかったのである。サドの作品を読むうちにもっとも強く感じとられることは、人間たちの相互的な価値を絶えず否定するという不条理さである。こうした否定のせいで、サドの思想にはある種の反‐真実という価値が絶え間なくつきまとい、もっとも平板な矛盾へと引き寄せられてしまう。人間たちの生はそういう否定を確証しないし、あるいはほんの部分的にしか確証しない。といっても、彼自身の生において孤絶が作用を及ぼさなかったというのではない。おそらくそこにおいて孤絶は究極の価値を持ったのだが、しかしそれだけが作用を及ぼしたというのではなかった。われわれがサドの性格について知っていることを、単に見せかけであるとみなしてしまうことは困難だ。それによれば、サドの性格は、彼が物語のうちに描写している厚顔無恥な主人公たちの性格とは深く異なっている（彼は義妹を愛したし、人道主義的な政治活動に関わった。その牢獄の窓からギロチンが作動するのを見て恐怖に身がすくんだこともあった。さらには書くことに対する気遣いはこのうえなく大きなものであったので、ある原稿の喪失のために「血の涙」を流したほどであった）。それにもかかわらずこうした個的な孤絶という偽りこそが、愛と罪の結びつきという真実の条件であるのはたしかであり、サドの作品を考えるとき、人間たちがお互いに価値を持つということを否定した彼の決然たる立場を抜きにして考えることはできないとさえ言えよう。それを言いかえると、エロティックな刺激を昂めるものの真の性質は文学的にしか開示されえないということ、つまり不可能なことの範疇に入る諸々の人物や場面を作動させることによってしか開示されないということである。もしそうでないとすれば、そうした性質は依然として知られないままであろうし、純粋にエロティックな反応は、温情というヴェールの下で、それとして承認されることはできなかったであろう。というのもふつう愛はコミュニケートされるものであり、その名称そのものがそれを、他者の実存へと結んでいたからである。つまりその結果として、通常の場合、愛は甘味をつけられ、その激しさを和らげられているからである。

サドがそういう真実を断定する、あの過激さそのものは、容易にその真実が認められるような性質のものではない。しかしそういう過激さは、力ずくでも思索へと誘う。モーリス・ブランショはサドの思想を解明しようと望んだが、いま私はそれを詳細にすべく付け加えたい。サドの提起したさまざまな表象から出発して気づくことは、温情や優しさはある根本的な動きを変えることはできないということである。この動きのうちで生じた破滅を上手に活用しようとする優しさも、この動きがそうであるものを、その逆のものへと変えてしまうことはできないだろう。最も一般的に言って、エロティシズムは、ちょうど濫費《デパンス》が獲得に対立するように、通常のふるまい方に対立する。もしわれわれが理性に応じてふるまうとすれば、われわれは自分の資源や知識を、そして一般的に権力を増大させるよう努めることになる。われわれはいろいろな手段を用いて、よりいっそう所有しようとする方向へと進む。社会的な面の上では、われわれがみずからを肯定するということは、成長を目指す行動につねに結ばれている。ところが性的な熱狂の瞬間には、われわれはそれとは異なるようにふるまう。われわれは計算せずに諸力を消尽し、著しい量のエネルギーを無際限に、なんらの利益なしに消失する。性的快楽はきわめて破滅に近接しているので、その最も強烈な昂まりの瞬間は「小さな死」と呼ばれるほどである。その結果として、われわれに対し性的な活動を喚起するような諸対象は、つねになんらかの無秩序に結ばれている。たとえば裸体は失墜の意味を持ち、さらにはわれわれが衣服をまとっているときにみずからに与えている様相を一種裏切るものという意味さえ持つ。だが、そういう点に関してわれわれは、けっしてそんなわずかなものでは満足しない。一般的に言って、強烈な破壊とか、悪魔的な裏切りのみが、われわれをエロティシズムの世界へと入らせる力を持つ。われわれは裸体だけではなく、それに半ば衣服を脱いだ肉体——秘かに裸体よりももっと裸体である肉体という好奇心を付け加える。いわゆるサディスム的に加えられた苦痛とか死がどこに位置しているかというと、それはこのように破滅へと向かう横滑りを延長する方向に位置しているのである。同様に、売春とか、エロティックな語彙、性活動と汚れとの不可避な結びつきなどのせいで、愛の世界は、失墜と死の世界へと変えられていく。つまり、われわれは空しく濫費し、消尽することにおいて以外には、真の幸福を持てないのであり、われわれの消尽にはなんらの有用性がないことを確信していたいのである。諸々の資源を増大させることが規則である世界、真面目な世界からできるかぎり遠く離れているのだという感覚を持ちたいのである。遠く離れていると言うのでは足りないだろう。むしろその世界に対立していたいのである。つまりエロティシズムには攻撃的な憎悪の運動があり、裏切りの運動がある。そのせいでエロティシズムには不安が結びつけられているのであって、逆から言うと、憎悪が無力であり、裏切りが失敗して起こらないときには、エロティックなエレメントは笑うべきものでしかない。

4　無感覚、他者たちおよび自己自身の否定、「至高性」

この点に関して、サドのシステムはエロティックな活動の首尾一貫した形態であるに過ぎず、それも最も贅沢な形態である。モラルに関する意味で孤絶していることは、さまざまな制動の拘束から解除されることを意味するのであり、そもそもそれこそが消尽の深い意味を与える。他者の価値を認める者は、必然的に制限を受けることになる。彼は他者への尊重によって限られ、自分の内部でみずからの物質的な、あるいは精神的な資源を増大させようとする欲望に唯一服従するのではないような願望が意味するものを知ることから逸らされてしまう。性的な真実の世界にいっときの間入ること——ただし他の時間はいつもそうした真実の打ち消しに服していて、一時的にその世界に入ったとしてもすぐそうした打ち消しがあとに続くということは、まったくありふれたことである。すなわち他者との連帯は、人間が「至高性」という名で指し示されている場所を占めることを妨げてしまう。人間たちが相互に抱く尊重は、人間たちをある隷従のサイクルへと拘束することになる。そのサイクルにおいてはもはや従属的なモメントしか残らず、それでついにはわれわれはその尊重さえも失ってしまうのである（というのもわれわれは一般的に人間から、その至高なモメントたちを——彼の持つ最も貴重なものを——剝奪してしまうことになるから）。

それとはまったく逆に、ブランショによれば、「サド的な世界の中心は、ある巨大な否定によってみずからを肯定するような至高性の要請」である。この点において、一般的に人間を隷従させる（人間からその至高性が成就することもありうるような場に接近する力を奪う）基本的な絆が明らかとなる。つまりエロティシズム的な世界の本質は単にエネルギーの消尽ということだけではなく、極限まで推進された否定なのである。あるいはこう言ってもよいと思うが、エネルギーの消尽はそれ自身必然的に否定なのである。この至上な瞬間を、サドは「無感覚=無感情《アパティー》」と呼んでいる。ブランショによれば、「無感覚=無感情とは、至高に存在することを選択した人間に適用される否定の精神である。いわばそれがエネルギーの原因であり、原則なのだ」。サドはほぼ次のように推論していると思われる。今日の個々人は、ある一定量の力を表わしている。しかしその個々人はほとんどの場合、他人たちとか、神とか、理想とか呼ばれるあの幻影を利するような形でその諸力を疎外してしまうので、そうした力を分散させてしまっている。この分散のせいで、個人はみずからの可能性を浪費し、枯渇させてしまうという過ちに陥っている。いやもっと悪い誤りは、みずからのふるまい方を弱さに基づかせるということだ。というのも彼が他人たちのためにみずからの力を消尽するというのは、つまり彼が他人たちにもたれかかる必要があるからである。それは致命的な衰弱だ——彼は自分の諸力を空しいことに蕩尽して弱くなり、自分が弱いと信じるから、その力を浪費してしまう。だが、真の人間は自分が孤りであることを知っており、そして孤りであることを受け入れる。千七百年にもわたって続いてきた臆病さの遺産として彼の裡《うち》にあるあらゆるもの、つまり自分自身に関わるのではなく、他者たちに関わろうとするあらゆるものを、彼は否定する。たとえば憐れみとか、感謝とか、愛などという感情は破壊してしまう。それらの感情の破壊を通して、彼はあらゆる力、もしそうでなかったとしたら、こういう衰弱させる衝動へと捧げねばならなかったはずの力をすべて取り戻すのである。そしてさらにいっそう重要なことは、こういう破壊の作業から、ある真のエネルギーの始まりをもたらすことである。——実際、よく理解すべき点は、無感覚＝無感情とはただ単に「寄生的な」さまざまの感情を破壊してしまうということだけに存するのではなく、どのような情念《パッション》であれ、自発的に湧き上がる情念の、その自然発生性に対立するという点にも存するということである。悪徳を求める者でもみずからの悪徳に即座に身を委ねてしまう者は、いわば未熟児にしか過ぎず、失敗してしまうだろう。たとえ天才的な放蕩者で、怪物めいた悪漢になる素質を十分備えている者でも、もし自分たちの性向にまかせてそれに従うことで満足するとすれば、破局に至るべく定められている。サドは次のように要請している。情念がエネルギーとなるためには、情念は圧縮されねばならない。なにものにも動かされないというモメントを経由することがどうしても必要である。そうすれば、情念は可能なかぎり最大となるだろう。ジュリエットはその悪の遍歴の初期の頃には、クレールヴィルにいつも次のように非難される。つまりジュリエットは諸々の情念の炎にあおられてしか罪を犯さず、淫蕩や、快楽の沸騰になによりも高い位置を与えている。だが、それは危険な安直さだ。罪は淫蕩よりも重要なのであり、冷静沈着のうちに犯される罪のほうが、熱狂的な感情とともに犯される罪よりもずっと偉大なのだ。しかし一切に勝る罪は、「感情に動かされる部分を無感覚にすること」によって犯される罪、不可解で、秘かな罪である。なぜならそういう罪は、みずからのうちで一切を破壊することによって漠大な力を蓄えた魂のなす行為だからであり、そうした力はそれが準備する全体的な破壊の運動に完全に合致することになるからである。快楽のためにのみ生きているあの偉大な放蕩者たちが偉大であるのは、ひとえに彼らがみずからのうちで快楽に適した能力を一切廃棄しているからこそそうなのだ。だから彼らは怖るべき異常な行為に耽るのであって、さもないとすれば通常の性的快楽がもたらす平凡な喜びで彼らは十分満足することだろう。だが、彼らはみずからを無感覚にしたのである。そして彼らはこうした無感覚を、つまり否定され、無化された感覚性を享受すると自負するのであり、獰猛になるのである。残酷さとは自己の否定にほかならないが、そうした否定はあまりにも遠くまでもたらされるので、破壊的な爆発へと変るのである。無感覚が存在全体の戦きになる、とサドは言う。「魂はある種の無感情へと移行するが、その無感情はやがて、さまざまな弱さが彼らにもたらすような快楽よりも比較にならないほど神聖な快楽へと変容するのだ」。

5　完璧な瞬間、あるいは神的感覚と無感覚との同一性

この部分は全体として引用されるべきであった。というのも、それは中心点を明らかにするからである。否定はこれらの方向性から切り離せない。つまりそこでは、性的快楽がすぐに感じ取られるようには与えられていないけれども、その心的メカニスムは解析され

ているような方向性から切り離すことはできない。そして同様に、性的快楽はこうして否定から切り離されると消え去りやすく、わずかなもので、その場所を保つことにも無力であるのに、その否定という意識の光のうちでは、最高となるのである。ジュリエットの放蕩の道連れであるクレールヴィルは次のように言っている。「私が望むのはね、たとえ私がもうその罪を犯すのではなくなるときでも、罪の効果が永遠に作用するのを止めないような罪を見つけることなの。それで私は自分の人生のどんな瞬間にも、仮に眠っていたとしても、なんらかの無秩序の原因でないようなことはなく、そしてその無秩序は世界中に腐敗をもたらすほど広がっていき、あまりにも極端な混乱を惹き起こすので、その効力は私が死んだあとまでまだ続いているような、そんな罪をね」。いったいだれが最終的に無視することができるだろうか、自分のうちにある性的快楽へと向かう性向がその極限的な延長を見出すのは、まさにこのような地点以外ではない、ということを。いったいだれが最終的に拒めるであろうか、性的快楽がその退廃の極みにおいて、理性が関わる利害などとは比較にならないある価値を持つことを。いったいだれが見ずにすまそうとするだろうか、永遠の瞬間という視角から眺めるとき、性的快楽のうちには恍惚があるということを――すなわちそれなしにはあの神聖さ、不安を抱かせ、残酷な、人間を否定しようとする神聖さが、考えられることさえできなかったであろうと思える脱魂的恍惚があることを。

このように常軌を逸した否定は二つのアスペクトを持っている。まずその第一の様相としては、そういう否定は宇宙の広大無辺さを前にした切り離された存在、脆い個人を、神聖な形で否定する。脆い個人である一方の者を他方の者が否定するときには、おそらくその否定された一方の者に負けず劣らず脆い存在である他方の者を利するようなやり方でそうすることだろう。だが、その他方の者は、彼が一切のものを否定するという理由で、たとえ肯定の極限的段階において彼が自己を肯定するのだとしても、実はそうするのは否定を行なうため以外ではないのである。したがって、論理的に言ってそもそも初めから無化という行為の魂である彼の内部には、彼自身が至るところで与える攻撃と同様な攻撃にさらされるべく、あらかじめ開かれていないようなものはなにもないのだ。サドの物語の主人公たちが総じてこのような苛酷な破壊との親近さを表わしているというわけではないけれども、彼の創作した登場人物たちのうちでももっとも完璧な存在のうちの一人であるアメリーは、望めるかぎり全面的にそのことを表明している。「彼女はスウェーデンに住んでいるが、ある日のことボルシャンに会うことになる……ボルシャンは怖るべき処刑が行なわれるだろうと期待して、陰謀（彼自身が企んだ）に加わった仲間たちを王に売り渡したばかりであった。そんな裏切りがこの若い女を熱狂させたのである。彼女はボルシャンにこう言うのだ。「あなたのその残忍さが好きだわ。誓ってちょうだい、いつかきっと私もあなたの犠牲となるって。十五の歳からずっと、私は放蕩の残酷な情念の犠牲となって滅びるという考えばかりに夢中になってきたのよ。と言ったって、もちろん明日にも死にたいわけではないわ。いくら私が異様だって言っても、そこまではいかない。でも私は、そんな死に方でしか死にたくない。息絶えながら、そのせいであるひとつの罪の機会になるなんて、それこそ考えただけでも頭がくらくらするわ」。たしかにこの異様な頭には、こういう答えがふさわしい。「おれはそんなおまえの頭がたまらなく好きだ。おれたちは一緒に強い力のいることをやろう」。「私の頭は腐っているのよ、きっと！」——こうして「なんら欠けるところのない人間、人間の一切であるような人間にとっては、いかなる悪も可能ではない」。もし彼が他人に向かって悪をなすとすれば、なんという快感だろう！もし他人が彼に悪をなすとしても、なんという快楽だろう！　美徳は彼に喜びをもたらす、というのもそれは弱く、彼がそれを粉砕するから。悪徳もまた彼に喜びをもたらす、なぜならそこから生じる無秩序を通して、たとえその無秩序が彼を傷つけるものであろうと、彼は満足を引き出すから。彼が生きているなら、その生の出来事のうちで幸福と感じないようなものはひとつもない。彼が死ぬとすれば、彼はその死のなかによりいっそう大きな幸福を見出し、みずからが破壊されるという意識のなかにあるひとつの生の戴冠を見出す。つまり破壊する欲求のみが正当化するような生の戴冠を見出すのである。こうして否定者は宇宙のなかで他のあらゆるものの極限的な否定を行なうが、それと同時にその否定は否定者自身も免れさせることはない。おそらく否定する力はそれが持続するかぎり、ひとつの特権を与えると言えるだろう。だが、ある際限のない否定の激しさに対し、唯一保護するものとなるのは、そのように彼が超人的なエネルギーとともに行なう否定の行為だけである」[*27]。

この地点に達すれば、ここで考察されているような諸効果はとにかく人間的な面を超出していることを見ない者はいまい。ひとつの思想がその方向性をたどるうちこれほどまでの完成の域に達するということは、なんらかの神話的な形態の下において以外には考えようもなかっただろう。そういう神話的形態は、その極限にまでたどられた思想を、たとえ世界の外へではないにしても、少なくとも夢の領域のなかに置くのである。サドの作品においても事情は同じであるが、ただしここで否定されているものは、なんらかの超越的なものを肯定するために否定されるのではない。——このことは、この否定の第二のアスペクトとして注目しなければならない。サドは稀れにみる激しい力で、神という観念に対立している。実のところ、サドの体系と神学者たちの体系との間にある唯一の深い違いは、次の点にあろう。いかなる神学も、その外観に即して眺めるのとは別の見方をすれば、サドの体系に劣らぬほど苛酷なやり方で、諸々の孤絶した存在たちの否定を成し遂げていると思われる。しかしサドにおいては、そのような否定は、その否定を超えた上になにものも留保しない。どこかに実存するようななにものも、慰めとなるようななにものも、たとえ世界の内在性であろうと留保しないのである。頂点にこの否定があり、それだけなのである。明らかにそれはまったくの宙吊り状態であり、完全に方途を失わせるものだ。こうした唯一の——けっして到達されない——可能性をみとめる者にとってさえも、やはりそうなのだ（実際、サドの創作した諸表象はあまりにも完璧なので、それらは独特の様式で地上的現実を離れている。それでそれらの表象を、まさにそれが受け取られるべき形で捉える者は、そもそも最初からそれらの表象を自分の個人的な諸可能性の彼方へと位置づけてしまう）。結局のところ、この究極的かつ到達不能な運動、それについて思考をめぐらすだけでも息切れしてしまうような運動は、神のイメージの代わりに、ある種の人間的な、だが、不可能な審級を対置しているのである。しかしその審級の必然性は、かつて神の必然性がそうであったのと同じくらいに、あるいはそれ以上に論理的必然として重きをなしている。かつて神という観念は、われわれがたどっていく目眩《めくるめ》く運動のうちで、ある種の休息であり、停止の時間であった。が、それに対してサドにおける否定は、ひとりの人間が持ちうる力、といってもその運動を停止させる力ではなく、それを加速させる力を意味しているのである。

そして少なからず奇異に思われることは、このような様式で宇宙の——無感覚的《アパテイック》な——至高性へと移行するということが、その否定が無制限であるという点を除いては、神秘家たちにおける否定（限界のある否定）と異ならないということである。神秘家たちの語る神的《テオパティー》な無限の感覚と同じように、サドの言う無感覚《アパティー》は、それらの可感的な恍惚とか悦楽などを軽蔑するよう要請した。最高の放蕩者も至上の神秘家も、そうした恍惚や悦楽に対しては同じように無関心なままである。主体の自律性があらゆる拘束を超えてその彼方へと解き放たれる領域、善と悪のカテゴリーは快楽と苦痛のそれと同様に無限にのり超えられ、もはやなにものにも結びとめられない領域、みずからが形態であり、様態であろうと望むものを瞬間的に無化するという意味以外の意味を持つような形態も様態ももはやない領域においては、魂にはあまりにも巨大なエネルギーが必要なので、そんなエネルギーはいわば考えようのないほどである。そのような尺度に照らしてみれば、原子的なエネルギーが次々と連鎖状に解放されるということが起こるとしても、それらはなにほどのことでもない。おそらくこうした領域は、はっきりと定まった尺度を持つことはありえないだろう。だからこそ、ほんの最小限の消尽でもわれわれを宇宙に釣合う尺度へと位置させるのである。しかしわれわれはその消尽を所有したいと望み、われわれの内部に、やがてそういう消尽はわれわれをのり超えてしまうだろうと囁きかけるあの不安を、いつも持ち続けている。それでもひとたびわれわれが次のことを知ったのであれば、そんなことは消し飛んでしまうであろう。すなわち、宇宙のみがわれわれの反抗の限界《リミット》であるということ、無制限なエネルギーは、限界のない反抗へと——つまりもしそれを欠くならばわれわれが生きるのを受け入れられないような、あの自律性へと参入させるということ、だがわれわれは死ぬことなしに認識したいと望む弱さ、少なくとも「無感覚」という死を死ぬことなしに認識したいと望む弱さを抱いていることを、ひとたびわれわれが知ったのであるならば。

第七部　エピローグ

宇宙の総体においては、エネルギーはなんらの制限なく自由に流動する状態にあり、無限に蕩尽されうる。しかしわれわれが位置している人間的な尺度に応じて考えると、われわれは自らが処理しうるエネルギーの総量を斟酌するように導かれるのである。われわれはほとんどおのずからそうしているのだが、それでもそれに見合った形で次のような他の事実を考慮に入れる必然性も導入しなければならない。すなわち、われわれはいずれにせよ消尽しなければならないエネルギーの総量を手にしているのだという事実である。むろんわれわれはつねにその源泉を涸らすこともありうる。労働することをもっと少なくし、なにもしないで暮らすようになれば——少なくとも部分的には——それだけでもよいだろう。しかしもしそういうことがありうるとして、その場合には、そのような余暇とは、エネルギーの超過を、あるいはもっと簡単に言うほうがよければ手にしうる諸資源を濫費する——破壊する——さまざまな様式のうちのひとつである。二十四時間の余暇は、ポジティブな意味では一日分の生活必需品を生産するのに必要なエネルギーに匹敵する。あるいはネガティブに言うほうがよければ、ある労働者がその時間のうちに生産できたであろうと思われるもの全部が生産されずに欠損したことにあたる。まったくの余暇（そしてもちろんストライキ）は、生存に必須なもののために必要とされるエネルギーを超えて自由に処理しうるエネルギーが、そこで解消されるさまざまな出口の総体に、ただ付加されるだけである。そうした出口は、主としてエロティシズム、奢侈の意味を持つ生産物（その価値は、エネルギーの観点からすると、労働の時間において測られる）であり、そして祝祭のなかでいわば小銭のような意味を持つ娯楽・気晴しなどである。また他方では、われわれが自由に手にしうることになる生産の総量をなんらかのやり方で拡大するような労働である。そしてまた戦争でもある……。

むろんわれわれがある項目に関して蕩尽するものは、原則として、他の項目にとっては、蕩尽としては失われ、無駄になったのである。たしかに横滑りの可能性は多数ある。たとえばアルコールによる陶酔、戦争、祝祭などがわれわれをエロティシズムのうちへと参入させることはある。しかしそれは単に次のようなことを意味するに過ぎない。すなわちある項目に関して可能な蕩尽は、他の項目に関してわれわれが行なう蕩尽によって、最終的には縮小され、還元されてしまうということ、したがって戦争のうちで見出された利益のみが現実的にこの原則を変化させるということである。しかしそれでもそういう利益は、ほとんどの場合、敗者の損失に呼応しているのである！　それゆえわれわれは次のような事実を原則的に提起しなければならないだろう。あまりにも大きな労働によって（そういう労働は、エロティシズム的な諸目的に向けられる部分を制限してしまうほど大きいのだが）生み出された、超過するエネルギーの総量は、いつの日かある破局的な戦争のなかで蕩尽されるだろう。

そうだからといって、最初から結論めいたものを引き出し、われわれがいままで以上に余暇をもち、エロティシズム的な意味あいを持つ戯れにより大きな部分のエネルギーを与えるとすれば、戦争の危険が減少するだろうと言うならば、むろんそれはまったく幼稚な言い草でしかないであろう。もし冷戦という緊張が緩和されることが生じるとしても、世界がいまでもすでに危うい均衡をさらに失ってしまうような仕方でそれが生じるならば、戦争の危険は減少しないだろう。

このような表示の仕方はきわめて明確であるので、われわれはそこからただちにひとつのまったく異なった結論を引き出すこともできよう。つまり、われわれは生活水準の全般的なくい違いを、すなわち全般的な不均衡を還元してしまう以前には、あるいは還元し始める以前には、けっして戦争の危険を減少させることはできないだろう、という考え方である。こうした見方から当然導かれることになる立場によると、現代においてそれは、次のようなひとつの理論的な意味を持つ以外にはない。すなわち世界的な規模で、生活水準を向上させるために生産することが必要だということである。しかしそうなると私は、理性的な人間ならだれでもすでに知っていることを繰り返す地点にまで還元されてしまう。

一般的な共通の見解に私が付け加えられるのは、もし事態がそうした方向へ進むためにまったくなにも起こらないなら、戦争は遠からず不可避なものになろうという点だけである。

それでも私は、それほど暗いアスペクトを強調したいとは思わない。世界のなかにいわゆる冷戦状態――ある地点においては、真の戦争によって浮き彫りにされる冷戦状態があるかぎりにおいて、まさにちょうどその範囲に応じて、生活の全般的な水準が向上することができないのである。その結果として、とりあえず第三の逃げ道、つまりそれが冷戦という現在の逃げ道となっているものがあるのだと言うことができる。そうした逃げ道はまったく安心できるどころではないけれども、もし戦争が、あるいは大きな軍事的緊張が起こらなければ、生活水準の全般的な向上が生じることもありうるだろうと考える時間を残しておいてはくれる。

それゆえ世界のなかには、次のような決断に結ばれた平和のチャンスが残っている。その決断とは、あらゆるものに逆らってでも、諸個人の資源を平準化する政策が無条件に価値を持つ、と断定することであり、またさらにはそういう政策は、冷戦がただちにつきつける必然的な要求に絶えず答えていきながら、しかも可能なかぎりでまさに追求されることがありうる、と付け加えることである。

繰り返して言うが、私はここでこのような凡庸な見解以外のなにものももたらすことはできない。大多数の人々にとってそんな陳腐な考えは空しいものと見えるだろう。こんな目的のためには、なにもエロティシズムの理論を練り上げる必要はなかった。そしてさらには、ここで述べた政治的考察は、そのような理論との関係のせいで、その考察の射程を減少させられてしまうだろう。なるほど少なくとも一見したところでは、そうである。というのも私が語る理論は基本的にエロティシズムの諸形態の歴史的な論述なのであるが、しかしその論述にはあるひとつのエレメントが欠けているからである。

エロティシズムはいずれにせよ、それ自体としてひとつの歴史を持っている程度や範囲はごくわずかなものなのだが、そうした微弱な範囲においてさえも、本来の意味での歴史、つまり軍事的、あるいは政治的な歴史の余白に位置している。こういうエロティシズムの様相は、私がいまや本書がそうである歴史的な物語の結びにとりかかることを可能にするようなひとつの意味さえ持っている。実際、私がこれまで提示してきた諸条件のうちに、エロティシズムの歴史のあるエピソードの可能性が残されている。われわれは歴史の余白においてエロティシズムを知ったのであるが、もし歴史がついに成就したとしたならば、さらにはその完了にまで触れたとしたならば、エロティシズムはもはや歴史の余白にあるのではないだろう。したがってエロティシズムは、ある種のマイナーな真実――その迫真力が歴史を構成する諸々の出来事によってずっと昔から失効させられており、また今日でも失効させられたままであるような真実であることを止めるだろう。エロティシズムは十分満ち足りた光を受けることができ、意識のなかに明確に出現することができるだろう。

たしかに歴史が終ることがありうるというイデーは衝撃を与えるのは真実だが、私はそれをひとつの仮説として開陳することができる。もしも諸々の権利と生活の水準の大きなばらつきが還元されたとするならば、私の考えによれば歴史は終っていることになるだろう。そしてそのような条件が、非歴史的な実存、つまりエロティシズム的活動がそれを表わす形態であるような実存の態様の条件となるだろう。必然的に仮説でしかないこういう観点からすれば、エロティシズム的真実の意識は歴史の終焉＝目的を先取りするものである。この意識は現代という時代のなかに深い無関心を導入する。つまり非歴史的な判断の「無感覚《アパティー》」、いわゆる政治闘争のなかへと留保なく参加している人々が持っているパースペクティブとはきわめて異なる視野に結ばれた判断という「無感覚《アパティー》」を導入する。そのことはけっして、政治闘争を行なっている人々の視野が私の観点からすると無‐意味であるということではない。しかしそうした視野には、その反対派の人々がそれに与えるような意味もないのである。両派においては、政治闘争の断固とした決意なるものがその内的なパースペクティブの彼方にあらかじめ与えられているのであり、両派は共に錯誤している。というのも体制の擁護者は弁護できない立場を守ろうとし、反体制派は攻撃してもしかたない立場を攻撃しているからである。それとは反対に、われわれは生活の水準を平準化することに逆らうようなことはなにもできない。また生産活動の意味を、その有用性という地点まで還元してしまうこともできない。そもそもあらゆる活動の意味はその功利的な価値の彼方に位置しているのだが、われわれは、政治闘争という視野のうちに閉じこもろうとするかぎり、そのことに無知なのである。

われわれが現に眼にしている情勢は、この点に関していくつかの正確なデータを明らかにしてさえいる。いかなる面の上でも、いわゆる政治闘争は次のようなひとつの条件においてしか現実的に決定を下すことはできないだろう。つまりその条件とは、挫折すること、究極まで行かないという条件である。現在見られる痙攣的な動揺からそれでももし歴史の終焉が引き出されねばならないとしたら、その条件となるのは、それを保証することが唯一可能と思われる条件、すなわち冷戦という事態を無効にするという条件であろう。一方の陣営の軍事的勝利が得られるとしたら、それは不可避的に廃墟の上において以外ではないだろうが、ということはそのように勝利をおさめた陣営がどれほど大きな誤認の上に立脚していたかを明かすだけであろう。もし人間たちのたどる悪しき変遷が終りを告げ、彼らがひとつの最終的な勝利という粗雑な愚かしさを免れるとするならば、歴史はそれが到達しうる唯一の終焉……尻切れとんぼな終焉を持つことになろう。

いわゆる政治闘争のなかで、立脚すべき真実を見出すことはできない。そういう政治闘争をしながらというのでは、物事の一部分しかけっして統覚できない――たとえ、そんな段階にとどまろうとする意志に強く対決する動きのほうが特別な価値を持つような場合でも、そうである。それとは逆に、われわれがそんな政治闘争を根拠づけるようなもの一切から遠ざかる程度に応じて、またわれわれが完璧な瞬間に達する程度に応じて、われわれはのり超えたりすることはできないことを知るのであり、歴史の運動にその終焉を——奪われ、隠されているしかないその終焉を指し示す力を持つのである。

本書から、またそれに続くエピローグから、結局のところ次のようなことが明らかになるだろう。

いわゆる政治闘争に参加《アンガジエ》している人々は、けっしてエロティシズムの真実に服することはありえないと思われる。彼らが行なっている政治闘争のなかで、その推進力となっているような力を損う形で、エロティシズム的な活動はつねに起こるのである。しかし、自分たちが奔出させる残酷さの隠れた原動力を知らないままに盲目化している人々について、どう考えたらよいのだろうか。少なくともわれわれは、彼らが嘘をついていると確信することはできよう。だが、彼らの綱領や行動方針の代わりにわれわれのそれを対置しようと試みることなどは、どんなやり方にせよけっしてありえないことだろう。われわれはなんらかの指針などからなにも期待しない。われわれは冷戦という事態を無効にすることから以外には、なにも期待できない。すなわちそこでは、冷戦などという事態のまったく外からやって来るひとつの英知が聴かれるであろうような行為以外には、なにも期待できない。むろんのこと、そのような英知はひとつの挑戦である。しかし、そういう形で世界に対する挑戦をしないわけにはいかないのではないか？　しかも、そういう世界に対する挑戦は、まさに世界が必要としている和らぎを世界に向かって提起することになるのであるから。そしてそのことは、むろん一種熱気をこめた仕方ではあるが、威勢のよい言葉づかいなどではなく、また予言者めいたアジテーションとは異なったやり方で実行される以外にはありえない。すなわち、政策談義とか政治談義などを侮蔑する形でなされる以外ないのである。

さらに付け加えておけば、いずれにせよいまやこの欺瞞に充ちた世界に向かって、ある種のイロニーの持つ力、ある種のしたたかな計略の力、けっしてイリュージョンを持たぬ晴朗さの力を対立させるべきときである。なぜなら、仮にわれわれが敗れるとしても、われわれは呪ったり、予言者ぶった口舌を弄したりすることなしに、まことに陽気に敗れるすべを知っている。われわれは休息を求めているのではない。もし世界がどうしても破裂しようと片意地を張るならば、われわれは世界にその権利を認めてやる、おそらく唯一の者となろう。ただし、その権利を認めると同時に、われわれ自身にも一つの権利を、すなわち空しい言葉を語ったという権利を認めることになるにせよ。

原註および訳註

註の前に

本書は総題『呪われた部分』の下に三部作として構想された著作の第二巻にあたっているが、未刊のまま残されていたものである。その第一巻は『呪われた部分――普遍経済論の試み：第一巻 消尽』として一九四九年にミニュイ書店から出版された。バタイユは生前に三部作を完成させる時間がなかったので、通常はこの第一巻が『呪われた部分』と呼ばれている（邦訳、生田耕作、二見書房）。したがって本書は、出版された第一巻に続く第二巻として、おそらく一九五〇―五一年冬から五一年夏にかけて起草された原稿が、死後『バタイユ全集』（ガリマール社）第八巻にタデ・クロソウスキーの校訂を経て収録されたものの全訳となっている。

この原稿はおそらくバタイユの病気のために、完全な形へと推敲されないままとなっていた。バタイユ自身の書類のなかでは、この原稿は「一九五一年の版」と呼ばれている。そしてバタイユは一九五四年にまた別の形で『エロティシズムの歴史』を起草した。それは「一九五四年の版」と呼ばれているが、こちらの版を基本的に手直しして、バタイユは一九五七年にミニュイ書店から『エロティシズム』を出版した（邦訳、澁澤龍彥、二見書房／酒井健、ちくま学芸文庫）。その版には『呪われた部分：第二巻』であるとは著されておらず、バタイユのコンセプションがかなり変わったものとなっている。

本書第二部（「近親婚の禁止」）は、「クリティック」誌四四号（一九五一年一月）に「近親婚と動物から人間への移行」という題で発表された論文とかなり重なっている。そして少し手直しされて『エロティシズム』(一九五七年版)のなかに、「第四研究:近親婚の謎」として収録された。

本書第六部第一章および第二章(「個人的な愛」、「神への愛」)は、大幅に改稿されて「ボッテーゲ・オスクーレ」誌Ⅷ号(一九五一年十一月)に、「死すべき存在の愛」という題で発表された。第六部第三章(「限界なきエロティシズム」)は、「クリティック」誌三六号(一九四九年五月)に載った論文「幸福、エロティシズム、文学、その二」(M・ブランショ『ロートレアモンとサド』、ミニュイ、一九四九年、に関する書評の形をとった論考)を基にして起草されたものであり、かなり手直しされて『エロティシズム』(一九五七年版)のなかに「第二研究:サドの至高な人間」として収録された。

以上の事情からわかるように、本書には、一九五一年に書かれた本体をなす手書き原稿の他に、その初稿にあたり、原稿本体から切り離されている草稿、「クリティック」誌三六号の印刷されたページに手書きで書き込んだ加筆修正、「クリティック」誌四四号の論考のための手書き原稿、第六部第二章および第三章のタイプ原稿(手書きによる加筆修正を含む)、等々のヴァリアントがある。校訂者タデ・クロソウスキーが掲げているそれらのヴァリアントをすべて訳出するとすれば、多くのページ数を必要とすることになるので、訳者の判断において重要であり、理解の助けになると思われる箇所を抜粋して、訳註のなかに含める形で提示することにしたい。

原註　【本文中に（　）つき数字でその箇所を示した】

緒言

（1）この著作はおそらく第三巻を持つことになるであろう。この第二巻はいわば人間性＝人類に活力を与えている運動の基盤（すなわち最も単純な形態としての基盤）を提示している。そして第一巻は人間の行なう諸活動の総体のなかに、とりわけ経済的な領界、また宗教的な領界のなかに現われたそうした運動の諸効果を記述している。第三巻は有用な諸目的に対する人間の自律性の問題、独立の問題を解くための論述となるであろう。したがって第三巻は直接に至高性を対象とすることになろう。しかしそれを書くためには相当長い時間が必要だと思われる。さしあたってこの第一巻と第二巻とは、むろん互いに区別された論考を構成しているのであるが、とにかく総体としてある一貫性を持っており、その一貫性はこの二巻の書物だけで十分なまとまりをなしていると思う。

（2）そういう反論のうち多くのものは、フランソワ・ペルー氏の要請に応じて私が一九四九年六月八日に「応用経済学研究学院」で行なった講演の際に提起されたものである（講演題名「世界と聖なるものとの間の諸関係および生産諸力の拡大について」）。

第一部　序論

(3) たとえば警察の世界はそうである。あるいはまた葬儀の世界などもそうである。

(4) そのような思考の運動においては、思考がその対象(その唯一の対象)である具体的総体を表わすのは、次のような条件においてのみであろう。すなわち思考がもはやそういう総体性を超えた高みへと飛翔しないという条件、思考自身がその総体性を構成する一部分であり、いわばその総体性のなかへと失われているという条件においてのみだろう。

(5) そういう思考様式はそれ自身反省的な思索なのであり、反省的思索であることによってしか総体性ではないのであるけれども、しかしそれはその諸々の内容が多様であり、互いに矛盾することによって騒乱状態に至るまで活気づけられた思索であり、だが、それと同時に厳密さへと至る活力を附与された思索である。

(6) ジャン＝ポール・サルトルの思想でさえも、性的な事象に関わるときには、自由闊達であるどころではない。というよりむしろ自在にふるまっているように見えるときでも、次のような条件が満たされている場合にのみそうなのである。すなわちエロティシズムをたとえまったくの無意味のうちにではないにしても、少なくとも陥没した世界のうちへと投げ棄てるような並々ならぬ嫌悪が保証されるという条件である。そして興味深いことに、ちょうどそれと見合う形で罪の感情の不在ということ、禁止の感情、人間的なものを基礎づける禁止の必然性という感情が不在であること、だからその禁止を侵犯するという同じくらい必然的な感情もまた不在であるというような条件が満たされている場合のみなのである。このような感情がなければ、捉えどころのないエロティシズムは発育の悪いままにとどまった構築と言うほかかない。本書が示そうとすることは、まさにそのことに関わるだろう。

第二部　近親婚の禁止

(7)　まさにここで問題となるのはその間に隔壁がうち立てられる傾向にある二つの世界、しかしそれを了解するためにはその隔壁を横切る総体的な視線がどうしても想定されねばならないような二つの世界である。そして至純なエロティシズムと言う場合には、それが神秘家的な愛、まさしく神への愛も包括しているということを当然の了解事項としている。

(8)　クロード・レヴィ＝ストロース『親族の基本構造』、パリ、P・U・F、一九四九年。

(9)　レヴィ＝ストロースは、A・L・クレーバーの著書『トーテムとタブーに関する回顧的研究』(A. L. Kroeber, *Totem and Taboo in retrospect*) を参照するよう求めている (六〇九ページ、註1)。

(10)　マルセル・モースの『贈与論』は、最近『社会学と人類学』という総題の下で、亡き偉大な社会学者の著作を数編収めている第一巻のうちに再録されたところである (*Sociologie et anthropologie*, PUF, 1950)。ここではレヴィ＝ストロースの用語を使いながら、私は、この著作の第一巻(『呪われた部分――消尽』)のなかで私が初めて行なった論述を再び取り挙げることにする。実のところ、「ポトラッチ」のテーマは私の理論的な展開にとってきわめて重要なので、その機会があるごとに根本的にそれを再説することを欠かすわけにはいかないのである。

(11)　この点に関しては、明らかに一種の誇張がある。というのもそれぞれのケースに応じて状況は大きく異なるからである。そしてそれと同じ理屈でいけば、独身者という境遇が原始人たちにとってもいったいどこまでつねに同じものであるのか、と問うこともできるからである。私の個人的な見方では、レヴィ＝ストロースの理論は主として「雅量」という側面に基づいていると思う。むろん「利害」という側面が一般的に言って、諸々の事実に首尾一貫性を与えているというのは間違いないとしても。

(12) レヴィ＝ストロースの著作からの引用（一七六ページ）。

(13)「猥褻性の基本的禁止」という言い方は、次のような意味において異議を唱えられる余地を残している。つまり猥褻なということは性的な事象の禁じられた様相を指しているのだけれども、(1)しかしこの様相は、それがどのような正確な限界内にあるかきわめてよく知られており、(2)それでも私は禁止という語を用いることを避けることができない、という意味においてである。

第三部　自然における禁止の対象

(14) それに、いまなおわれわれの社会において、さまざまな原始的特徴が現れる。私が引きあいに出すのは、反応の倒錯自体が（無意志的、無意識的であるがゆえに）なにか人に恐怖を与えるものを内包している次のような一例である。英国の、ある上流育ちの娘が、結婚式の当日あまりに強い感動を覚えたために、教会内陣の階段を登る彼女の白いドレスに長い血の染みがついているのを数多くの列席者が目にする。この出来事に引き続き、深刻な神経症が娘を襲った。――私が知り合ったある豚肉製品店の主人は、開《ひら》けている点では人後に落ちない人物なのだが、妻が生理中は、塩漬け部屋に入ることを禁じていた。経血が豚肉を損うのを危惧していたのである。

(15) もちろん、ひとりの労働者は、ブルジョア的な規範の体系から判断すれば不作法であるふるまいをしながら、ひとりのブルジョアと同じくらいに洗練されていることもありうるが……。

(16)『シュルレアリスム第二宣言』*Second Manifeste du Surréalisme*（『シュルレアリスム宣言集』

Les Manifestes du Surréalisme サジテール書店、一九四七年、一八二ページ)。傍点はブルトン自身による。

(17) こうした見方は、近代科学全般の見方よりは、ルネ・ゲノンの見方に近い。だが、私には、ルネ・ゲノンの諸理論は単純化の刻印をとどめているように思われる。ルネ・ゲノンは勿体ぶっていて慎重さに欠ける。仮に、彼が、よく知らないのにいい加減に批判する近代思想に無知であるのと同じくらい(彼が近代思想について語ることの一切、彼にとって他人を断定的に非難するための動機となることの一切は、ハイデガーとは言わぬまでもヘーゲルやニーチェについて人々が語るのを彼が耳にしてさえいたならば、崩れてしまうであろう)、伝統的な思想にも無知であったなら、ひとに肩をすくめられるのが落ちだろう。いずれにしても、これほど根拠薄弱な慢心に染まった作家をいくばくかの信頼を持って読むには、安易な精神を持たねばならないだろう。

(18) 実際、理性の支配下に生きている人間たちの精神の動きのなかで、ひとりの人間の死が動物の死の無意味さに較べて、重大でむごいものとして表象されるのは、裏切られた期待としてである。ひとりの人間の死がわれわれの目にこれほど重く映るのは、彼の営みが彼に抱かせた未来への期待のなかで彼が生きるかぎりにおいてである。

(19) 『呪われた部分』序の第二章第六節「自然における三つの奢侈、マンデュケイション、死、および有性生殖」(全集第七巻四〇―四二ページ)。〔訳者補記――マンデュケイション (manducation) は通常「咀嚼」の意であるが、バタイユは独特の意味でこの語を使用する。すなわち、下等生物がそれよりも進化した生物のエネルギー源となり、後者がさらに高等な生物の餌になる……といった、自然界における食の連鎖を指す。〕

(20) アメリカにおける医師の生活に関する本。フランク・スローターの小説に用いられた緩和表現はしかしながら、「医学の助けがなければ……」である。

第四部　侵犯

(21) ロジェ・カイヨワ『人間と聖なるもの』(*L'Homme et le Sacré*) 第二版、ガリマール社、一九五〇年、一五二―一五三ページ(《イデー》叢書版では、一四七―一四八ページ)。

(22) 極端な見方をすれば、自然が人間を包含する、私の述べた動きは自然の内部で生起する、と言うことは、つねに可能である。それはそうだが、自然における人間的領域とは新たな一領域であり、自然を超え、自然の一般的諸法則の中におさまりきらない領域である。この点から発する問題に関しては、本書の枠内では扱わないつもりである。

(23) 少なくとも滑稽なものを対象とする笑いについては、これは自明である。

(24) 第三部、第二章、第五節――「エロティシズム、それは本質的に見て、第一歩からして「同盟関係の逆転」というスキャンダルである」(本書一〇四ページ)。

(25) 第三部、第二章、第五節(本書一〇五ページ)。

(26) 私は、俗なる生もそれなりに大きな変化を被りうることを否定はしない。しかし、戦争や恋愛や政治的至高性などは、真の意味では俗なる生の枠の中に入りえないであろう、ということをまずはっきりさせておく必要がある。俗なる世界がみずから変化を遂げるのは、技術面、生産様式の法的側面に限られ、その場合でも変化は継続的なものである。仮にある変化に不連続性が見られる(たとえば革命)とすれば、それは、武装した群衆のような、世俗的秩序に対して異質な諸因子の介在を前提としている、とさえ言える。

(27) 学問的思考によって一個の物のようにみなされた動物性のみが、俗なる生との真の一致を示すということが、以下の記述で理解されるだろう。

(28) たとえば、推理小説の登場人物たちの示す、われわれにはまったくついて行けない大胆不敵な行為に思いを致されたい。

(29) 動物供犠がもっとも古いが、人身供犠が一時期展開したあと、人間の生贄の代わりに動物を用いなければならなかった。ある種の行き過ぎから遅まきながら生まれたこの不安については、『呪われた部分：第一巻』(ガリマール社版全集第七巻六五ページ)を参照されたい。

(30) 周知のように古代人は、少なくとも詩においては、ひとりの女性の所有を供犠と同一視していた。死なないことを別にすれば、女たちはそこでは犠牲に供される動物のように扱われていた。これに関して、女は男に優ってエロティシズムの中心をなす事実を強調しないわけにはいかない。子供の世話をする必要のないかぎり、女性だけがエロティシズムに身を捧げうるのである。それに対し、男性はほとんどきまってまず労働ないし戦争の動物である。それにもかかわらず、私は本質的に男性の名においてエロティシズムを語ってきた。自分の述べた状況のひとつひとつを女性の視点から考察する必要はないと考えた。エロティシズムの諸相を余さず描き出すよりも、人間の生がエロティシズムのなかに総体を見出す動きを把握したいという配慮のほうが、大きかったからである。

第五部　エロティシズムの歴史

(31) H・ユベールおよびM・モース『供犠の性質と機能に関する試論』(*Essai sur la nature et la*

fonction du sacrifice)、「社会学年報」(Année sociologique, 1897–98) を参照されたい。

(32) むやみに話を込み入らせないために、私はこの註では妖術(魔法使いの業《わざ》)の占める位置についてのみ語ることにする。フレイザーにとっては、呪術(または妖術)は、それが技術的に目ざすもののせいで、俗なるもののほうに位置していた(ただし、その様式は宗教の様式に近く、呪文が供犠に対応する、云々、というものであった)。また、モースにとっては、それは聖なるもののほうに位置していた(H・ユベールおよびM・モース『呪術の一般理論の素描』、「社会学年報 一九〇二—〇三年」所収)。モースは、呪術を、少なくとも広い意味では、宗教的なものと捉えていた。そして彼の見解——それは慎重なものであった——には、フレイザーの見解の持つ大いに疑わしいところはない。

(33) R・エルツ「右手の優位」、『宗教社会学および民話をめぐる論集』、一九二八年所収。

(34) 二十年前には、この掟はありふれたものであった。宗教系の教育施設では、女子は長い寝間着を着たまま浴槽に入っていた。それにこれは、少しも間違ったことではない。なぜなら、エロティシズムの魅惑的形象は、実際上、女にとっても男にとっても変りがなく、女性の裸体であるのだから。

第六部　エロティシズムの複合的諸形態

(35) それらの起源はおそらくアラブ世界にある。「クリティック」誌(一九四九年七月)に載せた私の論考、「中世フランス文学——騎士道的なモラルと情熱」を参照されたい。

(36) 私はここでは同性愛は取り挙げないことにする。いま考察している全般的な構図に、同性愛は風変わりなヴァリアント、二次的な興味しかないヴァリアントを付け加えるだけだと思うからである。またマゾヒスムも取り挙げない。もしマゾヒスムがサディスムの過剰に——つまり主体の残酷さがついに最終的には主体自身へと移行することになるサディスムの過剰に呼応するものでないとしたならば、私の考えではマゾヒスムは性的特徴の変質したもの、すなわち男性的なふるまい方をする女性の前で女性的なふるまい方をする男性という性徴の変質にほかならない。

(37) ジャン・ギトン『人間の愛に関する試論』(*Essai sur l'Amour humain*)、オービエ、一九四八年、一五八—一五九ページ。

(38) 私が引用したこの書物を評価してはいるが、それでも私はその著者の次のような狭量な判断にはまったく賛成できない。「宗教はその源を神秘性に持ち、神秘性は性的事象のうちに源を発しているということがもし真実ならば、至上なるものは最も下賤なものまで連れ戻され、神の観念は諸々の分泌腺のレヴェルまで引き降されることになろう」(ギトン、前掲書、一五九ページ)。

(39) モーリス・ブランショ『ロートレアモンとサド』、ミニュイ、一九四九年。

訳　註　【本文中に＊印つき数字でその箇所を示した】

エピグラフ

＊1　レオナルド・ダ・ヴィンチの『手記』からの引用。

＊2　『ロートレアモンとサド』（ミニュイ、一九四九年）からの引用。

緒　言

＊3　『アミナダブ』からの引用（『有罪者』のなかにも同じ箇所の引用がある）。訳は『アミナダブ』（清水徹訳『グラック・ブランショ』、世界文学全集26、集英社）を掲げさせていただいた。

＊4　全三巻から成るものとして構想された『呪われた部分』に付すための「総序」の一部分と思われる草稿が残されているが、それは本書を理解する上で有益と思われるので一部掲載する。

この著作の全般的運動について

この著作において主として問題となるのは、人間の内的な生の全般的運動である。そういう運動は、活動的な外的生の運動、すなわち諸々の対象《オブジェ》＝客体をやがて後になってから変えようと企図してそれらの物《オブジェ》＝客体に密着するような外的生の運動と対比される。一方の側から言えば、そういう内的生の運動はそれ自身の上に、つまり現在という瞬間、自己自身にとって以外には役立つことのない瞬間の上に重くたゆたっているような生である。といってもそれは、次のようなことをもっぱら意味するわけではない。すなわち外的な対象＝客体などなしに済ませると——少なくとも至高性を持たぬ、歴史性に依存した外的対象などなしに済ませると主張する純粋な精神的生を意味するわけではないのである。

この内的生の運動は、あたかもそこで問題となるのは一個の純粋な精神＝霊であるかのように——つまり本質的に自分自身でないものを投げ棄て、それからみずからを浄めて、精神の純粋さに至ることのみを目指す一個の純粋な精神であるかのように——宇宙のなかで切り離され、孤絶することはできない。たとえばキリスト教的な生はその例であって、そこにおいてはみずからの生の目的として〈神〉以外の目的を与えることはないのであるから、そういう生の運動はまさに一個の純粋な精神であるかのように現われる。しかし私はそれとは逆に、内的な生の運動を、ただ単にその運動がそこで生起する諸条件を単純率直に拒否することによって自律性を探究しているというのではなく、むしろみずからが外的な対象のうちに埋没しているという条件（それは実はキリスト教がそう信じているような埋没ではない）をよく了解することのなかで自律性へと至ろうとしているものと表わしたい。キリスト教はマテリアルな世界を必然性と悲惨という視角において見た。だからこの世界における人間の状況を不幸なものとみなしたのである。キリスト教が存在するものを逆立ちさせて見たのだと断言することは、おそらく適切ではなかろう。そうではなく、キリスト教は存在するものを見なかったのである。

人間の内的な生、すなわち彼が労働することによって必要性（必然性）に応じる答えを超えた彼方における人間の生、ある意味で精神的＝霊的な生は、あるマテリアルな生の運動そのものによって運ばれている。そういうマテリアルな生の運動は、人間の内的生を、キリスト教が表わしているような連鎖的束縛《アンシエヌマン》のうちへと引きずっていくというよりも、むしろある種の絶え間のない破壊という奔出《デシエヌマン》のうちへともたらす。そういう絶え間のない奔出のなかへと――他のいかなる未来も可能ではないような様態で――投げ込まれないものはなにもないのだ。われわれがみずからを労働へと束縛するかぎりにおいて、すなわちわれわれがそのせいで未来への気遣いに緊密に結びつけられることになる労働に自己を拘束する程度に応じてわれわれを怯えさせるものは、われわれの気遣いがもはや現在という瞬間をのり超えることをしなくなるやいなや、ある自由な喜びの可能性へとわれわれを開くのである。そうなるとすればあの純粋性――すなわちわれわれが、破壊へと定められた世界に対して依存している状態から一切解放された目的（終極）をみずからに与えることによって到達するのだと信じるあの純粋性とは、一種の魅惑的な罠にしか過ぎない。なぜならそういう純粋性はわれわれを未来という面の上に、労働という面の上に位置させてしまうからである。〈神〉を求めるということは、この世界のなかで、あらゆる破壊の可能性に対抗して確実に保証された一種の持続を求めるということである（しかしながら他方で、神聖なるものとは、すべて未来ということへの無関心のうちに与えられた運動であったのだ）。だからそれはまたまずなによりも隷従性という面の上にわれわれを位置させるよう受け入れることである。もしわれわれがそういう隷従性をのり超えたいと望むならば、まったく逆にわれわれはそれらの物＝客体たち――キリスト教がそうした物＝客体は持続しないからという理由で、われわれをそこから引き離そうとする物＝客体たちに密着しなければならない。むしろ反対に、われわれはそれらの物＝客体が滅びるからこそそれらを愛することができる。そしてそれらを愛することによって、われわれを自らの消失へと導いていく運動全体に波長を合わすようになるからこそそれらを愛することができるのだ。だからこそエロティシズム的な生は宗教的な生よりも——それらの物＝客体は持続しないからわれわれを欺くと語り、それらの物から解脱して生きようとする宗教的な生よりも——人間的な意味ではずっと大きな価値を持ち、またもっと深い意味作用を含んでいるのである。宗教の語るところは逆に、持続の追求こそわれわれを欺くのである。

つまりそれらの物＝客体がわれわれにとって呪われているように現われるのは、ある一つの意味（基本的にキリスト教的な意味）においてだけである。それらの物が呪われているのは、それらが実際われわれは持続へと約束されてはいないということを意味するかぎりにおいて、ちょうどまさにその程度に応じてなのである。だが、人間の内的な生はそれらの物に全面的に結ばれているのだ。

この著作を構成する三巻の書物は、われわれの破壊の世界に結ばれた、あるいはこの世界の呪われた部分に結ばれた内的な生に捧げられている。そういう内的な生という枠のなかで、人間たちは自らが手にする諸資源を破壊するのである——というか、廃棄することを目指してのみ構築するのである。〔……〕

第二部　近親婚の禁止

＊5　「マプラ」とはトロブリアンド諸島の住民たちの用語で、経済的な事柄においてもまた他の場合においても、一般的に「払戻し、返報、償い、恩返し」などを意味する語である。ここでレヴ

イ＝ストロースが挙げているように、マプラが性的な関係における「お返し」を示すためにも使われるという記述は、マリノフスキーの原書の一七九ページに見られる（Malinowski, *Argonauts of the Western Pacific*, Routledge & Kegan Paul, London and Henley, 1978, p.179）。

＊6　すなわち身近な女を断念するということ、直接的な享受や充足から退歩するということが要求されるのである。

＊7　この付近は、「近親婚と動物から人間への移行」（「クリティック」誌四四号、一九五一年一月）では次のようになっている。

〔……〕人間と動物性はある種の分裂のうちで対立し合うのだが、そういう分裂の大きな拡がりは、そもそも最初からある総体を定めるのであり、そういう総体性はそれ自体こうした歴史的な分裂と切り離すことはできないのである。――この分裂自体が歴史であり、歴史はそれとともに始まり、絶えずこの初原の分裂を展開し続ける――ちょうどオーケストレーションが一つの基本的なテーマを展開するのと同じように。

本書のようにどうしても限られた研究の枠内では、人間が自然から分離しつつ、このように到来するという事態に関わる点については、わずかに示唆する以上に深く追求することは避けねばならぬだろう。私は原則としてほぼ異議を受けそうのない次の事実を提起したい。〔……〕

＊8　「近親婚と動物から人間への移行」（「クリティック」誌四四号）の手書き原稿には、次のような記述が見られる。

〔……〕性的エネルギーの消尽の運動との関係で、その消尽の運動に応じて女性を贈与する男性の事柄なのである。その意味は、この運動のなかでいかなる変化も受けていない。結婚の祝祭性は、あるいは贈与は、性的事象からそれるということではない。断念がなければ、つまりある一点において人間存在の不可触性、非-動物性を留保するような禁止の明確さがなければ、女性を贈与する者はそうすることができなかったであろう。だが、その者が女を贈与するということは、彼が拒む運動へと、すなわちその直接的な形においては拒む運動へと女を戻すことなのである。儀礼的交換が次々と行なわれていく道程は、まさしく迂回路——禁じられた可能性がその禁止作用を逃れる迂回路なのだ。超過する富が大きく循環していく回路は、実際には肉感的な横溢がふたたび活性化する路なのである。それは肉感性の人間化された(ヘーゲル的な意味で、否定によって人間化された)形態なのである。レヴィ=ストロースが適切にも交流《コミユニカシオン》と呼んだものはそれである。

しかしながら、そこに維持されているいろいろな外観にもかかわらず、結婚が贈与ということを通して、禁止に対する性的事象の勝利であるのは、あるひとつの意味においてだけであり、しかも実に脆いやり方でのみそうであるというのは明らかだ。〔……〕

第三部　自然における禁止の対象

＊9　本書第四部冒頭でも引かれている、ロジェ・カイヨワ『人間と聖なるもの』のなかに、次のような一節がある——「思春期の少女、生理期間中の成人女性は、村から離れた仮小屋に遠ざけられるのがつねであった。生理が続いている間、および、清めの儀式を通じてこの状態の名残りが除去されないうちは、小屋から出てはならないのだ。年齢のせいで生理が止まった老女たち、もはや社会生活に関わりを持つことがほとんどない老女たちが、これらの女性たちのために食事を用意し、

そこまで運ぶのである」(『人間と聖なるもの』*L'Homme et le Sacré*, ガリマール社《イデー》叢書、一九五〇年、四七ページ)。

＊10　オセアニア各地の原住民。語源はポリネシア語の《kanaka》で、「ひと」を意味する。フランス語文化圏においては、仏領ニューカレドニア島のメラネシア人を指すのが普通である。

＊11　フランス語の《caca》がそれに当たる。

＊12　別の草稿では、これ以下の記述は次のようになっている。

〔……〕始まりにおいては必然的に、一個のドラマ、ただひとつのドラマがある。少なくとも、ひとまとまりの一貫した出来事がある。実際に何が起こったのかを簡単に言うことはけっしてできず、われわれには語るべきことが何もないこのドラマについて、その結果が決定的なものであったことをわれわれは知っている。この結果は、実際、初期の人間の在りようであったのに劣らずわれわれの在りようでもあり、これをわれわれは相変わらず生き続けている。この結果が、われわれを現にある姿にしている。それはわれわれを高め、また限定する。〔……〕

＊13　前註に引いた草稿の一節に続く部分が、本書のこの節の冒頭部に対応するが、その内容は以下の通り。

〔……〕たしかにわれわれは、なんらかの形で、動物から人間に移りゆく最初の一歩よりも、それを超えた彼方に位置している。にもかかわらず、ある意味で以下のことは明白である――この最初の一歩に対してわれわれが持つ意味は、音楽上、主題に対して、その諸要素を新たな形式のもとに反復する変奏が持つ意味と同じである。こうして意識は、最初与えられた図式にみずからの豊かさを付加するのであるが、すでに第一日目に、意識は「具体的な実在」の総体のなかに存在していたのである。ただ、この総体を意識してはいなかった。人類の歴史とは、実在するものの総体のなかにあらかじめ与えられた、可能なるものの総体の探究および発見の歴史である。

結局、ただひとつのことが重要であったのだ。すなわち、総体の緊密なまとまりを、人間が（人間の意識が）これを反射しつつ完成するかぎりにおいて、明らかにすること。それにしても、総体のみが重要であるのだから、ある要素が他の要素に対し優先するということはもはやありえない。しかも、人間の印した第一歩が、そのことをすでに示していた。なぜなら、自然の否定にほかならぬこの一歩は、明らかに所与一切の否定であるから、ある特定の形式において与えられたものに重要性を附与することに対し、つねに総体は異議を申し立てる。まるでみずからの外部ではそのような重要性など存在しないかのように。したがって動物から人間への移行についてわれわれに言えるのは、この移行の包括的な意味こそ、別々に与えられた諸要素がそのなかに融合される総体の意味そのものだ、ということである。他から切り離された要素に価値を附与すると同時に、個別的なもろもろの原因にも価値を附与するのは、人間がその第一原理を拒否する、動物性としての自然全体である。この点に関し、私の探究は、自然への服従を延長する科学の探究には背を向ける。人間が動物性を否定したときに、第一に否定されるものとしての役割を果たしたのが性であったのか汚物であったのかを知ることは、私にとってほとんど重要性を持たない。私が拠りどころとするのはひとえにいまの人間の経験であり、もろもろの本能的嫌悪のうちでどれが優位を占めていたかということではなしに、それら嫌悪の包括的意味、それらが私にとって持つ意味を私は探っているのである。すると、動物的なものにおいて、人間の否定したのは従属であったことが明らかになる。〔……〕

＊14　出典は、フィリップ・ネリコー・デトゥシュ（一六八〇—一七五四）の喜劇 *Le Glorieux* 第三幕第五場。

＊15　エロティシズム発生のモメントをめぐるきわめて重要なこのパラグラフは、別の草稿では「無媒介的に与えられた自然と〈呪われた〉自然との差異」と題された次のような一節に対応する。

〔……〕私は、この最初の否定には、もっと先のところで立ち戻るつもりである。その際、単に第一番目の動きに過ぎないもののなかではこの否定の意味はまだ包括的には与えられないことを示すつもりである。この第一の動きは、拒絶の動きである。忌むべきものとして拒絶されながらも曖昧な価値を保っていたものが、欲望の対象として呼び返される瞬間にはじめて、総体が展開されるであろう。包括的人間とはまず自然から身を引き離す者である、というのが事実だとしても、彼に属する総体は、彼が身を引き離す（したがって別々な二つの部分が形成される）瞬間から限定を受ける。十全な総体は、時間的展開のなかにしか与えられないであろう。「自然を追い払ってみたまえ、速足で戻ってくる」とひとが言うのは、当たっている。いささかの疑いもなく、十全な総体はまた、「自然なもの」の回帰を包含する。しかし、われわれとしては初めから、「回帰した自然なもの」とは外見ほど自然ではないという考えに、自分を慣らさねばならない。自然なものはたしかに回帰するが、最初にそれを見舞った呪いによって変容を受けたうえでの回帰である。「呪われている」がゆえに、それはもはや「自然のまま」ではないのである。〔……〕

第四部　侵　犯

＊16　草稿中、これ以下から次節の内容に対応する部分において、「自然」の否定の挫折とこの挫折

の意義とは、次のように記述されている。

〔……〕他方、行動がなんらかの可能性を開くかと言えば、それはむしろ私の持ち合わせている方策の限界を、私の無力を、決定的に示す。

もちろん、この挫折は単に、かつて人間が取った態度の、遠く時を隔てて現れた結果に過ぎぬものではない。それは人間の最初の態度のなかにただちに与えられる。それは最初から、存在の自律的な総体をみずからのものとして願望する人間の定立に、次のような第二の感情を付加する——挫折は必ずしも、一見そう見えるように否定的なものではない、いや、挫折がなければ、われわれは真の総体を逃してしまいさえする〔……〕。この意味で、性と汚物とが、労働を欠いた受動的な在りようと死とが、われわれを総体から遠ざけるのは、ひとえに、これらが自然によるもろもろの決定のなかにわれわれを引きずり込むかぎりにおいてである。すなわち、これらのものが、われわれの甘受する所与、われわれが動物的な形で自己をそれに一体化しようとする所与であるかぎりにおいてである（バタイユによる註——「それに、これは言っておかねばならないが、このような挫折は動物にはけっして起こりえないことである。動物はけっして肯定《ウィ》の意志表示も否定《ノン》の意志表示もしない。「然り」と言えるためには、同様に「否」と言えなければならないだろう。「否」と言えるかどうかも、ひとつの条件にかかっている、すなわち、すでに一度はそう言ったことがあるという条件に。それに、「然り」と言えるようになるのは、ひとえに、「否」と言える場合に限られる。したがって、まさしく否定から始めなければならなかったのだ。動物はこうしたことには無縁である。みずから進んで自然に従うには、人間でなければならない。とはいえ、なお常に、ぎくしゃくしながらの、ごまかしを行ないながらの〔「傲りと清潔さのな

かでの」――抹消」従属ではあるのだが」)。〔ここで、十五行ほど省略〕

行動のなかに、あるいは禁欲のなかに、身を落ち着ける人間は、個別的存在としてはなにも超越しはしない。あるいはこう言うほうがよければ、彼が所与としての世界を超越するのは、個別的存在としての自己を否定するかぎりにおいてである。それは、動物から人間への移行に付随する、企図そのものの挫折である。汚物や性や死を否定し、労働に従事していたのは、一個の個別的存在である。そして個別的存在のみが、この否定を引き受けることができる。だが、個別的存在が自己を否定する場合、彼は汚物や死を受容し、もはや労働に従事しない。彼は持続から逸脱し、消尽という行為に、生の運動の一切を取り戻させる。人間が、死すべき生を超えて、持続のなかに自己を確立しようと望むのは、よいことではない。われわれはこのような道を進みながら、自立を探し求めているのであるが、実際そこに見出すのは虚偽に過ぎない。しかしながら、挫折のなかにわれわれが見て取ることのできるのは、ある条件が満たされさえすれば、より根本的な自立が始まるということである。その条件とは、超越への欲望を放棄することを受け入れるのではなく――そのようなことをすれば隷従に陥るだろう――超越を実現すべく、個別的諸存在という形式の放棄を受け入れることである。実際、死を拒む者が遂げる死のなか、性に対して嘔吐感を抱いた者が生きる悦楽のなかにこそ、人間が自分のものとして望んだ持続的で安定した自立ではないにせよ、少なくとも強烈な一瞬――そこで真の自立が、祝祭を条件として成り立つような一瞬――が出現するからだ。祝祭とは、自由の、性的混乱の、心を締めつけながらも狂熱を呼ぶ死の回帰であり、労働とその産物の価値との否定である。

以上の記述を、その筋を追いながら理解することを困難にしているのは、動物から人間への移行が行き着く全面的な矛盾である。結局、基本的なもろもろの禁止や労働のなかには、この移行は全的に与えられてはいない。そうしたものに、最初の位置取りの挫折が付け加わるのだが、この挫折は不幸な結果とは別のものである。続いて起こるのは、激烈な矛盾である、祝祭である。

〔中断〕

＊17 これ以下の第五節に対応する、草稿中の部分において、「聖なるもの (le sacré)」と「総体 (la totalité)」の同一性が強調されている。後者は、「存在の総体 (la totalité de l'être)」、「存在するものの総体 (la totalité de ce qui est)」、「実在するものの総体 (la totalité du réel)」などと呼ばれ、「人間化」の過程でひとたび否定された「動物性」が、「人間的なもの」を全面的に抹消することなく、改めて求められる動きのなかに、たち現われる。以下に引く草稿のくだりはしたがって、「総体」とりわけエロティックな対象が開示する「総体」――主体と対象とを包含するものとしての総体――を正面から論じている本書第四部第四章「欲望の対象と実在するものの総体」に関連づけて読まれるべきである。

〔……〕私が語った聖なるものは、単に、私の外部に与えられた対象ではない。それは私自身であり、対象に触れる際の私の不安である。対象の内包する怖ろしさ（醜悪さ）は、解き放たれ、私のうちに融け込み、私もまた不安に満ちながら、この対象のうちに消失する。聖なるものがまさに私の言う総体であるのは、この意味においてである。それは、怖れ（嫌悪）にもかかわらず、主体と対象との融合となるのだから。

人を面喰らわせるこうした関係を明らかにするために次のように言おう――聖なるものはこの観点からして、主体がそこに融け込むとともにそれ自体が主体のなかに融け込むエロティックな対象に似たものである。だが仮に、エロティシズムが（単に動物的な）性に対して持つ関係が、聖なるものが自然（自然の諸機能の自由奔放さ）に対して持つ関係と同じであるとしても、この比較を厳密な形で進めるわけにはいかないだろう。なぜなら、厳密な意味での性のなかにもすでに分離の瞬間があるからである。それは交合に先行する時間である。動物は、通常離れ離れに生きているが、融合の時が到来する。だが自然を全体として見る場合、動物が自己を取り巻く世界から切り離されている瞬間というものは存在しない。動物はみな、自然のなかに紛れ、溺れており、人間が禁止を遵守する場合にそうであるような意味において、自然からけっして区別されたり切り離されたりはしない。逆に、聖なるものや人間を語りつつ、私が総体や融合を口にする場合に、問題となる融合とは、もっぱら、それに先行した、怖れ（嫌悪）を原因とする分離によって、その意味が決定されるような融合である。聖なるものは、人を反抗に駆り立てるような、融合ないし交流の瞬間、しかも不意に訪れる瞬間において与えられる。それは、俗なる世界や俗なる時に対立することでひとつの意味を帯びる。というのは、このような世界や時においては与えられるもろもろの対象は、それらの受け手たる人間には本質的に異邦的であるからだ。たとえば、一個の木片、一個の石、ひとつの道具は、無限に活用可能な無個性の要素のように見えるかもしれないが、その効用を超えたところでは意味を持たない。それらは抽象であり、不動のものであって、私はそれらとなんら共通点を持たない。それらは、私を惹きつけることも私に怖れ（嫌悪）を与えることもできない。

聖なるものと俗なるものとのこの区別は、後に問題をもっと注意深く、もっと緻密に検討してみれば、これとよく似た相違がエロティックなものと性的なものを隔てる距離のなかにも認められるだけに、いっそう重要である。

私が考えるように、エロティックなものが聖なるもののの一形式であるとしても、意外なことではない。

＊18　緒言に引かれたモーリス・ブランショ『アミナダブ』の一節を参照のこと。

＊19　この箇所については、バタイユが、エチエーヌ・ヴォルフ『性の転換』(*Les Changements de Sexe*)、ガリマール社、一九四六年、に関して、「クリティック」誌一一号(一九四七年四月号)に載せた、「性とは何か」(*Qu'est-ce que le sexe?*)という論文が参考になる。

〔……〕われわれが自分の同類である他者たちを知るのは、時間をかけて観察や反省を行ないながら、徐々に、彼らが外見においてわれわれの同類であるのだから内面においてもそうであるに違いない、ということに気づくからではない。そうではなくて、すでに幼児期から、一挙にして、他者との接触と不可分な内的啓示によって行なわれる。似かよった個人相互の交流——他のものが結局は同じものであるかぎりにおいて、一方が他方の存在に対して持つ感情——は、感覚の基盤を成すに劣らず、意識の基盤をも成す。視覚的、触覚的……な個々の感覚は、他のものの現存に関するこの無媒介的な感情に結びついていて、そのしるしをなすのであるが、子供にあってはこれらの感覚は演繹によってこの感情を生み出すことはできない(それはピエール・ジャネが明らかにしたことである)。したがってわれわれは、けっして演繹を通じてこの感情を説明できない。

＊20　「総体」に対する「自然」の様態として、本書で述べられるような、科学によって抽象化された「自然」のほかに、草稿では、物質性そのものであるような手つかずの自然、原初的な新鮮さを保っている非限定的・無媒介的な自然にも言及している。ただ、この後者の自然は、人間的なもの

を完全に排除し、かつ、捕捉不可能であるために、「総体」とはなりえない。バタイユの言う「自然」とは、あくまでも、汚物や性や死にむすびついた「汚い自然」、ひとえに怖れ（嫌悪）と不安に満ちた魅惑を通じて、「総体」のなかに統合されるような「動物性」としての自然である。

〔……〕あるときは物理学者の目で、あるときは生物学者の目で、単に抽象的に自然を眺めるのは（自室で、自己の思索の対象に釘付けになり、繰り返しこれについて考え直す研究者を除けば）、とりわけありえないことである。たとえ植物学者の偏狭な意図を持ってであるにせよ、田園を歩くとき、あるいは、引力の法則を見つけようと思って星空を探るときでも、われわれはつねになにか限定されざるものとのあいだに全体的な接触を持つ。それは人間的尺度に還元されえないものである。それは空でも大地でも空間でもなく、私が口に出して言えるなにものでもない。それは、ひとが是非とも望むとすれば、都市のなかにも見つかる。自然は都市から完全に締め出されているわけではなく、空は依然としてあり、おそらく、雨に洗われた建物は緩慢に石の無力に立ち帰って行きつつあるのだから……しかしこうした空や建物の石の眺めは人間の現存《プレザンス》を――そのさまざまな活動を、その言語を――排除している。

われわれは、このように眺められた自然もまた一個の総体ではないことを、後に見るだろう。この自然は、それだけを考察することができない……とにかくそれは、捕捉可能ななにものでもない。結局のところ、これほど人間からかけ離れた側面にこだわるならば、総体についてもっと曖昧でない語り方をするのは不可能であろう。われわれがまず立ち戻るべきなのは、それに対する嘔吐感のゆえに人間がそれから身を引き離す瞬間に、彼にとって立ち現れるような自然にである。不安に苛まれながら人間が辛うじてそれから自己を区別する時点における自然、うじ虫のたかった腐敗物がそのしるしをなすような自然にである。

第五部　エロティシズムの歴史

＊21　本書のなかでも第五部（とりわけ第二章以下）は、バタイユの構想が十分に固まっておらず、未完性が強い。第二章は文の途中で中断されているし、第四章最終節の終り方も唐突である。章分け、および各章・各節の表題に関して種々のプランが残されていることからも、著者の躊躇がうかがい知れる。これ以下の部分において［　］で囲んだ表題と番号は、残されている「目次」に基づいて校訂者タデ・クロソウスキーが行なった補充である。
なお、別の草稿では、この第二章は「禁じられた性」、その第一節は「祭儀的な、狂乱の宴と近親相姦」という表題になっている。

＊22　「感染呪術」とはフレイザーが『金枝篇』（*The Golden Bough*）のなかで使用した用語。同書第三章「共感呪術」の冒頭に次のような定義が与えられている。
〔……〕呪術の基礎をなしている思考の原理を分析すれば、それは次の二点に要約されるもののようである。第一、類似は類似を生む、あるいは結果はその原因に似る。第二、かつてたがいに接触していたものは、物理的な接触のやんだ後までも、なお空間を距てて相互的作用を継続する。前の原理を類似の法則といい、後者を接触の法則または感染の法則ということができるであろう。この二つの原理のうちの前者、つまり類似の法則から、呪術師はただ一つの事象を模倣するだけで、自分の欲するどんな結果でも得ることができると考える。後者からは、たとえそれが身体の一部であったものであろうとなかろうと、ひとたび誰かの身柄に接触していた物に対して加えら

れた行為は、それと全く同じ結果をその人物の上にひき起こすと結論する。類似の法則の上に立つ呪を類感呪術（Homoeopathic Magic）あるいは模倣呪術（Imitative Magic）という。そして接触の法則または感染の法則を基礎とする呪は、感染呪術（Contagious Magic）と呼ばれる。〔……〕

〔……〕呪術の二つの分派、つまり類感呪術と感染呪術とは、総括的に共感呪術（Sympathetic Magic）という呼びかたで理解するのが便利であろう。けだし、これら二つのものは、事物がある神秘的な共感によって、すなわち、一種の不可視のエーテルのようなものとも見られるものを介して一から他へ転移される衝動によって、相互作用を起こすと仮定するからである〔……〕

（『金枝篇』永橋卓介訳、岩波文庫㈠、五七、五九ページ）

＊23　サトゥルヌスの祭についても、フレイザーの前掲書に以下のような説明が見られる。

〔……〕この有名な祭りはローマ暦年の最後の月である十二月にあたり、種播きと農耕の神サトゥルヌスの幸福な治世を記念するためのものだと一般には考えられていた。〔……〕それは十二月十七日から二十三日までの七日間にわたり、古代ローマの街々や広場や家々で執り行なわれたのであるが、この古代のカーニヴァルを特徴づけるように見えるものは、宴楽とバカ騒ぎ、気狂いじみた快楽の追求の一切にほかならなかったのである。

しかしこの祭りの様相のうち、その時期に奴隷たちに許された放逸にも増して驚くべきものはなく、それにも増して古代人自身をうったものはないように見える。自由人と奴隷の差別は一時撤廃された。奴隷はその主人を嘲り罵っても構わず、主人たちと同じように酒に酔ってもよく、彼らと同じ食卓についても構わず、さらに他の時期なら笞刑、投獄または死刑の罰をすら受けるかも知れないような行動に対してすら、一言の叱責を受けることもなかったのである。いや、それどころではなくて、主人と奴隷はその地位を転倒して、主人が食卓で奴隷の給仕をさえした。そして奴隷が食べ終り飲み終るまで食卓は片づけられることなく、主人のための食事は出されなかったのである。この地位の転倒は、各家族がしばしのあいだ擬いの共和国となり、国家の高位高官が奴隷によって免職され、あたかも奴隷たちが事実上執政官や将軍や裁判官の実権を掌握しているかのように命令したり法令を公布したりするところまで行った。〔……〕」（岩波文庫(四)、一九六―一九七ページ）

＊24 「蘇ったディオニュソス」(*Dionysos Redivivus*) とは、バタイユが「ギリシアからのメッセージ」（「ギリシア旅行」誌特集号、一九四六年七月）に載せた論文の題。

＊25 このパラグラフは、未完性の強い第五部のなかでも、一貫した意味の流れがきわめて把握しにくい部分である。訳者の理解の及ぶ範囲でパラフレーズを試みると、次のようになる。

流動するものと固定されたものとの互換性に言及しながら、著者は、エロティシズムにおける欲望の対象の定立のプロセスを、大きく二つの継起的モメントに分けて描写する。第一のモメントから第二のモメントへの推移は、すでに対照的な形で提示された、「狂乱の宴」的なものから「娼婦」的なものへの移りゆきにほかならない。しかし、ここではこれに、「瞬間」と「持続」との対比の視点が絡むことで、展開が複雑になっている。

エロティシズム生成の第一の局面は、バッカスの巫女が体現するような「瞬間に限定された生」、盲目的狂熱である（「バッカスの巫女の狂奔にはまず〔……〕」、「中心的主題は〔……〕」と述べられる局面）。人間的秩序の全面否定に続く、動物性のこの爆発的回帰においては、主体と対象は未分化で、いわば、定立されるべき主体と、同じく定立されるべき対象とが、際限のない混乱の渦のなかに胚胎されているにすぎない。

欲望にとっての対象が――それとともに主体（意識）が――定立される第二の局面（「それに続く段階で〔……〕」、「二次的主題にあっては〔……〕」と述べられる局面）においては、「バッカスの巫女」の否定的・破壊的なエロティシズムは背後の不動の事物の世界に融合する形で後退し、この世界の一様なカンヴァスのなかから、一個の特権的物《オブジエ》＝対象のみが意識に現前する（ただし、この段階においても、対象が主体を魅惑するかぎりにおいて、主体の意識は、「瞬間に限定された生」の意味を持ち続ける）。以上が大意であろう。

なお、パラグラフ末尾の、夜を貫く閃光に眩惑されるバッカスの巫女たちの姿には、ギリシア神話中の、女神アテーナーに伴う梟《ふくろう》のイメージが重ねられていると思われる。夜鳥として月の光と親密な関係を持ち、太陽の光には耐え得ない鳥。月光（陽光の反映としての）の知覚に暗示される理性的な知の象徴として、本書の文脈では、定立された対象の知覚に結びつく。他方、それに先立つ眩惑のモメントは、知覚にとって光が無統御な形で氾濫する本能的・直観的な知のモメント（バッカスの巫女固有の）である。

第六部　エロティシズムの複合的諸形態

＊26　「ボッテーゲ・オスクーレ」誌Ⅷ号（一九五一年十一月）に掲載された評論「死すべき存在の愛」には、次のような記述が見られる。

〔……〕個人的な愛の真実を求めようと望むとき、われわれにとってもっとも障害となることは、そうした愛が現実世界のうちに繋ぎとめられているということよりも、むしろその愛が言葉のなかに埋没してしまうということなのである。愛人たちは言葉を語る。すると心の動揺を表わす彼らの言葉は、ふたりを動かしている感情を控え目に抑えることもあるが、また同時に大きく誇張することもある。なぜかと言えば愛人たちは、その真実が一瞬の稲妻のうちに保たれるようなものを、持続のなかへと転送することになるからである。

さらに愛人たちが言葉を語るだけではない。文学はそうした愛の真実に代わって、フィクションの世界——そこでは現実的な秩序から解放された愛が、言葉による表現の重々しい歩みに結び合わされる世界——を対置するのである。〔……〕われわれの心の動きがどうしてもそこへと導かれていくような大いなる沈黙というものに、われわれはじっととどまる力を持たない。それでわれわれは諸々の感情の直接的な力の代わりに、たとえば宮廷風恋愛という観念に伴うさまざまな礼儀作法や、規範、洗練された態度、きまりなどを置きかえてしまうのである。したがってわれわれはいったい文学がそれらの感情の真実に呼応しているのか、それともそれらの感情が文学に呼応しているのかと問うことがしばしば起こる。私はもっぱら、その物語を私が読むところの主人公に似るためだけに愛する、ということもありえよう。そういう意味合いで、セルヴァンテスの作品は、たしかにその対象——最も全面的な愛というその対象——を嘲弄しているように見えるけれども、同時にまたこれほど明白な瀆聖に対するある種の反抗なのである。

＊27 前ページ八行目からこの行までは、ブランショの前掲書（『ロートレアモンとサド』）からの長い引用である。

『エロティシズムの歴史』をめぐる走り書き——訳者あとがきに代えて

本書は『エロティシズムの歴史（呪われた部分——普遍経済論の試み：第二巻）』*L'Histoire de l'érotisme, La Part maudite——Essai d'économie générale, tome II, Œuvres complètes de G. Bataille*, tome VIII, Gallimard, 1976 の全訳である。訳出にあたっては緒言から第二部まで、第五部第一章および第六部・第七部を湯浅が、第三部・第四部および第五部第二章から第四章までを中地が分担した。訳稿を持ち寄って相互に検討し、改善するよう努めたので、訳文の責任は両者にある。その際できる限り訳語の統一も計ったが、不十分な箇所も残ったと思う。どうか御寛恕願いたい。キー・ワードのひとつであるhorreur の訳語としては、そのときどきの文脈や状況に応じて、怖れ、あるいは嫌悪（場合によってはその両方）を当てた。また第四部では少数ながら戦慄を当てた箇所もある。

本書の成立の事情について少し説明しておきたい。本書は『呪われた部分』という総題の下に三部作として構想された著作の第二巻にあたっている。第一巻は『呪われた部分——普遍経済論の試み：第一巻　消尽』として一九四九年に出版された。バタイユは生前に三部作を完成する時間がなかったので、通常はこの第一巻が『呪われた部分』と呼ばれている（邦訳、生田耕作、二見書房）。したがって本書は公表された第一巻に続く第二巻としておそらく一九五〇―五一年冬から五一年夏にかけて執筆され、未刊のまま残されていた原稿が、バタイユの死後、タデ・クロソウスキーによって校訂され、ガリマール版全集第八巻に収録されたものである。この原稿はおそらくバタイユの病気のせいで、完全な形にまで推敲されないまま残されていた（本書の第五部がそうである）。バタイユは本書を「一九五一年の版」と呼んでいる。そしてバタイユは三部作の第三巻『至高性』を構想し始めた段階で、エロティシズムを主題とした書物を新しい形で起草した。それは「一九五四年の版」と呼ばれている。一九五七年にバタイユはこちらのほうの版を基にして『エロティシズム』を出版したのである（邦訳、澁澤龍彥、二見書房および酒井健、ちくま学芸文庫）。その版には『呪われた部分：第二巻』であるとは記されておらず、バタイユのコンセプションがかなり違ったものとなっていることがわかる。したがって『呪われた部分：第二巻　エロティシズムの歴史』として構想され、起草されたのは本書であると考えてよいと思われる（詳細は本訳書の註の前に付した説明を参照していただきたい）。

＊

人間は自然の一部として出現した。所与にそのまま応じて生命活動を営んでいるかぎり、そこに固定されているだろう。こうした直接性＝無媒介性を拒み、否定する契機がなければ、自分を変えよう、異なるものへと動かそうとはしない。この契機となるのはなにか。それは死を意識し、死を怖れ、絶えず不安と嫌悪を抱くようになることである。そしてそのように「死を正面から見つめる」（ヘーゲル『精神現象学』序文）なかで、死というネガティブな力が深く内面化され、ある「驚くべき力」として、つまり否定性の能力として甦る。これこそ〈精神の生〉の目覚めであり、こうして無の力をうちに宿した生となった人間は、所与のままの自然を（またその一部としての自分を）否定することができるようになったのだ。労働すること（自然的与件に働きかけ、それを否定的に改変し、自分にとって役立つものへと作り変えること）が可能になったのであり、また〈理〉に適ってふるまうこと（つまり、即座に享受しようとする欲求の激しさに対抗し、合理的に考えて、もっと後になってから享受するために迂回路をたどること）も考慮できるようになったのである。

このように動物性を離脱しつつある人間が、与えられたままの自然（直接性）に従うことや依存することを拒む運動、そこから自分を引き離そう、遠ざけようとする運動は、とりあえず〈最初の拒否〉と呼んでもよいだろう。この拒否から出発して、俗なるものの世界が形成されていく。しかし〈最初の拒否〉は、その拒む運動そのものによって逆の動き、〈拒否の拒否〉の運動を同時に書き込んでいる。聖なるもの、宗教性、エロティシズム、そして文学・芸術などは、大きく見れば、この〈第二の拒否〉の運動として捉えることができる。

民族学や文化人類学が教えるとおり、未開人たちのあいだでは、死および殺害の禁忌とならんで性的事象も強くタブー視されている。〈性〉は〈死〉に劣らないほど荒々しい力として受け止められたのだ。人間化しつつある人間は〈性〉を怖れ始める。自分を自然的所与に依存させ、服させる力、本能性へと閉じこめる暴力として嫌悪し、怖れる。こうした嫌悪、怖れという心的抵抗、情念的な拘束が、タブーとして、禁じること＝禁じられたものとして現象する。〈動物性における性〉は自然（の法則）にそのまま従うことであり、〈欲求〉の直接性に服して充足しようとすることである。それに対し、〈人間性における性〉は直接的な欲求に従うことを嫌悪して拒み、それを制約づけ、規範化する。自然（の法則）には従わず、それを〈動物性的な〉荒々しさ《ヴァイオレンス》と怖れ、逆に人為的な、文化的な〈法〉に従おうとする。そうした規範のなかでも最も重要な法が、インセストのタブーである。レヴィ＝ストロースは近親性交の禁止を外婚制と結び、「女性の贈与」による交換の規則という視点から原始社会における婚姻規制に照明を当てた。バタイユはそれを評価しつつも、やはりインセスト・タブーは全般的に〈性を制約づける動き〉のなかで理解しなければならないと考える。

制約づけ、規範を課す動きが、もともと〈動物性においては〉つかみどころのない衝動的な力に過ぎなかったものに、ある新しい意味を与える。〈人間的な〉性はもう欲求＝必要という直接性のレヴェルに位置していない。触れてはならない、怖ろしい、厭《いと》わしい、と押し止める力が抵抗するにもかかわらず、そんな抵抗をのり超えて近づこうと欲望することである。こういう欲望の次元に人間化した性は位置しており、バタイユはそれを「エロティシズム」と呼んでいる。

　性的欲求からエロティシズムへの移行は、聖なるものの発生のプロセスと異なるものではない。動物性的な荒々しさは、いったん激しく嫌悪され、投げ棄てられる。だがそうやって怖れられ、呪われた部分は、それにもかかわらず密かに惹き寄せる力を保ってもいる。〈死〉や〈性〉は暴力性と感じられてタブー視された。制約され、規範づけられた。しかし、だからといってそれは〈まったく遠ざけてしまう〉ことにはならない。〈禁止する〉ということは、禁じられたことをしない、断念してしまうということだろうか。そうではなく、一方で制限に服させ、規範づけながら、他方でそれを破るという様態で挙行することではないか。禁じられたことを敢えて破り、侵犯することでもあるのではないか。ひとたび拒否され、遠ざけられた部分は、その〈禁じられた〉という感情によって不思議な魅惑を付加され、いっそう欲望をそそるものとして呼び戻される。それはもう単に嫌悪された獣性ではない。一方ではそれが〈動物性的だ〉と感じる感性はそのままだが、他方では同時に〈なにかしら聖性をおびたもの〉と受け取られる。こんなプロセスは、人間性が初めて知った〈動物性は少しも知らなかった〉聖なるもの《ル・サクレ》の感情を発生させる。それは、強い怖れや嫌悪感があり、そんな情動によって引き離され、遠ざかるよう拘束されているにもかかわらず、そういう〈引き離し〉を敢えて破り、侵犯することに結ばれた感情である。怖れと魅惑、嫌悪と誘惑が混然と一体化した聖なる感情である。人間はこのとき初めて〈聖なる世界〉を、宗教性を知るのだ。

　こうした過程を、人間の〈精神〉の運動に即して見ると、一種の転倒の運動が生じているのがわかる。つまり、〈精神〉がなにを嫌い、なにと結びつこうとするかという同盟関係の逆転が起こっている。人間存在は最初の拒否の動きから発して自分で自分を作り変え、荒々しい死や性を遠ざけ、厳密に規範づけ、そんな法を守ることを通して〈俗なる世界〉を作り出した。つまり労働し、生産すること、〈後《のち》に来る時〉を考慮して合理的にふるまうことが可能な世界を産み出した。そこではなにが否定されているのか。直接的所与に依存し、服従することである。与えられたままに従って直接的に欲求し、それを即座に充足させる存在様態が拒まれている。それゆえ生産活動が円滑に運ぶよう組織される世界、労働と〈理性〉的操作が最優先され、富（生産物）の分配や消費においても、それが再生産にとって有益であることが暗黙のうちに考慮されている世界にあっては、〈聖なるもの〉はその眩い光りが日蝕のように掻き消されている。聖性は規範づけを破ることに結ばれており、したがって〈活動的な外的生〉を支える規律性、留保、抑制を混乱させ、無秩序を導入する懸念があるに応じて、封じ込められている。だがしかし、〈内奥的な生の動き〉の激しい露出に関わる聖性は、それを覆い隠す〈俗なる世界〉よりももっと大きな価値を保ったままなのだ。

拒否された自然が、その〈禁じられた〉ことそのものによってある特別の価値をおび、〈呪われた自然〉と感受されると、それはもう元のままの自然的与件として現われるのを止めてしまう。つまり〈精神〉はそのように変容した自然を、与えられたままの直接性とはもはやみなさなくなる。むしろ逆に俗なるもののほうを、直接的所与とみなす。〈事物が求めること〉に忠実に応えるやり方でふるまう生活のなかで、人間精神はみずからがまた再び所与に依存し、服従していると感じる。生存に必要なものを満たすという目的に、そのための日々の作業や活動に、そしてそもそも労働や合理的な行動が可能となった前提である〈制約づけ〉に服従している、それもみずから進んで服しているのだと感受するのだ。

なぜなら人間は、むろん生存を維持し、生活を富ませる必要に応えて労働し、自然を否定する仕方で対象化しつつ自分にとって有用な事物へと作り変える活動に勤《いそ》しむけれども、しかしそれがみずからの最も本来的な目的であるとは思えないから。活動的な外的生を営む時間と空間においては、自分がなにものにも依存せず、奉仕もせず、自分自身としてみずからのうちにのみ究極性を持つとは得心できないから。人間は日常的にいつもそう意識しているわけではないにせよ、奥深いところではいつも、自分がもっぱら必要なものを満たす欲求に応えるだけの存在ではない、と信じている。だからこそ精神は、俗なる世界における依存や従属をもう一度断ち切り、破ろうとする。そうすることで〈自律性《オートノミー》〉を再建しようとする。こういう転倒の動きの総体を見るべきなのだ。それを捉えないかぎり、聖なるものの顕現の運動、供犠および祝祭、またエロティシズムや文学・芸術の根本的性質は理解されない。

運動を開始させるのは〈最初の拒否〉、所与に服従することへの怖れや嫌悪であり、そこからみずからを引き離し、それを遠ざけ、禁じる作用であると言っても、とりあえずよいだろう。けれどもその運動の総体は、そうやって嘔吐感を抱かれ、禁じられた部分がつねに両価性（怖れという魅惑、嫌悪という誘惑）を保っていて、逆に欲すべきものとして呼び戻される瞬間にのみ展開される。呼び戻されるのは、元のままの自然だろうか。与えられたとおりの本能か。そうではない。いったん拒否され、遠ざけられた後でふたたび欲望される自然は、もう所与にそのまま従ったやり方で直接的に欲求されるのではない。さきほど述べたとおり、そういう自然はひとたび怖れられ、激しい嫌悪を抱かれたことで呪われた自然であり、その呪詛の感情によって威光をおび、質的に変化した自然である。それは〈動物性〉的ななにか、荒々しく暴力的な、と感じられたなにかではあっても、動物性そのものではけっしてない。怯えさせると同時に魅惑する力で引き寄せる〈聖なる〉動物性である。それゆえ〈精神〉が、怖れという心的拘束によって、すなわち禁止＝法によって遠ざけられているにもかかわらず、敢えてそれに近づき、それに触れようとするためには、ある新しい拒否の動きがいる。所与に依存し、そのまま従うのを拒む動き、反抗と不服従の運動、自律性を求める運動による以外ないのである。

　作用と反作用のこうした二重化した運動、ただちに対立していた反対物へと逆転する運動は、厳密に言えば、ここで最初の作用が終了し、反作用と交代する、と明言できる区別を持たない。より明確に記述するために、〈最初の拒否〉の動きと〈拒否の拒否〉の動きを分けて語るというだけである。実際はある絡み合った総体をなしており、最初の拒否を語るには、その拒否の拒否を当然なものと内包しなければ語ることができない。バタイユの考えでは、そんな総体的絡み合いのみがひとつの〈意味〉をなす。もし切り離すと、〈部分的な意味〉にさえならず、歪められ、誤解されてしまう。ちょうど満潮と干潮の動きがそうであるように、勝手に線を引くことによってしか区切れない。こうしたダイナミックな揺動、力と力との組み合いの総体のなかに、禁止と侵犯の対立し合う一体性、嫌悪＝怖れと欲望の対立的な結合が開示される。こうした対立し合う結びつきこそ、聖なるものの力動的一体性をなしており、それは〈俗なる世界〉の鎮まった平穏さ、荒々しい力を封じ込めた規律性や秩序とコントラストをなしている。

＊

〈エロティシズム〉が思想的な見地から避けて通るわけにはいかない問題としてその眩いほど強烈な光を放散するようになるのは、ある意味で〈近代〉という時代と切り離すことができない。その理由はいろいろ考えられるが、まずなによりもエロティシズムが近代主義的な〈個人〉という信念、〈自己意識、主体、その能力〉としての人間という信念に異議を唱えるからである。基本的に言って〈人間性〉は禁止（法）を畏敬するかぎりにおいて、つまり禁止の意味が薄れないようにするために適度に侵犯しつつ遵守するかぎりにおいてそれとして存在しているのだが、人間性がそれだけで充満した存在の総体であるかのように信じる理念、普遍的な人間性が〈個人的主体〉において全的に実現されるべきであると考える近代的な思想・哲学に、エロティシズムが鋭く異議を提起するからである。

〈個人的主体〉とはその語源も示唆しているとおり、もうそれ以下に分かたれない原子（だからそれとして定まった同一性を持つ）であって、「孤絶した存在」という信念、「いかなる交流《コミュニカシオン》＝交通もなく存在する能力を持ち、自己自身の上に閉じて積み重なった存在」（『内的体験』）という信念を抱いている。別様に言うとそれは、人間がそれとして完全に、絶対的に人間自身に内在しているという確信と言ってもよい。そしてそのように完全にみずからに内在する人間（主体として定立された個人）が、同じように定立された個人である他者、いわば相似的な他なる自分である他者と相互的に、対称的《シンメトリック》に関係を結び合う共同体という思想が、近代的な〈社会〉の理念の基礎となっている。

いまもし〈個人的主体〉という概念を曖昧なままにせず、極限にまで突きつめると、絶対的に個的な存在、完全に孤絶し、それとして充満した自己同一の存在とみなされる。絶対的に孤絶している存在は、〈私〉がまったくひとりで存在していること――そのことだけによって充足していなければならない。そこに潜む背理に関して、バタイユは次のように書いている。「私が考えること、そして私が表わすことは、私がひとりで考えたのではないし、ひとりで表わしたのでもない」(『聖なる共謀』)。完全に分離され、区切られて、関係なしに閉じられた絶対的個人(つまり絶対的な〈対-自〉)という論理は、その論理自体によって逆転して絶対的な個人を関係のなかへ入れてしまう。関係とはもしそれが関係であるならば、絶対的内在の自己充足を、その原理において――その閉じた限界そのものの上で――破るものにほかならない。

「各々の存在の基底には不充足の原理がある。各々の存在の充足性は、絶え間なく他の各存在によって異議を申し立てられる。愛と称讃を表わす眼差しでさえ、私には私のリアリティーに関わる疑問を投げかけるものとして結ばれる」(『迷路』)。「充足性を求めることは、存在をある一点に閉じこめることと同じ誤りである。われわれはなにも閉じ込められない。われわれは不充足しか見出さない」(『内的体験』)。

不充足、あるいは非完了というのは、どこかに完了した充足性があって、それに較べて不充足というのではない。実体的になにかが欠如している――だから欠如を埋めるために

（そして実質的完了を求めて）他のものを自己へと結びつけ、所有しようとするのではない。絶えず自己の問い直しが起こり、疑問符のうちに投入されるから不充足であり、非完了となるのだ。自己がそれとして充足できない様態で、つまり〈私〉はそれとして充満し、みずからに現前している、という同一者の信念を絶え間なく破るような様態で異議提起が起こるということである。そういう異議提起は必ず〈私〉にとって異質な他なるものからもたらされる。しかし、主体はつねにそれを対象として捕捉し、自らの能力によって自分へと結びつけるので、いかにもそれは主体の内部から来るように見え、主体が自発的に自己を疑い、自らの充足性を疑問視しているように思える。つまり〈私〉が自らの内部として包括し、コントロールするような異議提起は、終ることなく、休みなく〈私〉を引き裂く異邦の他者ではない。私の同一性をいつも問い直し、閉じられないようにする他者ではない。私の主体としての規定そのものを破ることはないので、私はそのように異議を提起する他者を究極的にはそれとして同定して認識し、了解することができる。私が行なう否定の作業とその運動のうちへ操り込むことになる。

しかし、たとえば強度の高いエロティシズム的経験は、ちょうど〈聖なるもの＝神的なもの〉への欲望と愛の経験がそうであるように、〈非連続的な次元＝秩序〉のなかで構成されている存在――私という個人的な主体――が問い直され、なにかしら連続的な感情へと開かれる経験となる。つまり、主観‐客観という構図を維持しようとする気づかいを超える仕方で留保なく奔騰する内的生の力やエネルギーの過剰の運動に巻き込まれて、〈私〉の枠組そのものが根本的に破られてしまうような経験（私が生きる経験とならないような経験、私が生きる経験として完了することのありえない経験）となる。そのような超出は〈私〉がけっして現前性の関係においては関係することのできないようなある種の超越性となり、私はどうしてもそれを捕捉してしまうことができず、否定することも肯定することもできないままに無限に異なる関係へと宙吊りにされるほかない。そういう横溢する力やエネルギーの超過はおそらく最も深い内奥から奔騰すると思われるが、しかしまたつねに私の外でもあり、したがって私が可能なかぎり追求する否定の作業とその運動の到達するリミットをいつもはみ出してしまうような、なにでもないもの（リアン＝無）である。けっして私に結びつけられず、私へと回収されないまま、なんの有用な意味も目的もなく消尽されるほかないものである。そうした純粋な消失のみがまさに至高性と呼びうるのであり、だから至高な在りようとはこのようにしてつねに主体の能力と可能性をはみ出した外との関係に関係づけられている。

　それゆえ、たとえば認識論に関わる領域においてバタイユは、ヘーゲルの〈絶対知〉の運動に対し、その運動の到達する限界をつねにはみ出す外、脱自的《エクスタシス》な恍惚という裂け目を示唆せずにはいられないのだ。「もし私が絶対知を〈模倣する〉とすれば、必然的に私自身が神となる（体系のなかでは、たとえ神においてさえ、絶対知を超えてその彼方へと進む認識はありえない)。この私自身の——イプセの——思想は、全体となることによって以外絶対的なものとはなりえなかった。『精神現象学』は円環を完了させる本質的な二つの運動を組み合わせている。すなわち一方で自己意識の(人間的なイプセの)段階をおった成就であり、他方ではこのイプセが知を完了すること(そしてそれを通じて自己のうちの個別=特殊性を破壊し、したがって自己否定を完了し、絶対知となること)によって全体となる——神となる——ということである。しかしもし私がこのような様態で、つまり伝染とか模倣のようなやり方で、ヘーゲルの円環的な運動を自分のうちで完成してしまうとすれば、私は到達された限界を超えてその彼方に、もはやひとつの未知なものではなく、認識不可能なものを定義することになる。それは理性の力が足りないために認識しえないものではなく、その本性からして認識不可能なものだ(さらにヘーゲルにとっては、そんな彼岸を気遣うのは、ひとえに絶対知を所有していないからであるということになろう)。いまもし私が神であり、世界のうちにヘーゲル的に保証された確信を持って(影と疑問を廃棄しながら)存在していると——一切を認識し、さらにはなぜ完了した認識は、人間が、また諸々の自己という無数の個別性が、そして歴史が生み出されることを求めたのかまでも認識している、と仮定してみよう。するとまさにそのとき次の問いが提起される。すなわち人間の実存を、神のそれを……けっして引き返すことのないまま最も奥深い不可解な闇のなかへ入り込ませる問い——なぜ私が認識しているものが存在せねばならないのか、なぜそれは必然なのか、という問い――が形作られる。この問いのうちには、ただ脱自的な恍惚の沈黙のみが答えうるような、ある極限的な裂け目が――すぐには現われない様態で――隠されている」(『内的体験』)。

絶対的な認識の運動として完了する知という思想は、〈非‐知への開き〉に盲目となっている。すなわち、認識不可能なもの＝知による捕捉を絶えずかわして逃げ去るものへの開口に気づかないままとなる。そのことに相関して言えることは、完全に独在する自己自身《イプセ》として、つまり絶対的に孤絶した個人的主体として存在するとき、それはまた逆説的だが、すべての個別性＝単独性を打ち砕き、あらゆる他者たちを包括した全体性として存在する可能性でもあるということだ。全体性がそれとして充満し、それ自身に絶対的に内在する可能性という信念ともなるということである。いずれにせよ存在は、つねに絶対的内在の充足性という幻想のうちに閉じられたままなのである。そういう充満したイプセの自己同一性に極限的な裂け目をもたらす脱自的恍惚は、実存の孤りとしての在りようから出発するだけでは盲点のように残されてしまうのであって、つねに異なる、到達することのありえない他者との関係として、ある種の交流＝交通として起こる以外ない。それはちょうど〈死ぬこと〉の経験が、一面では私にしか生きられない特異な出来事なのだが、しかし他面では、私がそれを真に現前するものとして生きることのありえない、インパーソナルな出来事、私の外でしか生きられない、ある種の〈共同的な〉出来事であるのと似ている。「各々の存在は自分ひとりでは存在の極限にまで行くことはできないと思われる。……私ひとりでは、私は極限に達することはありえない。私は実際、極限が到達されたのだと信じることはできない。なぜなら私はけっしてそこにとどまることはないのだから。もし私が極限に達したただひとりの者であるはずだったとしても（仮にそういうことがありうる、として）、その場合極限はあたかも到達されなかったのと同様だろう」（『内的体験』）。

〈私〉はつねに異なる他者に、つまりけっして自らを現前的に提示しないので、私がいま、現在として取り結ぶ関係においては到達することのない他者に、捉えようもなく関係づけられているとき、初めて自己自身の充満性として存在するのを超えて、つまり主観－客観の二分法的な認識という枠組みを破って至高な総体として存在し始める。バタイユが〈エロティシズム〉を考えるとき、その核心にあるのはこのような脱自的在りよう――私がけっして主体として生きる経験ではなく、必ず外への超出として、自己とは異なる他なるものとの交流＝交通として起こる（起こると言えずに起こる）在りようだと思われる。そういう交流＝交通が絶えず関係であるのは、他者との関係がつねに自らを異なるものとする関係であり、その関係においてはちょうどまさに関係することが絶えず分離を生み出すような関係、無限に同一性を逃れ去る他なる関係であるからだ。次のような逆説はそのことを暗示している。「孤絶した存在と交流＝交通《コミュニカシオン》とはある同じ現実しか持たない。交流しない孤絶した存在はないし、孤絶した諸々の点と独立した交流＝交通もない」（『有用性の限界』草稿）。

＊

第六部「エロティシズムの複合的諸形態」のなかで、バタイユは〈個人的な愛〉の関係、つまりひとりの人間の、他のひとりの人間への愛について語っている。それは独特な交流《コミュニカシオン》＝交通の経験であり、特異な位相における共同性＝他者関係の経験である。愛の経験は、主体が意志的に行なう経験ではない。主体が志向的に対象を定めて関わるという構図におさまらない。〈愛の関係〉は主体としての人間を揺り動かし、ある種のパッションのうちへ巻き込む。それは、私－の－外へと開かれる経験である。通常の社会生活における対称性と相互性という構造は破られる。主体の位置する面と対象の位置する面とを隔てている仕切りは崩れ、双方が相手を「その内側から深く知った」と感じられる。ふつうの意味での疎通や伝達よりもはるかに強い通い合い、交流が起こり、分かちがたく結ばれたようになる。そうすると〈対《カツプル》〉の共同性は、一致や一体化が生じる共同体なのだろうか。国家のような共同体（その小型な相似形である宗派や党派のような共同体）と同じ性質のものなのか。

しかし、〈愛の関係〉は、私と他者とが結び合わされるのと同時に隔てられる関係ではないだろうか。〈愛〉はなによりも他者の愛を愛し、その欲望を欲する。だが、「他者の欲望を欲望する」といっても、「他者に承認される」のを求める欲望（『精神現象学』）とは微妙に異なる。〈愛〉における欲望は本質的には自己（の貴重な資源、力）を消尽する欲望であり、たしかに他者の欲望を我がものにしたいと焦慮するとしてもそれは、みずからの力やエネルギーを獲得したり所有したりする目的によるのではなく、やはりより強く消尽するためなのである。エロス的な関係における〈対象〉はきわめて特異である。この他者、つまり〈愛する存在〉がもう〈対象〉ではなくなり、現実的なもの＝実在するもの（le réel）の具体的な総体と区別されなくなる、とバタイユは言う。

愛の関係において、「ひとりの人間は直接的に〔即座に〕宇宙のなかにいる」。「愛の対象はそもそも初めから主体の前に、主体の際限のない消尽へとさし出された宇宙のイメージである。（略）そんな対象が、それを愛する主体へと贈るものは、主体が自らを宇宙へと開くこと、彼自身宇宙と区別されなくなることである。愛がこのように定まるときには、普遍的に存在するものの、なんら区切られず漠然とした、しかし純粋に具体的な総体と、この愛の対象とのあいだにはもはや隔てるものがない。愛のうちにおける愛する存在〔愛される対象である存在〕とはつねに宇宙それ自体なのである」。

「ヘーゲル、死と供犠」を始めとするいくつかの論考でバタイユが示唆しているように、私たちは自分が生きている世界、そこに存在している諸々の事象、他の人間たち、制度、機構、等々を、いかにも実在するもの（le réel）の総体であるかのように受け止めている。しかしそれらはけっして〈具体的な〉総体ではなく、私たちが自覚しないままに、もうすでに抽象されている総体である。私たちの思考が〈現実的なもの、実在するもの〉と受け取り、そうみなしているものは、もうすでに「悟性＝知力の持つ、切り離すという驚異的な力」（『精神現象学』序文）によって分離されているのであり、私たちの〈言述《ディスクール》〉に応じてそれとして開示されている。つまり言葉として語られ、そういう言語活動に支えられた概念とともに理解されることに基づいて、そう了解されている総体なのである。こうした抽象的な総体という構図は、いつ揺らぎ、根底から疑われるようになるだろうか。

それは〈主体としての人間〉、つまりいつのまにか言葉を語るようになり、教育や訓練を受け、文化的習慣や教養を身につけて主体となった人間、明晰な〈私〉の意識としての人間が深く揺り動かされ、問い直されるときである。たとえば、〈私〉の内部で、ランガージュの法則に、つまり言葉の仕組み、作用、その規範に衝突し、それをずらせたり、別様に作動させたりすること（『内的体験』）。それに伴って、そういう仕方で、現実的なものの具体的な総体に近づく。強烈な愛と欲望の体験も、それと同様の力を発揮する。〈愛の関係〉における私は、この相手（他者）を、「私の対象」として区切り、言い表す他者とみなすことはできなくなる。この他者は、私がそれを対象化して位置づけ、認識し、了解する作用のうちにおさまらない。私の主体的能力が及ぶ範囲から溢れ出してしまう。つねに〈逃げ去る存在〉なのだ。ちょうど『失われた時を求めて』の語り手である〈私〉にとって、アルベルチーヌがそうであるのと同様に。

愛における他者関係は、双方にとって、隔てる仕切りが崩れ、強い通い合いが生じる経験なのだが、それと同時に私が生きる経験として完了するということの不可能ななにかを含みつつ生きられる。愛の出来事は、私（の意識、主体的能力）を超出する部分を秘めている、なにかしら過剰な出来事であって、私の意識の現在としてのみは生きることができない。真に私へと現前する出来事として生きられるとは言いきれない仕方で経験される。つまり、私の同一性が破れた裂け目で、〈私が生きる〉のではない出来事としても経験される。双方にとってこの他者は、私が現在として生きる経験のうちに全的に包摂されはしないし、内属してしまうこともありえない。他者は、私を超えた、不可能な次元、私の主体的能力がとどかない外の次元をつねに秘めているのである。

それゆえバタイユは、こうした愛の関係ほど「国家のような共同体に対立するものはない」、と考える。「われわれのうちで普遍的なものに形象を与えているのは国家における諸個人の全体的な結合（融合）なのではなくて、むしろカップル——そこにおいては対象が世界のうちでも最も重々しく個別的であるもの、すなわち個々人〔ひとりの人間〕にまで縮小されているカップルこそそうなのである」。〈対《カップル》〉の共同性においては、私と他者は分かちがたく結ばれるが、しかしこの結合は一致や一体化に到らない。強い交流と通い合いが起こるが、しかしこの交流＝交通《コミュニカシオン》は〈共約可能性〉のうちに結ばれて完了することがありえない。同質性の関係になってしまうことはなく、絶えず差異を含んだ、異質性の関係であり続ける。だから、こうした交流は、いつも再開され、反復的に経験される以外ない。〈終ることなく、休みなく〉繰り返される交流となる。それに対し、宗教や政治的党派や国家のような共同体は、普遍的な真理とか理念・理想が――真理（神）への愛や君主（王）への愛が――、あらゆる人間のあいだを触媒する項としてア・プリオリに存在するということを、暗黙の前提にしており、究極的にみなが一致し、融合できると信じられている。「カップルにおいては、対象と主体が混融するといっても、それはつねに消え去りやすい過渡的な様相を持っている。他方、国家においては、諸々の個人たちが一時的＝過渡的なのであって、彼らの結合がそうなのではない」。私たちはこうした考察を糸口にして、〈共同性を持たないものたちの共同性〉という思想に接近していくことができるだろう。

*

本訳書の初版は一九八七年に刊行されたが、「哲学文庫」に収められるにあたってできる限り訳文を再検討し、日本語として読みやすくするよう努めた。とくに第六部、第七部はかなり改訳した。きわめて〈人間的な〉事象であるエロティシズムに、そしてそれに基づいた個々人の愛（ひとりの人間の、他のひとりの人間への愛）に関わる、微妙に入り組んだ心的領域を探索するバタイユの見事な文体にできる限り釣合うよう努力したつもりである。さらにこのちくま学芸文庫版でも全体に訳文を見直し改訂した。しかしまだまだ不充分なのは明らかであり、ご叱正をいただいて改善していきたいと思っている。この『エロティシズムの歴史』をめぐる走り書き」は、初版当時のかたちをある程度保ちながら、のちの見方に応じて少し手を加えたものである。これもまた不充分なものだが、まだバタイユの著作にあまり親しんでいない読者の一助となりうれば、幸いである。初版のおり、難解な箇所について貴重な示唆を与えてくれた東大教養学部（現在、ボルドー大学）のアラン・ロシェ氏、ならびに初版のときも哲学文庫版でも万般にわたって御世話いただいた哲学書房の中野幹隆氏に訳者を代表して感謝申し上げる。また、このたび「ちくま学芸文庫」におさめられるに際しては、町田さおり氏にたいへんご尽力いただいた。心より謝意を申し添えたい。

二〇一一年六月一七日

湯浅博雄

実感に叶う形而上学——ある読解

吉本隆明

人間の性交行為は、醜悪で、卑猥で、隠したくて仕方がないところに付いた器官を使って行なわれる。それなのに人間は性交で快美の極限を体験する。ほんとはひどい矛盾なのだ。人々はこの矛盾に耐えられないので性交を侮蔑したふりをしたり、逆にしたり顔で神が与えた自然には汚穢などないなどとすましてみせたりする。真直ぐに性交の現実面に顔を向けて、きっちりと対応しないで、眼をそらしてしまうのが通常なのだ。性交行為にまつわる人間の嫌悪と愉悦という矛盾の実感を、実感そのままの状態で論理と理念で整序してみたい。これがこの本の大切なモチーフだということがわかる。考えてみればこれはエロティシズムの解明だけに限らない。ほんとの思想は、本質直感が把握したものを、そのままの状態で、ともすれば被覆し、隠そうとする衝動を切り裂きながら、「天の底が開いたような感覚をともなうそれらの瞬間」のままに、解明し尽くすことにあるといっていい。バタイユのこの本はほんとの思想のもっているこの資質を、どの本よりも深刻な意味で具えている。

もうひとつ言ってみたいことは、この本の内実に関することだ。人間のさまざまな活動の目的は、過剰なエネルギーを無益に消尽しつくすところにあるので、それ以外の目的に服従させようとするすべての考え方は、ことごとく思想の自己放棄にほかならないという、バタイユの考えが、眼が覚めるような鮮やかさで披瀝されている。この考えはちょっと恐ろしいものだと思う。この世界はいつも有効な目的と、有益な結果を求める思想で充ち溢れている。つまるところその種の思想が、押しあい、へしあいながら病的に肥大して、現在の政治、技術、文化を破滅のふちまで連れてきてしまった。これがこの本に盛り込まれたバタイユの本音の考えだといえよう。

わたしたちは誰も、バタイユの本音の思想に耐えきることは難しい。いったん他者との融和という考えにとらわれて、自他を赦す状態に、少しでも身を置くとすぐに、バタイユの本音は圧倒的な力で襲いかかってきて、ひきさらってくる魔力を具えている。自他を少しでも赦すということは、有効な目的とか有益な結果とかいう考えに取り憑かれる最初の徴候だからだ。バタイユの思想を受け容れるかぎり、わたしたちは無益にエネルギーを蕩尽し消費しながら、しかも弛緩することを許されない状態を強いられる。また無益に蕩尽し、消費しながら、そのことが、自他にとって結局は有効でも、有益でもない状態に、眼を向けることを強いられる。少なくともこの条件に叶う主題のひとつが、この本の考察された人間の動物的な性行為にまつわるエロティシズムの状態だとかんがえられている。

エロティシズムは、人間の性交行為が動物的な性活動に外観上いちばん似てしまう瞬間に、自然の動物性と対立するものとして発現される人間に固有な雰囲気を指している。なぜエロティシズムは動物にはない、人間固有の雰囲気としてあらわれるようになったのか。レヴィ＝ストロースが『親族の基本構造』でやっている近親相姦の禁止にまつわる見解も、バタイユなりに俎上にのせて検討しながら、この近親相姦の禁止と、禁止すればするほど侵犯の意識も強化されてゆくという人間固有の性の両義性の矛盾に、エロティシズムもまた根拠を置いていると考えている。

ある太古の時期に男性は自分の娘や姉妹のような身近な血縁の異性を占有して、エロティックな結合を遂げたいという願望を断ち切った。そして他の氏族集団の男子に与えようとする意志を、制度化した（外婚制）。それは他の氏族集団の女性をおなじようにじぶんが所有し、エロティックな結合を遂げたいと考えたからだ。そして父の兄弟の娘との結合である平行いとこ（パラレル・カズン）婚よりも母の兄弟の娘との結合である交叉いとこ（クロス・カズン）婚の方が、より良いと考えられたのは、一方が自分の氏族の内部の男女の結合なのに、他方が女性の他の氏族への移動を通じて氏族の交通圏が拡大される利益があったからだ。レヴィ＝ストロースのこの考え方の基本は、バタイユによっても容認されている。そのために男子は、異性の近親とのエロティックな結合の強い誘惑を切断して、他の氏族の男子に与えるために、近親姦の禁止を設けた。しかしバタイユによれば、この禁止の理由はたんに他の氏族との交通が拡大し、経済上の繁栄も期待されるということだけにとどまらない。動物的な自然な性行為では決して得られなかった、禁止でかえって高められた近親姦の欲望と、耐える苦痛と快楽の共存を要素とした人間固有のエロティシズムが、この禁止によってはじめて獲得されるようになった。これがバタイユの主張である。強い性的な所有欲の対象であるじぶんの娘や姉妹との性的な結合を禁忌と定め、これを他の氏族の男に与えてしまうという逆説的な、自然に反する贈与の掟の奥深くに潜んでいる違犯の恐怖は、バタイユによれば「一種の内面的な革命」であった。たんに異性と自然にしたがって性的な結合を遂げたというだけで得られないエロティシズムの高揚された価値をもたらす源だったからだ。この二重性、禁止の痛切さとそれを侵犯したときの恐怖のおびえこそが、エロティシズムの本質をなしている。

ところで、ここでバタイユの考え方が誤解されそうな気がしてきたので、もうひとつ特徴を挙げさせてもらう。それはかれが感性的な自然と反自然に、つまり、人間の快感と嫌悪感にどんな思想家にもまして大きな場所を与えていることだ。これはバタイユの考えを、一見すると恣意的な、根拠の薄いものに見せはするが、決してそうではない。人間は自然を否定する動物であり、動物的な性の欲求にたいする激しい嫌悪によって、動物から人間への移行を成し遂げた。近親姦に禁止を設けた感性的な根拠は、自分の動物的な結合欲にたいする嘔吐を催すような自己嫌悪感なのだ。人間は性交行為を夜の幕のなかに隠し、裸体からその器官の部分だけを醜悪なもののように包み込んでしまった。もっと極端なことをいえば、人間は血なまぐさい汚穢のなかから、また身体のなかでも排泄孔に隣りあった恥部の膣孔から生れでてくるのだが、誰もが考えるのもいやなほどその生理的な出自に嫌悪感をもっている。そして嫌悪して触れないように幕を張りめぐらし、じぶんの肉体的な出自を消そうとしている。少なくとも感性的な基礎ではそうである。

このあたりでわたしたちは、人間の動物的欲望とその結果である、じぶんの生れにたいするバタイユの癒し難い嫌悪と自己抹殺の願望につきあたるように思える。出産の汚穢、経血、糞便の汚穢に人間を近づけ、強制的に接触させたのは元をただせば親たちの、動物的な性行為なのだ。もちろん、自分をこの世に存在させてしまったのも、父と母の獣的な行為の結果なのだ。人間を人間にさせているものが、この動物的な欲望から離せないとしても、人間を区別し、差異づけ、価値の序列を作れるものは、肉体の力価でもなければ、社会的な富や財や地位でもない、動物的な性の欲望から、どれだけの距離を、どんな方向におおく取れるか、どこまで遠く自然に対立し、自然から離脱できるかということに外ならない。これを富や人種や国境の外と内に還元することも、眼に視える物質的な外観の差異に対応させることも、不当な間違いでなくてはならない。これが、バタイユがこの本で表明している奥深い思想であろう。もちろんこの思想は、バタイユにおいて両義的なものになっている。獣性的なものや、肉体的出自である汚穢や、また肉体の腐敗や死の不可避さにどんなに反抗し、離脱して、自然に対する嫌悪の本質を貫こうとしても、いつかどこかで必ず挫折し、自然な動物的な欲望を容認させられてしまう。それが人間という起源なのだ。

人間は屍体を恐怖したり、嫌悪したりする。さまざまな禁忌を、死という事実に附着させて、恐怖や嫌悪から眼を外らそうとする。それは何故かといえば、意識の底を掻きわけてゆけば、死を何者かによる殺人とみなし、殺人にまつわる無意識の衝動と、それを侵犯することへの畏怖との両義性にさいなまれているからではないのか。バタイユはほんとは人間が夜の幕や心層の暗部に秘匿したがっているエロティシズムにまつわる人間の本質を、明るみに引き出しては、きちんと把みとって、わたしたちの眼前につき出してみせる。ひとつの本が、読者に根源的な事柄について、心底からの震撼を迫り、また根源的な事柄以外のことには触れようともしないという恐るべき実感を与える体験は、ニーチェの著作を除いたら(サドの奇譚小説を除いたらということも加えるべきか)、この本とその著者であるバタイユ以外には、誰もいないのではないだろうか。読者がこのあたりでもうたくさんだ、ひき返したい、あまり触れたくもないし、触れてもいい気持ちはしないといくら思っても、用捨なく奥底を切り裂いて臓器も、血のりも、血管もすべて明るみに出して、決してやめようとしない。これは文字で描かれた、とび切りのホラー映画なのだ。

人間のエロティックな結合の行為は、そのさ中にあるとき恍惚であったり、死のなかにあるような不安であったり、快楽であったりするが、その奥に結合している男女が、じぶんたちだけが宙に浮かんでいて、根こそぎ環境がないような感じに襲われるのは、どうしてなのか。わたしたちは瞬間的にそれを感じ、またもう次の瞬間には弛緩してしまう。そしてまたその次の瞬間には、子どもの育て方などをめぐって、当の男女が言い争ったりすることもできる。そういう存在なのだ。

この高揚の瞬間の感じが何であるか、思想はきちっと言えなければ、ほんとの思想ではない。そしてこれを言っているのは、この半世紀ではバタイユだけだといって過言ではない。「要するに、欲望の対象は宇宙であり、この宇宙は抱擁のなかでその鏡である女性の形を取るが、この鏡にはわれわれ自身が映し出されている。そして、もっとも熱烈な融合の瞬間には、突然の稲妻のように純粋な光輝が可能性の広大な領野を照らし出し、そこで個々としての恋人たちはもみ消され、とろけ、興奮のなかで、彼らの欲した鋭敏さに柔順になる」(G・バタイユ『エロティシズムの歴史』)。

「欲望の対象は宇宙」というのは、一見すると大げさな文句のようにみえるが、よく考えを沈めてゆくと、実感に叶い、しかも見事な形而上学になっていることが判る。わたしたちも且て、対幻想は国家の共同幻想と逆立ちするものだと言ったことがあるが、対幻想がじつは「宇宙」だけを存在せしめるような心的な運動に属するとまでは、考え及ばなかった。メタフィジックを呼び起こし、それを圧制力とするだけの孤独な存在感を欠いていたのだ。ほんとはバタイユがこの本で説いている文学と供犠の構造の同一性や、意識の過剰なエネルギーと戦争の関わりについて、触れてみたかったが、もう触れることができない。しかしこの本にたいするわたしたちの読みは、それほど間違っていないと思う。

（*marie claire* 一九八七年五月号に発表、のち本書哲学文庫版（二〇〇一年）に収録）

本書は一九八七年二月二〇日、哲学書房より刊行され、その後改訳版が二〇〇一年六月一日、哲学書房から哲学文庫の一冊として刊行された。

なお本文中の〔 〕は訳者による補足を示す。

また本文中の［ ］は、フランス語原書中の注記を示す。とくに未完性の強い第五部以下で［ ］で囲んだ表題と番号は、残された「目次」に基づいて校訂者タデ・クロソウスキーが補足したものである。

ドストエフスキーの詩学
ミハイル・バフチン
望月哲男／鈴木淳一訳
ドストエフスキーの画期性とは何か？《ポリフォニー論》と《カーニバル論》という、魅力にみちた二視点を提起した先駆的著作。（望月哲男）

表徴の帝国
ロラン・バルト
宗　左　近　訳
「日本」の風物・慣習に感嘆しつつもそれらを〈零度〉に解体し、詩的素材としてエクリチュールとシーニュについての思想を展開させたエッセイ集。

エッフェル塔
ロラン・バルト
宗左近／諸田和治訳
伊藤俊治図版監修
塔によって触発される表徴を次々に展開させることで、その創造力を自在に操る、バルト独自の構造主義的思考の原形。解説・貴重図版多数併載。

エクリチュールの零度
ロラン・バルト
森本和夫／林好雄訳註
哲学・文学・言語学など、現代思想の幅広い分野に怖るべき影響を与え続けているバルトの理論的主著。詳註を付した新訳決定版。（林好雄）

映像の修辞学
ロラン・バルト
蓮實重彥／杉本紀子訳
イメージは意味の極限である。広告写真や報道写真、そして映画におけるメッセージの記号を読み解き、意味を探り、自在に語る魅惑の映像論集。

ロラン・バルト モード論集
山田登世子編訳
エスプリの弾けるエッセイから、初期の金字塔『モードの体系』に至る記号学的モード研究まで。初期のバルトの才気が光るモード論考集。オリジナル編集・新訳。

呪われた部分
ジョルジュ・バタイユ
酒　井　健　訳
「蕩尽」こそが人間の生の本来的目的である！思想界を震撼させ続けたバタイユの主著、45年ぶりの待望の新訳。沸騰する生と意識の覚醒へ！

エロティシズム
ジョルジュ・バタイユ
酒　井　健　訳
人間存在の根源的な謎を、鋭角で明晰な論理で解き明かす、バタイユ思想の核心。禁忌とは、侵犯とは何か？　待望久しかった新訳決定版。

宗教の理論
ジョルジュ・バタイユ
湯浅博雄訳
聖なるものの誕生から衰滅までをつきつめ、宗教の根源的核心に迫る。文学、芸術、哲学、そして人間にとって宗教の〈理論〉とは何なのか。

純然たる幸福
ジョルジュ・バタイユ　酒井健編訳
著者の思想の核心をなす重要論考20篇を収録。文庫化にあたり「クレー」「ヘーゲル弁証法の基底への批判」「シャプサルによるインタビュー」を増補。

エロティシズムの歴史
ジョルジュ・バタイユ　湯浅博雄／中地義和訳
三部作として構想された『呪われた部分』の第二部。荒々しい力〈性〉の禁忌に迫り、エロティシズムの本質を暴く、バタイユの真骨頂たる一冊。（吉本隆明）

エロスの涙
ジョルジュ・バタイユ　森本和夫訳
エロティシズムは禁忌と侵犯の中にこそあり、それは死と切り離すことができない。二百数十点の図版で構成されたバタイユの遺著。（林好雄）

呪われた部分　有用性の限界
ジョルジュ・バタイユ　中山元訳
『呪われた部分』草稿、アフォリズム、ノートなど15年にわたり書き残した断片。バタイユの思想体系の全体像と精髄を浮き彫りにする待望の新訳。

ニーチェ覚書
ジョルジュ・バタイユ編著　酒井健訳
バタイユが独自の視点で編んだニーチェ箴言集。ニーチェを深く読み直す営みから生まれた本書には二人の思想が相響きあっている。詳細な訳者解説付き。

入門経済思想史　世俗の思想家たち
R・L・ハイルブローナー　八木甫ほか訳
何が経済を動かしているのか。スミスからマルクス、ケインズ、シュンペーターまで、経済思想の巨人たちのヴィジョンを追う名著の最新版訳。

分析哲学を知るための　哲学の小さな学校
ジョン・パスモア　大島保彦／高橋久一郎訳
数々の名テキストで哲学ファンを魅了してきた分析哲学界の重鎮が、現代哲学を総ざらい！　思考や議論の技を磨きつつ、哲学史を学べる便利な一冊。

表現と介入
イアン・ハッキング　渡辺博訳
科学にとって「在る」とは何か？　科学は真理を捉えられるのか？　現代哲学の鬼才が20世紀を揺るがした問いの数々に鋭く切り込む！　（戸田山和久）

社会学への招待
ピーター・L・バーガー　水野節夫／村山研一訳
社会学とは、「当たり前」とされてきた物事をあえて疑い、その背後に隠された謎を探求しようとする営みである。長年親しまれてきた大定番の入門書。

旧体制と大革命
A・ド・トクヴィル
小山勉訳
中央集権の確立、パリ一極集中、そして平等を自由に優先させる精神構造――フランス革命の成果は、実は旧体制の時代にすでに用意されていた。

ニーチェ
ジル・ドゥルーズ
湯浅博雄訳
〈力〉とは差異にこそその本質を有している――ニーチェのテキストを再解釈し、尖鋭なポスト構造主義的イメージを提出した、入門的な小論考。

カントの批判哲学
ジル・ドゥルーズ
國分功一郎訳
近代哲学を再構築してきたドゥルーズが、三批判書を追いつつカントの読み直しを図る。ドゥルーズ哲学が形成される契機となった一冊。新訳。

基礎づけるとは何か
ジル・ドゥルーズ
國分功一郎／長門裕介／西川耕平編訳
より幅広い問題に取り組んでいた、初期の未邦訳論考集。思想家ドゥルーズの「企画の種子」群を紹介し、彼の思想の全体像をいま一度描きなおす。

スペクタクルの社会
ギー・ドゥボール
木下誠訳
状況主義――「五月革命」の起爆剤のひとつとなった芸術＝思想運動――の理論的支柱で、最も急進的かつトータルな現代消費社会批判の書。

論理哲学入門
E・トゥーゲントハット／U・ヴォルフ
鈴木崇夫／石川求訳
論理学とは何か。またそれは言語や現実世界とどんな関係にあるのか。哲学史への確かな目配りと強靭な思索をもって解説するドイツの定評ある入門書。

ニーチェの手紙
茂木健一郎編・解説
塚越敏／眞田収一郎訳
哲学の全歴史を一新させた偉人が、思いを寄せる女性に綴った真情溢れる言葉から、手紙に残した名句まで――書簡から哲学者の真の人間像と思想に迫る。

存在と時間 上・下
M・ハイデッガー
細谷貞雄訳
哲学の根本課題、存在の問題を、現存在としての人間の時間性の視界から解明した大著。刊行時すでに哲学の古典と称された20世紀の記念碑的著作。

「ヒューマニズム」について
M・ハイデッガー
渡邊二郎訳
『存在と時間』から二〇年、沈黙を破った哲学者の後期の思想の精髄。「人間」ではなく「存在の真理」の思索を促す、書簡体による存在論入門。

ちくま学芸文庫

エロティシズムの歴史《れきし》
呪《のろ》われた部分《ぶぶん》——普遍《ふへん》経済論《けいざいろん》の試《こころ》み：第二《だいに》巻《かん》

二〇一一年七月十日　第一刷発行
二〇二一年九月十五日　第二刷発行

著者　ジョルジュ・バタイユ
訳者　湯浅博雄（ゆあさ・ひろお）
　　　中地義和（なかじ・よしかず）
発行者　喜入冬子
発行所　株式会社　筑摩書房
　　　東京都台東区蔵前二―五―三　〒一一一―八七五五
　　　電話番号　〇三―五六八七―二六〇一（代表）
装幀者　安野光雅
印刷所　中央精版印刷株式会社
製本所　中央精版印刷株式会社

ISBN978-4-480-09351-6 C0110